第四根矢合作

AF265576

第1章。

遥远的祖先

3月初的一个早晨，东北风将干燥的树枝连在一起，至今还没有春天的迹象。天空覆盖着一层均匀阴影的灰云，没有一丝光线或蓝色条纹，也没有减弱或减轻暗淡的色调；树篱还没有开花，甚至没有白屈菜。地球还没有假定早期的春季软化；没有嫩芽；小鸟缩在树枝上，或者飞到墙上的常春藤，在那里等待了一段温和的时间，忍耐只有一半的饥饿。那些生活在浆果和芽上的人焦虑不安地记得他们已经吃光了所有的山楂，剥去了所有芽的醋栗灌木丛，现在必须走得更远。那些狩猎无助的、田、蠕虫和野外爬行生物的人反映，在这样的天气中，不可能翻过坚硬的土地来寻找前者，或者指望后者会离开他们在这一天的冬季宿舍。在这个时候，所有创造的事物都远比弗罗斯特国王所带来的任何恐怖都要糟糕，出国的人类将自己包裹在最温暖的地方，匆匆忙忙地开展业务，以完成它并再次躲藏起来。

房屋的南面朝下，俯瞰着铺有红砖的宽敞露台；露台的边缘有一块砖砌的栏杆。短暂但高贵的设计和端庄的楼梯通向花园，花园始于广阔的草坪。房屋本身，十八世纪初，庄严宽敞。它仅由两个故事组成；它的窗户狭窄而高。一楼的窗户上方是一排排小的屋顶百叶窗，安装在屋顶上，屋顶高高，铺有红色瓷砖。烟囱以艺术形式或堆叠形式排列。这房子有点外表。这是相当大的自负之一；它是一所房子，希望被古树，高贵的花园和庄严的草坪所包围，并始终保持在乡村的深处，远离城镇房屋和街道；在城市的周围，除了花园，草坪，公园和雄伟的树木之外，它本来就不合适而且不协调。建造它的温暖的红砖早已随着年龄的增长而融化。黄色的地衣紧紧地缠在墙上 在西侧的一侧，常春藤生长，覆盖了房屋的整个末端。

花园比房子本身更庄严。他们从最崇高的草坪开始。一侧长出两棵黎巴嫩雪松，下垂的枝条扫过光秃的土地。在另一侧上升了三棵光荣的核桃树。之间的空间是一个绿色的草地滚球，上面没有花坛。然而，除了草地滚滚球场外，还有很多花坛。还有一些剪裁成老式形状的盒子树，人们只能在老式花园中看到。除了这些以外，还有一片狭窄的灌木丛，多数为常绿。然后依次伸展宽敞的厨房花园，拥挤的果园和"玻璃"。在这里，也是连续排列的蜂箱，因为房子的主人既是养蜂人，又是园丁。

整体上是庄严的。人们只有在公园外的道路上走来走去，凝视着远处那座房子，才能充满敬佩和尊敬。有，但是，一定范围强加给访问者的钦佩和尊重。实际上，花园，草坪和"玻璃"都需要它们，就像过去一样。至于现在的花园，甚至连一个人的手，即园丁的锹，最后碰到该地方的任何地方，都很难猜到。一切都长满了；杂草覆盖了曾经是芦笋和芹菜床的地面；草莓与蓟争夺生存，并通过牺牲果实来维持它。躺在草地上的草和那些蓟，还有牧羊人的钱包和田野里的所有杂草，遮盖并掩盖了花坛。车道和步道都是遮盖的，很久以来由于树枝横穿而无法通行。箱形树的人造形状，以前是如此修剪和精确，通过树外生长的树枝显示出浑浊而神秘。草地滚滚的草地上覆盖着年年不割的粗草。在玻璃屋子里，门是敞开的。藤蔓变得狂野，穿过破碎的窗格。在这种情况下，对花园的尊重是不可能的。可惜的是！可惜了！如果再一次命令园丁们将其恢复到其古老的辉煌，那么它的位置将是如此之美，甚至可能再次变得如此！

如果有人从花园转身朝房子走去，他会首先注意到，通向露台的砖砌楼梯被砸坏了。许多砖块已经被取代，砖块之间杂草丛生，在栏杆中有一些地方打破了方形砖柱；如果他上楼梯，露台的砖铺路面到处都是破洞和损坏的地方；如果他看着房子本身，他会在那儿以及在花园里辨认出某种被忽视和腐烂的空气。窗户要油漆，门要油漆，任何地方都看不到窗帘或百叶窗。一两块玻璃被打碎，甚至没有被修补。庄严的房屋和花园，甚至在腐朽中。但观众却颤抖起来，因为看到年龄，衰败和死亡的人们徘徊在仍应以男子气概为乐的欢乐之上。

在今天早晨，冬天的寒冷迎来了一个虚假的春天，一个人在砖砌的露台上来回走动。他是一个生活非常先进的人。尽管他很冷，但他没有穿大衣。他脖子上没有包装纸或手帕。他没有戴手套。

当一个人更加仔细地观察时，他不仅进步了多年：他充满了岁月-过满，奔跑。从他无数的脸上可以看出他伟大的年龄。并不是因为他的头发脱落，而是因为他那丰满的白色发在他的肩膀上流淌着，没有被剪掉，没有被修剪，而整齐的白胡须躺在他充足的胸部上。骨的增加，鼻子的突出，凹陷的嘴唇，薄薄的嘴唇和深的眼睛表明了他的年龄。但是尽管他的脸已经被时间粗略地抓住了，但他的框架似乎没有任何触摸。他虽然年纪大了，却仍然直立不耐。他走了坚实的脚步，即使不是弹性的脚步；他拿着一根棍子，但没有使用。他的身高还只有六尺四，甚至更高。他的肩膀仍然宽阔，背部没有弯曲，巨大而结实的身体没有弯腰，强壮的双腿也没有弯曲或减弱。没有什么比这个人的面部之间的差异更反常的了。

他从露台的一端迅速走到另一端，可以说是坚决地走了。然后他转身走回去。他既不看向一侧，也不看向另一侧；他沉迷于某种冥想，因为他的脸已定下来。它自然是一张严肃的面孔；他的思想主题使它变得更加艰难和严峻。他戴着一种射击夹克，一顶宽边的毡帽，适合农田的粗壮的靴子和绑腿，好像他要拿出枪支一样，他着棍棒，好像那是枪支。一个高超的人-一开始就很明显；侵略性-目前也很明显；反抗什么？谁啊 显然，这个人最初是作为战斗员而建造的，具有极大的勇气和巨大的力量；也可能脾气暴躁；保留了勇气，尽管已经失去了一些力量，但保留了战斗的气质，尽管他的战斗日子已经过去了。

这个地方没有任何声音-没有仆人在工作上啪作响，没有房子或房子外面的脚步声，没有从马里踩马，也没有看到园丁在寂寞的花坛中安静地工作：所有人都安静了。寒冷的风吹过，老人在没有共同的风寒防护的情况下，有条不紊地从东向西，从西向东行走。

所以他整个小时都在一个小时又一个小时地继续前进，为这项毫无意义的锻炼感到不倦。他从九点开始，到了过去十二点半，他仍然以这种漫无目的的方式前进，既不向右也不向左转，并保持原本可能意味着耐心的固定表情不变-一个非常老头子必须耐心-或者我曾经称其为反抗：一个知道不幸的男人有时会表现出这种反抗的表情，因为一个追求财富的人做她最糟糕的事，而当她无能为力时，他仍然会重复勇敢地"可能发生什么"。

在半英里左右的远处，是一座教堂钟楼中的时钟。如果有人从花园里听了，可能会听到小时的敲击声；没有等待和期待它，人们根本不会听到时钟。远处悠扬的钟声随着大气的低沉落入。我们称之为沉默，但实际上，自然界中没有这种东西。沉默会使我们生气。在乡下，我们听到轻柔的耳语，轻柔而舒缓，我们说这是乡下的甜蜜寂静。但事实并非如此，它是所有乡村声音的融合。

早晨慢慢拖了。老人在露台上的脚步声像时钟的滴答声一样规律。无论是在他的马车上，在他的步伐上，还是在他的脸上，都没有什么变化。他走路像一台机器，他的脸像任何偶像或图像一样毫无表情。

大约十一点钟，可能已经听到了另一步。一个人在枯树枝上和枯叶中的脚步。露台上的老人没有注意：他仿佛什么也没听到：当果园的形象从果园里出来并站在胡桃树下时，露台的老人仿佛什么也没看见。

乡村的年龄也很先进，尽管与彼此之间的年代相去甚远。他打扮得像个走到远方的人：他走过的像是走在耕地的山脊和犁沟中的一生：他扛着一把锹。

他站在胡桃树下，放下铁锹，将手放在把手上，好像要自己支撑自己。然后他凝视着露台的老人。在某些人不愿意之后，他没有假装上班并好奇地偷偷瞥了一眼。相反，他一点也不假装：他靠在铁锹上，大胆地凝视着，没有任何羞耻。他标志着男人稳固而坚定的脚步：他自己的步伐没那么坚硬或一半那么稳固：他标志着男人的方位：他的背部弯曲了，肩膀垂下了：他标志着健康和力量躺在他的脸上：他自己的脸颊皱了皱，眼睛暗了。现在他把锹举到肩膀上，他转身离开。"如果我先走-"他说。

不管是他来还是离开，是否在寂静的草地上默默地走过，还是折断树枝，使枯叶沙沙作响，露台的老人都没有注意到。他既没看见也没听到任何声音。

然后，东风又继续干燥和寒冷，鸟儿不舒服地鸣叫，果园里的树枝相互磨碎，老人走了。宿舍从教堂高楼的某个地方撞到，就在不远处。

在房子的开门处，大约十二点半，由于天气原因，出现了一个穿着暖和的年轻人。他个子很高，身高超过六英尺；他的脸很像老人的脸。他当然是紧密的亲戚。他站在门前，一边走着，一边走来走去，步履艰难，单调，毫无目的，就像院子里的囚犯那样，一分钟又一刻又一小时又一小时地走着。他站在那里，不是一个小时接一个小时，而是整整半个小时，看着和想着。

"永远而且每天-以及所有这些年来！"-用言语表达他的想法。"为什么每天早晨这种流浪汉；永远孤独，永远沉默，看不见，看不见，死于外在的事物，除了世界之外，对世界不感兴趣？在金库中的隐居者不会更孤独。没有职业；没事做;没什么可考虑的。我的妈呀！他在想什么？没有书，没有报纸可以阅读；没有字母要写。为什么？"

年轻人是这个远古人的曾孙：他不仅是曾孙，而且还是房屋的继承人和房屋的财产：在这个老人旁边，他是一家之主。因此，出于尊重和责任的考虑，他偶尔从伦敦跑下来，以查看其祖先得到了适当的照顾和健康。他还与管理该物业的律师进行了沟通。

这是一个非常奇怪的案例：从小就被告知这个年轻人这个陌生而古怪的曾祖父。他一个人住：除了一个女人和她的女儿外，他没有别的仆人：只有在他们吃饭时才看到他们：他没有接待访客：除了每天早晨无论天气如何，他都不会出门，四个晚上在露台上上下走了几个小时：他甚至没有跟他的管家说话：如果有人和他说话，他没有回信：他从不读任何东西-既不是书也不是纸：他的事务在附近一家律师事务所的手中。集镇：当他们想要他的签名签到支票时，他们将其签收并寄给他，当他签名并退还时；当他们向他咨询有关业务的问题时，他收到了书面陈述，并以最简洁的方式回答：没有精神错乱的迹象：就律师而言，唯一能够在该主题上发言的人都明白，该名男子的才能十分健全，他的智慧一如既往地清晰。而且，他没有任何幻觉，忧郁症，精神上的烦恼的迹象：如果他保持沉默，他的脸就不会被打扰。日复一日，他向早晨的阳光展示了一张平静而无云的面孔：如果他不笑，他也不会叹息。

现在，最值得注意的是，这种怪癖已经实行了近七十年了，这种怪癖可以用伟大的时代理论以及他所有的朋友和同龄人的流失来解释。作为一个年轻人，一个相当年轻的男人，他开始了这一生，从那以后一直延续至今。他的曾孙一直都知道，原因是妻子突然去世引起的震惊。除此之外，他既不知道也不询问。如果一个人在某种奇怪的行为方式下长大，它就会被接受而无需询问。当这个年轻人的祖父还是个男孩时，老人变成了一个孤独的人：他的祖父，他的父亲和他本人一直都知道这种怪癖，即使不是视而不见。在他的心中根本没有关于可能原因的好奇心。

七十年！这就是普通人的整个生命，这个奇怪的生物独自一人度过了整个时光，寂静，孤独，没有占领。这不是他一生的全部时间，因为他现在已经完成了他的第94年。

从遥远的教堂塔楼传来的刻痕，是一刻的敲击。那时，一个老太太出来了。她在门口的访客面前经过，站着看着主人的目光。她什么也没说，但是等到他注意到她的存在。也许他在等她。他停下来了；老妇人退休了；她的主人进入房子，不理会这个年轻人，因为他过去了。他的目光注视着他，对他的身影毫无察觉，甚至没有任何智慧。然而，这个年轻人是他所有后代中唯一的一个，每月约有一次探望他，看他是否还健康。

他径直走进那间唯一的起居室，餐厅和起居室。它曾经是图书馆，一个宽敞的房间，朝北，高耸，一年中的任何时候都阴暗而寒冷。宽广的老式炉中燃烧了大火。在大火之前是一张小桌子，它以前是站在窗前看书的地方；现在它成了那位供老人用餐的餐桌。实际上，布已经铺开，并在上面铺了早晚餐-一份牛排，土豆和一瓶波特酒的简单晚餐，这是适合老年人的饮料；它温暖和舒适；令人高兴和振奋；它赋予人一种力量感，当无法再食用常见的食物时，这种慷慨的饮料便可以代替它们。墙壁两旁排满了书架。显然，该家庭的某些前成员曾经是学者和书友。这些书全都用皮革装订的；头衔的镀金面几乎消失了。如果从架子上取了一个卷，您会发现它已经脱离了装订；如果不是，那就利用机芯将自己从装订中移开。如果您对书架进行足够长时间的检查，您会发现整个图书馆中没有一本晚于1829年的书。自那以后的70年中，成千上万的书中，这个图书馆。例如，季度评论和爱丁堡评论-他们站在这里受约束；他们在1829年停下来。它停在1829年。在这张大图书馆的桌子上躺着，好像是日常使用的，散落着的书本和杂志在1829年放在那儿看书。自那时以来，没有人碰过桌子。年。一条长长的低皮椅站在火炉旁，皮革破烂不堪，被撕成碎片。在桌子上放了一把出色的大木椅，看起来像一个门厅的椅子。地毯上有碎布和碎屑，除了架子前面的那部分。那里很完整，但是颜色褪了色。在大火前面放了一块普通的厚羊皮。

那个年轻人跟着他的祖先走进了图书馆。他坐在椅子上，放在火炉旁，坐下，长长的腿缩着，看着等待。他以前去过同一地方。老人的沉默，他眼中毫无意义的表情，第一次使他感到恐惧。然后，他不习惯男人的举止。他逐渐习惯了这种景象。它不再使他感到恐惧，他现在坐在火炉另一侧的位置，决心确保老人得到适当的照顾，适当的饮食，适当的衣服，在各个方面的适当照顾，很好，不需要寻求建议。因此，他坐在火炉旁坐下，看着老人吃饭。

我说过，访客是那位隐居者的曾孙。他还是他的房子的继承人，也是该地方及其财产的未来所有者。至于他打电话给你的样子，现在就可以听到。作为继承人，他承担了进行这些偶尔探访的责任，如前所述，这些探访是默默地进行的，没有丝毫的认可。

然后，老人不理会他的身影，坐在桌旁坐下，掀开盖子，开始吃饭。它每天都由同一道菜组成。也许只有94岁的男人每天吃掉一块全尺寸的牛排配土豆和面包，并且可以用一整瓶波特酒喝酒。但这是隐士所做的。对于他的后代而言，他的生意是港口应该是最好的，并且应该科学地"处理"牛排，以确保牛排的嫩度和多汁性。

这位隐士很快又热切地吃了他的食物。可以预见的是，在早期，他一定很享受收拾牛肉的强大才能。他猛烈地拿起牛排，吞下了大量的面包，像往年一样扔掉那杯大啤酒，他用酒杯喝了酒。他没有喝那慷慨的酒，也没有在玻璃杯中滚来滚去，直到阳光直射。当孩子喝水的时候，他无意识地，却热切地喝着它，而不管味道如何，也不管它的质量如何。

当瓶子空了，没有更多可吃的东西时，他离开了木椅，将自己的大头伸进了长长的安乐椅，在那儿他将双腿伸向火炉，将头靠在手和他的手上。他用胳膊肘弯在椅子的扶手上，凝视着火，但眼睛里没有表情。观众认为，"显然，老人还剩下两种感觉。他喜欢浓烈的肉和饮料；他喜欢他们提供的身体舒适，他喜欢火的温暖。"然后他慢慢站起来，背对着火站着，低头看望他的祖先，然后开始了一次示威，每次拜访他都会反复进行。

"先生，"他说，"如您所知，我不时来见您。我来确保您得到照顾，并且您过得很好。我来看看是否有什么可以为您做的。在这些情况下，您永远不会假装自己没有看到我。您让我相信我不在场。你看到我了；你知道我在这里；你知道我是谁；你知道我为什么在这里。很好。我想是你的幽默会影响沉默和孤独。我担心，我说不出的话会诱使您打破这种沉默。"

没有认可的迹象，没有答复，也没有任何变化。

"为什么你将这种终生的苦难强加于自己，我不知道，我也不会询问。也许我永远不会知道。在我看来，无论是什么原因，这都是一个巨大的错误，我一直都明白，突然丧亲。如果是由于他人的过失或他人的不幸而造成的，浪费和破坏自己的生命将无法消除原因；如果这是您自己的错，那么破坏和浪费生命只会加重这种罪行。但是，如果这是丧亲之痛，那么承担它并继续履行生活职责无疑将是一个比较困难的部分。但是，由于我不了解所有情况，因此我无权对此发表意见。他继续说道，"现在为时已晚，以弥补您扔掉的所有岁月，但是现在为时已晚吗？即使只有一两年，您现在是否仍不能在这个深夜，回到同伴之中并再次成为人类？我应该说，继续这种孤独和痛苦的生活要比回到自己出生的生活要难。"

没有答案。

"我今天早上已经过房子了，"年轻人毫不留情地继续说道。"您让它陷入了可耻的境地。湿气进入了图片和墙纸；它需要成千上万的位置才能将其恢复到适合绅士房屋的状态。您难道不认为您应该花这笔钱并以身为绅士的身份生活在其中吗？"

仍然没有答案。但是，那位继承人没想到。

那个老人抬起头从手，然后放回椅子上。他闭着眼睛，双手掉下来，呼吸柔和而规律；他睡着了。

他的曾孙仍然站在他身上。这种场景对他影响不大，但影响很小，因为它在每次拜访时都会发生。他大约十一点钟到达；他穿过公园；他看见老人照例流浪 他花了一个小时去那座空旷而荒凉的房子。他看着老人走着走。他跟随他进入图书馆。他看着他吃东西。之后，他站在他身旁，对他进行示威。这总是受到欢迎，因为乔治三分之二曾经在沉默的劝阻下接受了伦敦市的示威。族长总是在示威中入睡。

年轻人等了一会儿，看着他九十四岁的曾祖父。那个年龄的人和他26岁的他之间几乎没有相似之处。但是可能有些。没有人会注意到那个老人而没有意识到，从成年初期起，他就必定具有奇妙而奇妙的风度——充满力量和活力，身体匀称，身材高贵，面部和头部都很显眼。所有这些东西，后代也都拥有，但程度却不那么明显，有更多的改进，也许是学术和文化的改进，但力量却较少。他做了他要做的事；他已经传达了他的信息；这是一次失败；他没少期望。他不妨去；留下来无事可做或无法获得。

但是随后发生了一件非常了不起的事件。他第一次听到了曾祖父的声音。他将再次听到，而且只会听到一次。除了本人以外，没有人听过将近七十年了。

族长睡着了，手指抽动，双腿抽搐，摇了摇头。然后他坐起来，抓紧椅子的扶手。他的脸变得扭曲和扭曲，好像在某种邪恶的灵魂的控制下。他一半站起来，仍然紧紧抓住椅子，然后讲话。他的声音粗糙而刺耳，好像因长时间使用而生锈。他的眼睛保持固定，但他的态度是与所见的人交谈的态度。他说的是这样的：

"到此结束。"

然后他沉没了。扭曲从他身上消失了。他把头放在椅子上。小时候的平静与安宁回到了他的脸上；如果他已经醒了，他又睡着了。

看者说："做梦。" 但是他想起了那些话，这些话又回到了他身边，并留在他身边-为什么，他不知道。

他环顾整个房间。他想到了这位先祖生活了这么多年的奇怪，孤独，无意义的生活，单调的生活，无用的生活。七十多年了！在整个七十多年的时间里，这个隐居者从来没有走过他花园的墙。他没有见过他的老朋友；只有他的曾孙子才能不时造访这个地方，以确定他是否还活着。在那段时间里他没有做过任何工作。他甚至还没有把铁锹埋在地下；他从未打开过书或看过报纸；他什么都不知道。为什么，对他来说，世界仍然是改革行动之前的世界。没有铁路，没有电报线。他没有发现或怀疑过任何发明，改进，新思想和新习俗；他什么都不要求，什么都不关心，什么都不感兴趣，他从不说话。哦，这太可悲了！愚蠢的！抛弃本可以做很多事情的生活，有什么借口（是什么原因）？一个人从人类军队中逃出来能有什么防御？

只要这个年轻人记住了什么，他就听说过这个老人。那里有一种家庭转向架，他们总是穿着相同的衣服，每天早晨走相同的路，每天下午睡觉。有时，他的母亲会告诉他，当他还是个男孩的时候，有一些关于隐士的历史记录。很久以前，在乔治四世统治时期，忧郁的孤独者是一个英俊，热情，受欢迎的年轻人。喜欢狩猎，喜欢射击和钓鱼以及所有户外运动，但不喜欢野蛮人或野蛮人；一位通过了大学信誉的学习，修养的人。他有一个很好的图书馆供他使用，他喜欢与学者交谈，他曾在非洲大陆旅行，这在当时是罕见的。他正在考虑进入房子。他有一个很好的，尽管不是很大的庄园，还有一个可爱的房子和庄严的花园。县里没有人比他的先生更有理由对自己的工作感到满意，没有人比他更明确地拥有对未来充满信心地期待未来的权利。阿尔及农运动。这个男孩记得所有的谈话。

他现在以一种好奇的混合情绪或混合情绪来思考沉睡的人。融合中有怜悯，其中有鄙视，有祖先的尊重或崇敬。人们常常没有机会尊重像祖父那样遥远的祖先。祖先躺在他的椅子上，他的头向一侧转了一点。他的脸完全平静，看起来像刚死的透明蜡质。

年轻人继续想起自己对这位老人的消息，这位老人既是家庭的骄傲又是耻辱。没有人会为在家庭中拥有隐居者，地锚而感到自豪，这很罕见，就像早期的莎士比亚一样；而且，这个隐居者是一家之主，住在一个家庭永远不曾为人类记忆的地方。

他记得他的母亲，一个悲伤的寡妇，和他的祖母，另一个悲伤的寡妇。一天回到了他的身边，即父亲父亲早逝几周后，即他7岁的孩子时，两个女人在悲伤中围坐在一起，哭泣并交谈，但是在孩子面前无法理解-并说了些什么，这是他第一次回忆起。

老妇人说："亲爱的，我们是一个不幸的家庭。"

"但是为什么-为什么-为什么？" 问对方。"我们做了什么？"

老太婆摇了摇头。她说："事情已经完成，这从未被怀疑。没有人知道，没有人发现，但是主人的手臂伸开了，报仇降落了，如果不是因为有罪，那么就是他的孩子和孙辈们，直到第三代和第四代。它沉重地落在了那个老人身上，也许是因为他父亲的罪过，也许是在我们以及孩子身上-"

"那些无助，无辜的孩子？哦！太残忍了。"

"我们有经文。"

这些话（这次谈话）突然又意外地传给了年轻人。他以前从未想过它们。

"谁做了什么？" 他问。 "有罪的人不能成为这个古老的族长，因为这种痛苦降在了他身上，并且在七十年后仍然与他同住。但是他们谈到了其他事情。为什么这些旧话又回到我身边？祖先，睡吧。"

在大厅里，他见到了那位老管家，停下来问主人。

"他刚才说了，" 他说。

发言人，先生？辐？主人说话了吗？"

"他睡着了，讲话。"

"他说的是什么怜悯？"

"他很清楚地说，'这将结束。" "

"再说一遍。"

他又说了一遍。

"先生，"她说，"我不知道他的意思。现在是结束它的时候了。伦纳德大师，将会发生可怕的事情。这是七十年来他第一次说一个字。"

"那是在他的睡眠中。"

"这是七十年来的第一次！肯定会发生可怕的事情。"

第二章

他想要什么

在威斯敏斯特的本特豪斯大厦一个朴实无华的公寓房中，最明亮，最阳光的房间里坐着一个六岁至二十岁的年轻人。当他在白金汉郡的家庭席位拜访他无动于衷的祖先时，您已经见过他了。他现在在书房里，坐在以前称为办公桌的地方。很久以来，学者的这种简单家具就一直被摆放到与房间尺寸一样大的桌子上，在这种情况下，桌子长八英尺，宽五英尺。对于它的构建目标来说，它似乎没有太大，因为它完全覆盖了书籍，论文，蓝皮书，法文和德文期刊以及英语学习和科学社团的交易。没有混乱。这些文件井井有条。这些书直立在桌子背面，面向作家。它们都是政治史，政治经济学或参考书。一个可旋转的书架随时准备就绪，里面装满了其他参考书。可能已经观察到，这些主要与贸易统计有关——贸易历史，与贸易有关的书籍，自由贸易，保护，贸易扩展以及与制造业，工业，出口和进口有关的要点。

先生。莱昂纳德·竞选活动已经在屋子里了。太多的话说他已经到达了权威的位置，但是他是如此的先进，以至于在某些更为深刻的主题上，他竭尽全力以自己的方式和对这些主题讲话。作为一名专家，他听到了他的一些尊敬，并进行了一些报道。超过六岁的儿童不得超过二十岁。

这些主题包括需求清晰的头脑，不懈的行业，对人物的掌握以及使其具有吸引力的力量。他们还需要巨大的记忆。这个年轻人具有所有这些宝贵的品质。在剑桥，他参加了数学考试，他勉强地离开了考试人员，考试人员竭尽全力给了他，眼泪含泪不止是"第二部分，第一部分，第一类"，然后哭了。正如所有好考试员希望不久以后所做的那样，他们不能将考试进行到第三部分，分为三部分，每部分分为三类，然后到第四部分，也分为三部分，每部分分为三堂课，然后继续检查他们的候选人，他们的余生都每年减少一次，直到80岁时才可耻。

"第二部分，第一部分，第一类。" 没有人能比这更好。我相信伦纳德那年只有一个人做过。因此，他以出色的成绩和良好的声誉而声名狼藉。至于私人财产，他是独立的，他母亲每年的收入约为800英镑，而且这些期望是可以肯定的。他还获得了每年至少五先令的研究金，最近由于农业方面的意外寻找或恢复而增加了。因此，他来到伦敦，因此装备足够，进入酒吧，被叫去，无意练习，寻找一个自治市镇，精心护理了十二个月，然后在没有比赛的情况下进入了-自由派方面的选举。到目前为止，他一直遵循家庭的传统。按父子顺序排列，他是第三位获得大学殊荣的人。他的祖父，你已经见过的沉默寡言的儿子，在剑桥也做得很好，也进入了房子，并且在他32岁那年过早被砍掉后也取得了非常成功的开端。。他的父亲又在大学里出类拔萃，他也进入了房子，也被认为是有前途的年轻人，而他也差不多在同一年龄被带走。有时候伦纳德问自己，这种不幸的命运是否也应该属于他。确实，有特殊的原因要问这个问题，而他至今还一无所知。同时，他没有问过未来的任何问题，也没有对命运的法令感到担忧。

书房布置舒适，配有两三个安乐椅和学生的木椅。书在墙上排成一排；两三个杯子放在壁炉架上，表明房间的房客不是白痴的学生，是午夜食用油的人。上面有一幅乡间别墅的图画，与您已经看到的那栋房子相同。一个人还高兴地观察到，证明乘员有放松的时间。烟草和野蔷薇的粗俗的东西明显地存在。在任何受到良好管制的人看来，一个希望通过所有研究中最严厉的考验而崛起的年轻人习惯性地抽烟斗应该是最有希望的情况。该研究打开了一个饭厅，它只是一个饭厅，是一个正式的甚至是葬礼的地方，里面有几本书和几张照片，显然不是一个有人居住的房间。房客在其中吃早餐，有时还吃午餐，仅此而已。有两间卧室；除了他们，还有厨房和为"先生"丈夫和妻子准备的房间。运动。

住所的人现在放下笔，坐起来，将脸转向灯。然后他站起来，步入房间。

他是一个貌似杰出的年轻人。如您所见，他的身材高出平均水平，至少六英尺二英寸，身材健壮，尽管他的身材不及他的曾祖父，战役公园的隐士。他的特征很好，而且很有特色；他的额头宽而不是高。他的眼睛小而不是大，敏锐而明亮，眉毛几乎笔直。此刻他的出现令人沉思。但是，那时他实际上正在冥想；在谈话和辩论中，他的表情很机敏，甚至渴望。实际上，他不属于那个什么都不崇拜，什么都不渴望，什么也不相信的学校。他坚信，例如，可以通过明智的法律（不一定是新法律）和良好的教育（不一定是校务委员会）来提高幸福的普遍标准。他非常希望在这一标准的提高中发挥自己的作用。首先，这是一个很好的信念。对于一个政治家来说，如此坚定的信念是无价的。

目前，他再次坐下，重新开始了调查工作。一个小时左右后，他把笔扔到一边；他已经完成了他当天早上提出的建议。如果一个人要成功，您通常会发现他知道他要做什么，要接管他的时间，而且他将以直率和决心去工作。

然后，任务完成了，直到十二点钟，伦纳德推回椅子，松了一口气，突然站起来。尽管人们可能喜欢工作，但完成工作始终是一种满足感。在他的论文旁边的桌子上放着一堆尚未打开的信件。他拿起一个打开。这封信是来自某著名杂志的编辑，接受了有关就某种经济理论撰写论文的提议。伦纳德满意地笑了。十九世纪是野心的阶梯。借助这本杂志以及一两个类似的杂志，这个雄心勃勃的年轻人得以使自己成为学生，即使不是权威人士，在任何学科上都比这更快地前进。房子的意思。

伦纳德（）作为一名学生已经写过关于这一主题的文章，并且取得了成功。他现在要权威地写在上面。从这一切中，您将了解到伦纳德是一个年轻人，他的思想全神贯注，甚至全神贯注于他的工作，这是他最大的喜悦，也是他的野心的阶梯。他在社会上享有良好的地位，并且他的工作，思想和放松是那些习惯性地生活并在较高水平上生活，没有任何卑鄙，肮脏的关心或焦虑的人的放松。

在同一楼梯和同一楼层上，一个平面与他自己的每个平面都完全相对应，只是窗户朝着对立的极点看。这套公寓我们住不进去，被一个年轻的女士住着，就像莱昂纳德住在里面一样，她住在那里，有一个男人和他的妻子照顾她。人们可能是"大宅"中的邻居，却彼此不认识。伦纳德不太可能让康斯坦斯小姐怀抱沉迷，但幸运的是，他属于同一家具乐部和同一套公寓；他在俱乐部被介绍给她；他日复一日在晚餐上遇见她；他迅速发现了他们是邻居的事实；他们成为朋友；他们经常一起在俱乐部用餐，并且经常一起回家。

因此，可以理解的是，几年前，康斯坦斯小姐梦以可待的是一位被解放的年轻女子。这个词已经变得迟来了；一两年之内就会过时了。解放已经停止了任何责备或令人惊讶的事情。许多女孩和未婚妇女独自一人居住在公寓，大厦和类似的地方；他们有他们的锁匙；他们惊奇地发现，以前可能是女孩不带门钥匙的。他们去他们喜欢的地方；他们看到了他们希望看到的东西；他们遇见了他们想见的人。20年前这位被解放的妇女认为，为了证明自己的才智优势，至少必须成为无神论者。那是情况的一部分；那里还有其他腾跃的地方；现在她已经安定下来，不再讨论比较智力的问题，并且在许多方面都在继续，好像她仍在古老的奴役之屋中一样。在这种情况下，有很强的理由，每年舒适地进入数百人，为什么康斯坦斯怀抱要敢干走自己的路，按自己的意愿生活。她在吉尔顿（ ）工作了三年，开始了自己的独立职业。在她的学习期间，她特别通过撰写批判性论文而脱颖而出，其中有评论指出，诗人所描绘和居住的爱的热情被评论家完全忽略了；她的朋友解释说，与其说是保留，不如说是完全没有同情心，甚至是从女人的角度来看的，事实上，写诗和爱情歌曲的女人总是竭尽全力地掩饰或淫荡地用与男性激情相同的术语和形式表示。离开吉顿后，她接受了女子大学英语文学讲师的职位。那是一个收入很低的办公室，迄今为止，很难找到一个好的讲师来保留它。康斯坦斯不仅可以承担这项工作，还可以使其成为她工作和思想的唯一对象。有人高兴地补充说，她关于妇女自由的观念包括她们的着装自由以及她们负担得起的自由。她向敬佩和羡慕的班级展示了一个女人应有的一面不变的景象，不是那么漂亮，而是漂亮。女孩子们把他们的讲师打扮得像个夏天的花园，装扮得像个夏天的花园，其敬畏程度远远超过了她的前任。她的前任矮胖，短发，习惯地穿着男人的外套。

他们两个是密密麻麻的朋友。伦纳德既不怕在客厅里喝茶折磨自己，也不想因为自己想谈论任何事情而独自冒险闯入对面公寓而折衷自己的行为。即使对于一个雄心勃勃的年轻人来说，这也是一个危险的位置。谁把婚姻问题放在了背景上——在尚未到来的方便时刻接受。即使女孩被解放了，这对女孩也是危险的。

至于年轻人，通常会发生后果。首先，他意识到坐在晚餐旁和她一起回家给他带来了特别的快乐：然后，如果他不认识她，他会感到失望：现在，他发现自己对她有很多想法：他也发现自己在将他的野心倾诉于同情的耳朵的行为-这是可能出现的最严重症状之一。现在他到达了那个阶段，那时年轻男子的脑海中总是浮现着女孩的形象：有时它干扰了工作：当需要进行任何和平或安静的工作时，绝对有必要作出解释。维多利亚时代的情人不再谈论或写关于火焰和飞镖的事，但他仍然被情妇在他的头脑中昼夜占据主导地位。

在这些事情上，有一个时刻，必须说出一句话。就像梨有一个半小时完全成熟的梨一样，在恋爱中，有一天-一个小时-片刻-必须说出如此重要的单词。如果恋人选择了错误的时刻，这是最不幸的事情。如果只在一侧成熟，这也是非常不幸的。

伦纳德·弗莱珀（　）犯了这个错误。作为一个自给自足的年轻人，他对自己的思考比对其他人的思考要多得多：它不一定是自私或昧的标志-根本没有；天性强，目标远大的人习惯性地思考自己和目标，这是一个缺陷。因此，虽然他本人已经很成熟可以发表声明，但他并没有问自己是否另一个有关的人也达到了成熟度。不幸的是，事实并非如此。另一个有关的人仍处于关键阶段：她可以从外面考虑她的朋友：到目前为止，她仍然感觉到对非关键条件的吸引力，即对爱的吸收。

伦纳德并不怀疑这次逮捕是关于发展的。他以为少女的心与他的同等高级。因此，他写了一封信，这种求爱的方法比言语的尴尬要少——我相信女孩更喜欢后者。当然，很难发信发光；如果有任何疑问，在手的压力和眼睛的热情的帮助下，这封信也不会像声音那样具有说服力。

　"仁兄，
　"我将要危及一个局势，保持这种局势是我最大的幸福。您已允许我自由地与您谈论我的抱负。您甚至使我荣幸地向我咨询了自己的情况。无论如何，我都不会放弃这种信任的立场。但是，让我冒险向您提出一个简单的问题。我请您考虑这种情况发生变化的可能性。这一变化-我们只有一个可以考虑的变化-不会以任何方式影响这种信心，而应使其更加紧密。它会如何影响我，我会告诉您您是否允许我。

"你的朋友，
""

完全不是情人般的信，是吗？但是有可能。你看到了，他寄希望于更多。这位小姐回答了几天的考虑。她将在当天早上发送或带来回复。

康斯坦斯敲了敲门。她戴着帽子从房间进来。她坐在伦纳德自己的木椅上坐下，坐下来，开始谈论其他事情，好像求婚之类的事情并不重要。但这只是她的方式，总是女性化的。

她说："昨晚有人告诉我，在俱乐部-幻想，在俱乐部！-我一直在与你隔夜聚餐，让你和我一起回家，这让我很妥协。那就是他们关于妇女自由的想法。她不是要建立友谊。不要滥用我们的会员。莱纳德，请记住，我丝毫不介意他们说什么。"

乍一看，她可以知道，这个女孩丝毫不担心女人对她的评价。那是一张骄傲的脸。有许多种自豪感——如果她选择这种形式，她可能会为自己的家庭感到骄傲；或她的才智和成就；或她的美丽-令人赞叹。她不以任何方式感到自豪；她有着强烈的自尊心，这是至高无上的骄傲。"因此，她是个被吸引的女人"，但是吸引者必须满足并等同于那种强烈的自尊。这种自豪使她显得冷酷。每个人都以为她很冷。伦纳德也许是唯一一个从一千种迹象表明她离寒冷很远的男人。她的头部姿势，嘴巴的线条，眼睛中知识分子的外观，特征鲜明的规律性，使她感到骄傲，并似乎使人感到冷淡。

"我永远记得你在说什么，康斯坦斯。现在告诉我你要说什么。"

她从椅子上站起来，保持站立。她开始看壁炉架上的东西，好像她对烟草和香烟非常感兴趣。然后她突然转向他，双手合十。"我要说的就是这个。"

他在她的脸上直截了当地读了答案，坦率，刻苦，没有丝毫尴尬，困惑或虚弱的迹象。一个女孩不会把自己献给情人的样子。但是，他假装不明白。

"它是什么？"

"恩，就是这样。我已经考虑了整整一个星期，但不会这样做。那就是我的答案。它对我们任何一个都不会。我非常喜欢你。我喜欢我们目前的关系。我们一起在俱乐部用餐。我来这里没有大惊小怪。你来我这里没有大惊小怪。我们交谈，走路，一起去。我不认为我会收到我这么看重的任何人的邀请。但是 -"

""还！" 为什么这个阻塞分词？我带来了你"，但由于少女的沮丧，他冷淡地说道 "对自己的最充分的崇拜。"

她摇了摇头，举起了手。"哦，不！-不！" 她说。"崇拜？我不想崇拜。你的崇拜是什么意思？"

"我的意思是最大的敬意-最大的敬意-最大的钦佩-"

"为了什么？"

"为了保持稳定。"

"谢谢，我的朋友。我很感激地接受一些尊重，而不是全部。我仍然敢说，此刻，你是全部。但请考虑一点。你崇拜我的智慧吗？承认，现在。您知道它明显不如您自己。我知道，我说。如果您来冒充您的智力低于我，我应该失去对您的尊重，或者我对您的真实性失去信心。这不可能是我的智慧。那是对我的天才的崇拜吗？但我没有天才。而且您非常了解。崇拜我的成就吗？他们远远低于您大学的大多数学者和大学的学者。你不可能假装崇拜我的成就-"

"让我自己崇拜康斯坦斯的怀抱。"

她轻轻笑了。

"这样做会很愚蠢。因为假装情况并非如此，否则您就不能不降低自己的标准和性格而这样做。因为我在我们两个人可能拥有的任何美德方面都不比自己高：一点也不高：我相信我对一切的标准-真相，荣誉，勇气，耐心-所有-所有-一切都像我的智力，明显更低比你自己的 这就是我对你的敬意。因此，我的朋友不要祈祷，想向我敬拜。"

"你错了，康斯坦斯。你的本性远高于我的本性。"

她又笑了。"如果我要嫁给你，那么一周之内你就会发现自己的错误，然后你可能会陷入相反的错误。"

"我该如何使您理解？"

"我明白。有一些吸引你的东西。我想男人是这样。它是面孔，声音，人物或方式。没有人能说出为什么吸引男人。"

"常数，您可能不了解自己的美丽吗？"

她满脸看着他，慢慢地回答："我希望我能理解。我很好地看到男人比女人更容易被爱。他们犯下了最可怕的错误：我知道一些错误-不能纠正的错误。不要让我们两个人犯错。"

"相信我，这没错。"

"我不知道。这里有美丽的问题。女人不被其他女人的美丽着迷。一个人被一张脸所吸引，直率地将灵魂归于那张脸背后的所有美德。女人可以看到漂亮的脸蛋，而不必相信这是纯洁和圣洁的印记。除了-一张脸！为什么在十二年后会是什么样？三十年了-哦！想起来太可怕了！"

"从不，康斯坦斯。除了永远美丽，你永远无法做到。"

她再次摇了摇头，不敢相信。"我不想被崇拜，"她重复道。其他妇女可能会喜欢。对我而言，这将是一种屈辱。我不想崇拜；我要竞争。让我与真正工作的人一起工作，并赢得自己的位置。至于我自己的脸和那些所谓的女性魅力，我承认我对它们不感兴趣。至少如此。"

"只要你让我继续敬佩-"

"哦！"她不耐烦地摇了摇这个令人敬佩的头，"随你便。"

伦纳德叹了口气。他很清楚，说服这个年轻女士毫无用处。她知道自己的想法。

他说："我不会再问了。""您的内心有能力承受各种情感-除了情感。你缺乏一种激情，如果拥有的话，那会让你变得神圣。"

她轻蔑地笑了。"让我神圣吗？"她重复。"哦，你说话像个男人，不是学者和哲学家，而是一个单纯的男人。"她离开了问题的私人方面，并开始普遍对待它。"整个诗歌都与女人的假神性，伪造神性相形见.。我不想那种归因于神性。因此，我不后悔没有如此渴望的这种情感；没有它，我可以做得很好。"她坚定地讲话，看着自己扮演的角色-冷淡，无情，没有金星。 "前几天我在这门课上讲课。我把赫里克当作我的文字；但是，确实有很多诗人也会这么做。我谈到了这种虚假的神性。我说过，我们要像人类生活一样，在诗歌中保持某种理智，只有在情感得到控制的情况下才能存在。"

也许有证据表明，无论是情人还是处女，都没有真正感受到爱的激情，他们因此可以在某些人认为是至高无上的时刻陷入对这一主题的冷漠哲学对待。

"也许爱不承认理智。"

"那最好把爱情锁起来。我在演讲中指出，这些自负和奢侈可能与节奏，韵律和乐句的音乐非常吻合，但是在生活中，除了在那些已经不复存在的人的大脑中，它们没有任何地位。"

"不复存在？"

"我的意思是，不受管束的激情时代已经消亡。永久地停留在生活中的一小段情节中，放大其重要性，神化诗人的情妇，我告诉班级同学，这是对生活的一种错误看法，并将诗歌从其正常功能中转移出来。"

"您的班级是如何获得这种观点的？"

"恩，你知道吗？我相信，普通女孩喜欢被崇拜。这对她来说非常不好，因为她知道自己不值得，而且它不会持久。但她似乎很喜欢。总体上，我的课堂看起来好像他们不同意我的看法。"

"你不会有诗歌的爱吗？"

"不是奢侈的爱。这些贵族在贵族诗人中找不到。他们不在米尔顿，在教皇，在柯珀，在华兹华斯，也不在褐变。正如您所说，我还没有经历过对爱的渴望。无论如何，这只是一个情节。诗歌应该关乎一生。"

"也应该爱。"

她说："伦纳德（ ），使她的脸变得柔和，" 我的天性可能有些不足。我衷心希望我能通过任何改变来理解你的意思。" 不，她对神圣的激情一无所知。"但结果一定没有区别。我真不敢相信，即使是这样的琐事，我的回答也对我们之间没有任何影响。"

真是一件小事！博登，您太棒了。"

"但是在我看来，如果诗人是对的，男人总是愿意做爱：如果一个女人失败了，还有很多其他人。"

"那不会在我们之间有所作为吗？"

"你是说我应该嫉妒？"

"康斯坦斯，我无法将'嫉妒'一词与您联系使用。"

她从外面的角度考虑了这一点。"我不应该嫉妒你，因为你是在向一个看不见的人做爱，但是我不应该喜欢另一个女人站在我们之间。我认为我不能留在这里。"

"你给我希望，博登。"

"没有。这只是友谊。因为，您会发现，拥有像您这样的朋友（男朋友）的全部乐趣是无拘无束的公开交谈。我喜欢和你在一起。我承认，如果有另一个女人和我们在一起，我将无法做到这一点。"

她沉默了一会儿。她变得有些尴尬。她说："伦纳德，我一直在想你和我自己。如果我认为这件事对您来说是必要的，或者对您而言是最好的，那么也许，尽管我不能给您您所期望的东西，我的意思是，响应式敬拜和其他。"

"必要？" 他重复了。

她的脸上没有任何迹象表明爱的软弱，现在她已经采取了历史、哲学和分析上的专业态度。

"让我们坐下来，很无聊地谈论自己，就好像你是别人一样。"

她把桌子旁边的椅子（伦纳德自己的椅子）放回桌子旁。那是一把旋转椅子，她把椅子转了一半，使肘部面对着求婚者时放在了吸水垫上。伦纳德（）经历了一种古老的感觉，即站起来在脑袋前作些有益的批评。然而，他笑了，听了，服从壁炉旁的安乐椅。这给了康斯坦斯轻微的优势，可以跟他说话而不是跟他说话。一个高个子的人经常忘记身高的优势。

"我的意思是，如果您需要陪伴，那么。我认为，这是对较弱小和不那么幸运的人（对诗人而言）。我敢肯定，爱意味着渴望得到支持和同情。有些男人（比你更弱的男人）和女人一样需要同情。您没有那种欲望或需求。"

"一个可怕的指控。但是你怎么知道？"

"我知道，因为我对您有很多考虑，并且因为我怀有深深的关怀，以至于起初，当我收到您的来信时，我几乎（几乎）犯了一个大错误。"

"好吧，但请告诉我更多。学习如何估计一个人可能对一个人非常有益。自负是永远存在的危险。"

"首先，我认为我知道你们是最自力更生，最自信的年轻人
。"

"恩，这些都是美德，不是吗？"

"当然，您拥有自力更生的权利。你是一个好学者，你在大
学被视为即将到来的人之一。您实际上已经是到达目的地的
人之一。到目前为止，您已经证明了自己的自信。"

"到目前为止，我的虚荣心还没有受伤。但还有更多。"

"是。您也是最幸运的年轻人。您比同时代人领先几英里，
因为那里的所有人都缺少某些东西，而您却一无所有。一个
人想要出生，一个很坚强的人要克服卑微的出身：另一个人
想要举止：另一个人想要一个表情：另一个人不幸的表情-
刺耳的声音-紧张的混蛋：另一个人风格不足：另一个人因
为贫穷而倒下。仅您一个人就无法阻挡一个缺陷。"

"那么请让我感激不尽。"

"你拥有非常非常罕见的素质组合，可以使政治家成功。您
长得帅：您甚至英俊：您看起来很重要：您拥有良好的声音
，良好的举止和良好的存在感：您通过出生和训练成为绅士
：您现在有足够的生活时间：是好遗产的继承人。真的，伦
纳德，我不知道你还能问些什么。"

"我从来没有问过任何运气。"

"你得到了一切。伦纳德，你太幸运了。后面一定有东西-有些东西要来了。大自然不会让任何人完全幸福。"

"确实！" 他严肃地微笑。 "我什么都不想要。"

"除了其他一切，您还完全健康，我相信您对牙医来说是陌生的；您的头发不会过早变稀。真的，莱纳德，我认为在全国没有任何其他年轻人如此幸运。"

"但您拒绝与我一起共创未来。"

"也许，如果有任何不幸或弊端，人们可能不会拒绝。现在，发生家庭丑闻-许多贵族房屋的整个橱柜都装满了骨架：您的橱柜只装满了蓝色的瓷器。一两个丑闻可能会让你更人性化。"

"不幸的是，从您的角度来看，我的人民没有丑闻。"

"关系又差了！许多人深陷不良的关系。他们会被擦伤，必须付出巨大的代价将它们拉出。例如，我有一个堂兄，偶尔会出现。他非常昂贵，最负盛名。但是你？哦，幸运的年轻人！"

"我们早逝；但没有表亲。"

"这就是我所抱怨的。你太幸运了 您应该将戒指扔进大海-就像太幸运的国王一样，唯一可以与您相比的人。"

"我敢说痛风或会及时出现。"

"这对你不好，" 她继续认真地说道。伦纳德说："它使生活对您来说太愉快了。您期望整个人生都是一场胜利的长征。为什么，你如此幸运，以至于你完全不在人类之外。你对男人和女人都没有同情。他们必须为一切而战。你把一切都丢进了你的腿上。您与劳动世界没有任何共同之处，没有屈辱，没有耻辱，没有耻辱和失败。"

"我很难理解-" 他开始对这起意外的指控和犯罪感到不安。

"我的意思是，您被置于现实世界之上，在现实世界中，男人经常摔倒，被撞倒并被捡起，其中大多数是女性。您从未被打倒。你说我不懂爱。也许不是。当然你不会。爱意味着双方的支持。您和我都不需要任何支持。你身着铠甲。您不会-甚至也无法知道爱的含义。"

他没有回复。桌子的转弯是出乎意料的。她一直在承认自己不需要爱，现在她指责他（求爱者）同样的缺点。

"伦纳德，如果运气只会给您带来家庭丑闻，一些使您感到羞耻的可怜的人际关系，让您像其他脆弱的人一样的东西，您将了解到爱情可能意味着，然后，在那种不可能的情况下，我不知道-也许-"她没有完成这句话，就跑出了房间。

伦纳德照顾着她，脸上有些痛苦。"她是什么意思？屈辱？关系恶化？荒谬！"

然后，多年来，他第二次听到母亲和祖母的声音。他们谈到不幸的事，从乡间别墅和露台的老人开始，他们的家人和家人遭受了不幸。哦！哦！这很荒谬。他站起来。这很荒谬。屈辱！耻辱！家庭不幸！荒诞！好吧，康斯坦斯拒绝了他。也许她会过来。同时他的眼睛落在桌子和文件上。他坐下：他拿起笔。从书架上高高的栖息处悲痛地望着的爱，因绝望而消失了。情人既没有听到叹息也没有听到爱的翅膀飞舞。他弯腰看报纸。片刻之后，他又被全神贯注于他的工作。

女孩在她自己的房间里坐在桌前，拿起笔。但是她又把它扔了下来。她说："不，我不能。他完全沉迷于自己。他一无所知，一无所知，整个世界充满了痛苦。他全是幸福，男人和女人都为自己的罪孽和他人的罪孽受苦-他们遭受的苦难！他什么都不知道。他什么都不懂。哦，如果他可以通过屈辱，失败而成为人类！如果他能像其他人一样成为人类，那为什么呢？那么......" 她扔掉笔，推回椅子，戴上帽子和外套，在男女中走上街头。

第三章

即将发生的事情

如果您具有随时都能工作的稀有力量，并且在任何事件之后都能将自己的思想集中在工作上，那么这无疑是一种令人失望和避免烦恼的好方法。两个小时过去了。伦纳德继续坐在餐桌旁，全神贯注于争论，此刻完全忘记了过去的一切。目前，他的笔开始缓慢移动。他把它扔了：他通过另一个土方工程提高了自己的位置。他坐起来；他给书页编号；他把它们放在一起。在工作改变了主意之后，他发现自己能够毫无激情地考虑后期的谈话，尽管有些令人惊讶。有些人-较弱的弟兄-被这样的拒绝激怒，羞辱。那是因为他们的虚荣心是建立在沙滩上的。伦纳德不是那种对任何提议的任何回答都感到羞辱的人，即使是与结婚戒指有关的提议也是如此。他为自己赢得的好意见有太多优秀而坚实的基础。考虑到妇女考虑和估计男人的标准，任何女人都不可能拒绝他。康斯坦斯确实承认，命运在所有方面都有利于他，但由于某些女性的任性或意外的变态，他未能触动她的心。像伦纳德这样的人不能因对他说或做的任何事而受辱：他可能因自己的行为，自己的过失和错误而受到羞辱，而大多数人的生活是如此充实。

作为一次在不久的将来可能会被拒绝的事件，他得以抛弃拒绝他那三次幸运的手。此外，拒绝也以如此亲切和亲切的语言传达。

但是他受到了这种奇怪的攻击。他发现自己在念自己的话。康斯坦斯说，自然不会让任何人完全幸福。她继续说，他本人也表现出该规则的一个例外。他天生，富裕，强壮，高大，风和四肢声音良好，备受推崇，能力成熟，已经成功，没有任何明显的缺点。全世界还有其他男人喜欢他吗？对于他来说，这会更好，这个烦人的女孩-这个甲骨文-继续说些预言，如果把所有这些伟大而光荣的财富都扔进了一些平凡的事-一点点苦涩；肯定会发生的事情：即将发生的事情；将会有灾难：那么他将变得更人性化；他会了解世界。一旦他分担了世界的悲伤和痛苦，耻辱和屈辱，他将变得与男人和女人更加融洽。因为共同生活的痛苦。

在这一点上，从童年的朦胧的空地中又回到了他的身边，是那两个坐在一起的寡妇在哀悼中哭泣在一起的两个寡妇的记忆。

"我亲爱的，" 这位老太太说着-话语又回到了他的身上，就像当年他看着老人坐在椅子上的那天一样，场面很明显-"我亲爱的，我们是一个不幸的家庭。"

"但是为什么-为什么-为什么？" 问对方。"我们做了什么？"

这位老太太说："事情已经做完了，这是从不怀疑的。没人知道; 没有人发现：万主的膀臂伸了出来，报仇降落了，如果不是因为有罪，就会降落在他的孩子身上，-"

伦纳德把记忆带回了草地和花园：两个女人坐在阳台上：孩子在草地上玩耍：这些话全部消失了。伦纳德回到了现在。"鬼！" 他说。"鬼！这些迷信的恐惧除了幽灵之外还没有其他东西吗？" 他拒绝考虑这些事情：他抛开了聪明女人的预言，告诫他太幸运了。

您已经看到他如何打开一小堆信件中的第一个。他的视线落在其他人的身上：他拿起第一张纸然后打开：地址是一家时尚的西端酒店的地址：文字不熟悉。然而它开始了"我亲爱的侄子"。

"我亲爱的侄子？" 他问;"谁叫我他亲爱的侄子？" 他把信翻了过来，并在结尾处读了名字，"你深情的叔叔，弗雷德·弗莱默特。"

！然后他的记忆又回到了童年的另一天，他看到他的母亲-这个温柔的动物-在她重复这个名字时充满了愤怒。她的眼睛里流着眼泪-不是悲伤的眼泪，而是愤怒的眼泪-她的脸颊发红。这就是他所记得的一切。弗雷德里克·卡皮特（ ）的名字再也没有被提及。

"我想知道，" 伦纳德说。然后他继续读这封信：

"我亲爱的侄子，
经过多年的流浪，我在一两天前到达这里。在完成某些必要的业务后，我不会与您交流。此时，请祈祷转向我的签名。
"

伦纳德说："我已经这样做了。" 他放下信，并试图记住更多。他不能。在他的记忆中，又一次出现了他母亲第一次和唯一一次记得的愤怒的身影。"她为什么生气？" 他问自己。然后他想起了他的叔叔克里斯托弗（），杰出的律师，从来没有提到弗雷德里克的名字。"毕竟，似乎好像有家庭丑闻，" 他认为。他再次转向这封信。

"我是失散已久的流浪者。我不认为您可能会记住我，因为我离开时，您的年龄不超过四，五岁。一个人不向那些年幼的孩子透露家庭事务。当我离开自己的祖国时，我身处一团云—确实是一团轻云——一种雾状的薄雾，在阳光下神秘地发光。我的侄子，不外乎是不寻常的债务之谜。我走了。实际上，我被所有关系的团结起来冷落了。不仅有钱债，甚至连我微薄的遗产也消失了。这样，喜爱的青年人就愚蠢地把好钱丢在了坏事上。我本应保留自己的遗产，随身出国，除了债务外，别无他法。我现在又回到家了。我应该打电话给我，但我在这座城市有重要的约会，在这里，您可能会很高兴地学到我的名字和嗓音。同时，我听说您将被要求在我哥哥克里斯托弗周三与我见面。因此，我希望能再见到你。我的城市朋友要求我在这个星期三至星期三之间的所有时间。某些操作的规模很大，因此有必要一两天完全专注于高级财务。我相信，这是浪子回国时的习惯。我们已经改变了这一切。如今，浪子回头穿上了宽阔的衣服，口袋里放着一本支票本，并在他的银行贷了款。我相信，全家人将很高兴听到我的生活异常繁荣。"

莱纳德有点不安地读了这封信。他想起了那些眼泪。然后话语里有一个假的响声，一种轻浮的情感，听起来并不真实。成功的表面似乎是为了掩盖过去。他说："我已经忘记了，我们家里有一个浪子。的确，我从来不知道事实。"非常繁荣"，是吗？"该市的重要任命。" 好吧，我们将会看到。我可以等到星期三。"

他再次读了这封信。里面有东西震撼 这位温柔的女人一生中一次真实而毫不掩饰的愤怒形象与作者所说的朦胧阴霾不符。除此之外，浪漫的感觉，那只装满了钱的纳布人繁荣昌盛，并不是从借口离开家中开始的。一点也不：他兴高采烈地回到家，肯定由于他的钱袋而受到好评。伦纳德放下信说："毕竟，这是老事了，我可怜的母亲不会再为这件事或其他任何事情流泪，这件事可能会被遗忘。" 他放下信，拿起下一封信。"哼！" 他咆哮。"阿尔及农！我想他想再次借钱。康斯坦斯说我要建立友好关系。"

的确，他的堂兄阿尔及农确实偶尔借了他的钱：但他并非亲戚关系很差，是先生的独生子。克里斯托弗·弗朗特（ ），林肯酒店的律师，大律师，并享受着丰厚的利润丰厚的实践。酒吧的特权，是每一次大型练习都可以赚钱。现在，在法律职业的下层部门，有很多不赚钱的做法，就像在医学职业的下层部门中，有六便士的从业者有着很大的联系，而在教堂里，牧师们的教区也很大。。

就他而言，阿尔及农正在一个伟大而雄心勃勃的目标中学习。他提议成为未来的戏剧家。他还没有写任何戏剧。他在剧院里出没，整晚都参加了演出，认识了很多演员和几位女演员，属于游戏者俱乐部，以演讲者的身份摆在舞台上，或者至少是作为剧院的演员选择了家。阿尔及农经常是石破烂烂的，一般无法从父亲那里获得超过一定的津贴，并且习惯向他的堂兄（一家之主）提出上诉。

正如伦纳德所料，这封信是邀请他借钱的：

"亲爱的伦纳德，
"很抱歉让您担心，但是事情已经变得很紧迫，承办商拒绝了任何进展。为什么，凭着他的优良作法，他应该为我不知所措的我的小笔费用而苦恼。他抱怨我没有工作。这是最不合理的，因为没有人比我本人更努力地工作。我几乎每天晚上去剧院。我的错是摊位花了半个几内亚？所有这些意味着我希望您借给我一个工期，直到父亲的自豪感破裂或弯曲。

"你，
"阿尔格农。"

伦纳德读了又哼了一声。

他说："这家伙永远不会做任何事情。" 尽管如此，他还是坐下了，打开了支票簿，然后画了支票。"把它弄糊涂了！" 他说。

可是，康斯坦斯告诉他，由于缺乏亲密关系，他与世界其他地区不和谐。

他姨妈写了第三封信：

"亲爱的伦纳德，
"如果可能的话，您是否愿意在星期三与您的叔叔弗雷德见面？他又回来了当然，你不记得他了。我相信，在过去，他很野蛮，但是他说那已经过去了。的确是时候了。他看起来表现不错，并且很开朗。我敢肯定，作为一家之主，如果有什么要原谅的话，您会欢迎他的，忘记并原谅。恐怕阿尔及农工作太努力了。我真不敢相信戏剧写作艺术需要对剧院如此关注。他说，他在演员和女演员之间结识了许多人，他将能够极大地帮助他。我告诉他的父亲（有时会抱怨），当男孩下定决心开始工作时，将没有活着的戏剧家更加认真地研究他的艺术。

"亲爱的，
"桃乐丝战役"。

伦纳德写了一封便条，接受了邀请，然后努力，但没有成功，从他的脑海中消除了浪子的主题。感到他至少很繁荣和开朗，这让我感到欣慰。现在，如果伦纳德是一个经验丰富的人，他会记得浪子中的快乐是最可疑的属性，因为在任何情况下，即使是最没有希望的，快乐都是浪子的主要特征。他的快乐是他的主要原则，有时是他的唯一优点。他很开朗，因为开朗总是比痛苦更快乐；笑比哭更舒服。只有当浪子成功了-这是非常非常很少的-他才会失去性格开朗，承担起负责任的，焦虑的表情，就像稳重而讨人喜欢的哥哥一样。

第四章

完整的供应

那天晚上十一点。伦纳德坐在他的大火前，思考着今天的工作。那天不是他可以祝贺自己的日子。他被拒绝了：他被告知朴实的真相：他被称为太幸运了：他被警告说神永远不会使任何人完全高兴：他被提醒他的生活不太可能是一场凯旋的长征，他也不会免除困扰他人的焦虑和关心。没有人喜欢被告知他太幸运了，他想击败野心，不良的人际关系和家庭丑闻，使他与全人类相处。此外，他似乎已经得到了甲骨文的确认，这是对他叔叔一家的补充。

豪宅很安静：没有钢琴在工作：那些不在外面的人正在睡觉。

伦纳德坐在火炉旁，感到异常的紧张：他曾想过要做一点工作：没有时间像安静的夜晚那样干得好。然而，他却无法控制自己的大脑：这是一个反叛的大脑：它没有处理摆在他面前的社会问题，而是朝着坚定，拒绝和言语的方向徘徊了-她的话语不舒服，生疏。

出乎意料的是，楼梯上没有任何预先的台阶声，他的铃铛响了。现在，伦纳德不是一个神经质的人，也不是一个迷信的人，也不是一个忧虑地看待现在或未来的人。但是今天晚上，他感到一阵寒意：他知道将要发生令人讨厌的事情。他看着时钟：他的男人一定已经上床睡觉：他起身出去自己开门。

站在他面前的是一个陌生人，一个身材高大的男人，裹着一种印有弗文斯的斗篷，戴着一顶圆形毡帽。

"先生。伦纳德·卡皮特？" 他问。

"当然，" 他敏捷地回答。 "你是谁？晚上这个时候您要在这里做什么？"

"很抱歉这么晚。我迷路了。我可以和你谈半小时吗？我是你的表弟，尽管你不认识我。"

"我的堂兄？堂兄 请问你贵姓大名？"

"这是我的卡。如果您愿意让我进来，我会告诉你们所有的关系。我当然是堂兄。"

伦纳德看着卡。

"先生。塞缪尔·加利·坎帕尼。" 角落里是 "律师，商业之路"。

"我对你一无所知，" 伦纳德说。 "不过，也许吧-你会进来吗？"

他带头进入书房，又打开了一两个灯。然后他看着他的访客。

那个男人跟着他进入书房，脱下斗篷和帽子，站在他面前-一个高大而瘦弱的身材，一张脸立刻使观众联想起秃鹰。鼻子细长，弯曲。他的眼睛是明亮的，太靠近了。他穿着一件外套，穿着一件比以前更好的外套，还系着黑色领带。他看上去饿了，但身体却不舒服。

"先生。塞缪尔·加利·坎佩涅。 "我父亲的名字叫厨房；我祖母的娘家姓是战役。"

"哦，你祖母的名字叫战役。那你自己的名字叫厨房吗？"

"我在我自己的名字上加上了老妇人的名字；看起来更适合商业用途。我也带上了她的家族徽章-她戴着徽章-看起来很适合商业用途。"

"你不能带上祖母的家庭盾牌。"

"不是吗？谁在阻止我？这对我们来说是不寻常的，对业务也有好处。"

"好吧，随您便-名称和徽章以及其他所有内容。您能解释一下表亲吗？"

用两个词。"那边的那个老人"（他向北方说了些什么）""一个人住的那个老人是我祖母的父亲。他九十岁，而她七十岁。"

"哦！那她就是我的姑姑 我从未听说过她的奇怪。"

"一点也不奇怪。只有一个人会期望。她沉迷于世界。你上来了或者熬了下来，当然他们没有告诉你关于她的事。"

"恩，你能告诉我她的情况吗？你会坐下吗？我可以给你任何东西—香烟吗？

访客环顾了房间；没有威士忌的迹象。他叹了口气，拒绝了香烟。但是他接受了椅子。

"谢谢你，" 他说。"坐下来比较友好。您有舒适的宿舍。没有太太 。到目前为止，在吗？老妇人说你是单身汉。接着。就这样：她嫁给了我的祖父以撒·格莱（厨房）。那是五十年前的1849年。否，1850年。由于他的债务总额（即数额），他在文件中提到了他的失败。时代想知道他如何欠了这么多钱。"

继续吧。我有兴趣。我们家族史的这一部分对我来说是新的。"

伦纳德继续站着，低头看着访客。现在，他意识到自己对自己的可笑之处，他发现自己希望秃鹰在自己的表情中扮演不太重要的角色。所有参加竞选活动的人都比平均水平高得多。它们的特征很明显；他们通常是一个英俊的家庭。他们有一定的尊严。这个男人个子高，特征鲜明。但是他不英俊，没有有尊严地承担自己的责任。他的肩膀弯曲，他弯下腰。显然，他是种族中的一员，但后来成为种子。看起来很"普通"。没有人可能会因出生或繁殖而将他误认为绅士。"普通"一词适用于先生。厨房运动场。属于社会某个阶段的某些女士关于邻居子女的"常用"一词；以此来表达此访客的外观。

"求你了，" 伦纳德一边观察一边机械地重复着。"显然，你是我的堂兄。我必须为不知道你的存在而道歉。"

"我们住在城镇的另一端。我是位绅士，当然在法律上–下层部门–"

"非常"，伦纳德说。

"但是老妇人–我的意思是我的祖母–乐于照顾我，我将知道你我之间的区别。您已经有了伊顿大学的支持。你有下议院和一个招摇俱乐部。那就是你的世界。我的与众不同。在商业道路上，我们住的地方没有膨胀。我是个小律师，我是个律师。我们没有大个子。"

"这是一个博学的职业。"

"是。我不是一个像我父亲那样的文员。"

"告诉我更多关于你的信息。您说，您的祖父已经破产。他还活着吗？"

"没有。他大约十年前就离开了，自夸他的大杀手已结束。他的儿子–那是我的父亲–在城里。他一生都是葡萄酒商人的店员。他四五年前去世了。他只能够付我100英镑的物品和另外80英镑的邮票的费用，除了一点点100的保险之外，这一切还算很不错。他死后，我才刚开始相处。而且我一直能够生活，并能够保住我的母亲和祖母（尽管这很合适）与玛丽安妮所能解决的一切。"

"谁是玛丽·安妮？"

我的姐姐玛丽·安妮。她是董事会老师。但她把所有的费用都推给了我。"

"哦！我有一个表弟的全家，那么，以前未知。这太有趣了。还有更多吗？"

他记得那天早上只说了几句话，他畏缩了一下。毕竟这里关系不好。康斯坦斯会很高兴。

"没有了，只有我和玛丽·安妮。也就是说，您不会再因此承认。那里有父亲的所有表兄弟姐妹和他们的孩子；母亲的所有表兄弟姐妹，兄弟，侄子和侄女。但是您不能正确地称他们为您的表兄弟。"

"几乎不可能，就像人们想要的那样……。"

"现在，先生。运动。老妇人很久没来找我了。我不想打电话。我不想认识你，你也不想认识我。但我来取悦她，是为了让您知道她还活着，并且最重要的是，她希望见到您并与您交谈。"

"确实！如果仅此而已，我将非常高兴致电给我。"

"你知道，她一直很倒霉-可以这么说，天生倒霉。但她为自己的家人感到骄傲。他们从来没有为她做过任何事情，无论他们要做什么，我都必须做。" 他开始威胁。

"必须做。" 伦纳德轻声重复。

"在将来。也许有必要证明我们是谁，而且要在多年甚至几个月甚至几天之前证明自己，如果您想了解她是谁，我是谁，这可能省去麻烦。"

"你希望我请我的姨妈来。我一定会这样做。"

"这就是她想要的。这就是为什么我今晚来这里。先生，请看这里：就我个人而言，我不会干涉你。我没有乞求或借钱。但是为了老妇人的缘故，我冒昧打电话给你，让你记住她是你的姑姑。她今年72岁，时不时看到自己的民族后，对此感到不安。自从您祖父自杀以来，她就再也没有见过他们。那一定是在您和我出生之前的大约1860年。"

伦纳德开始了。

我的祖父自杀了？你什么意思？我的祖父死于1860年左右。你说他自杀了是什么意思？"

"什么！你不知道吗 先生，您的祖父，先生，坚决地说，"死于喉咙发烧。哦，是的，无论他们叫什么，他都死于咽喉炎。非常突然。我敢肯定，因为我的祖母对公司的经营情况非常满意。"

"可能吗？自杀了？那为什么我从来没有学过这样的东西？"

"我想他们不想让你担心。我想当时你父亲还只是个孩子。也许他们从未告诉过他。都是一样的，这是完全正确的。"

自杀！他想起了从未微笑过的寡妇-脸色苍白，眼神沉重的寡妇。他现在明白了为什么她要一生哀悼。现在，他以这种出乎意料的方式了解了她为何退休到这个安静的康沃尔小村庄。

自杀！为什么？问这个人似乎是一种牺牲品。他犹豫了；他从壁炉架上拿起一件琐碎的装饰品，然后玩弄它。它从他的手指上掉进了挡泥板中，然后摔坏了。

他问，"祈祷"，暂时留下另一个问题，"您的祖母如何与自己的人民分开？"

他们去了乡下。她父亲很傻。当他不傻的时候，她从来不认识他。当他的姐夫被谋杀时，他变得愚蠢。"

"婆婆被谋杀了吗？被谋杀！这是什么？好主啊，伙计！您的谋杀和自杀是什么意思？"

"为什么，你不知道吗？他的子以他的理由被谋杀。当天，他的妻子因电击身亡。还有什么驱使他摆脱了老套？"

"我-我-我-一无所知"-面对这些启示，人们的粗俗化被忽视了-"我向您保证，这些悲剧都没有。他们对我来说都是新的。我什么也没被告知。"

"　"从没告诉过你吗？好吧，为什么，那边的老妇人总是不厌其烦地谈论这些事情。她为他们感到骄傲。而且你永远都不知道！"

"没有。还有更多吗？你为什么叫我曾祖父疯了？"

"他和你一样是我的曾祖父。狂？好吧，我见过他在花园墙上翻了六遍，像北极熊一样在露台上走来走去。我不知道你叫什么疯子。对于我来说，我是一个商人，如果我有一个从不开门或回信的客户，从未对任何人说一个字，忽略了他的孩子，让他的房子毁了，从未去教堂，这个地方没有仆人-为什么，我应该把那个可怜的生物关起来，仅此而已。"

伦纳德撇开了这一点。

"但是您没有告诉我他妻子的死。我奇怪的是，我应该问你我自己家庭的这些细节。"

东端律师"有尊严地反对"说。"好吧，先生，我的祖母今年七十二岁。因此，距离她母亲去世仅72年。因为她的母亲死于分娩，而她也因自己兄弟被谋杀的消息而震惊。她哥哥的名字叫兰利·霍尔姆。

兰利？我祖父的名字。"

"是的，兰利·霍尔姆。我认为他被发现死在山坡上。因此，我的曾祖父一天之内就失去了他的妻子和他的姐夫，他是世界上最好的朋友。先生，为什么，如果您下楼去见他并发现他处于那种状态，您是否没有想到问它是怎么发生的？"

"我承认，他太老了。我认为这是年龄的怪癖。"

"没有！" 表哥摇了摇头。"光靠年龄就无法使一个人继续这样下去。先生，我认为极端的年龄使一个人不关心别人，甚至不关心自己的孩子。但这并不能使他摆脱金钱问题。"

"你也许是对的。但是，我什么都不知道。因此，老人的思想被双重损失的巨大冲击所推翻。奇怪，他们从未告诉过我！他的儿子，我的祖父，自杀了。他姐姐的丈夫破产了。"

"是; 有足够的不幸。这位老妇人永远不会厌倦家庭的不幸。第二个儿子被淹死了。他是一个水手，被淹死了。我父亲从来没有什么比小秘书更好。我已经知道自己想要一顿晚餐的价格是什么。如果您想知道不幸是什么，请等到肚子饿为止。"

"确实！" 伦纳德若有所思地回答。"所有这些麻烦对我来说都是新的。奇怪的是，那天他们应该告诉我！"

"那有你自己的父亲。他也去世了，这位老妇人谈论的最后一个案件是你父亲的兄弟。我忘记了他的名字；他伪造了你父亲的名字后，他们把他打包带到澳大利亚。"

"什么？"

"伪造的。这是一个很漂亮的词，不是吗？是的，先生，不幸的事还足够。" 他起来了。"好吧，关键是，你能来看看老妇吗？"

"是。我会拜访她。我什么时候可以在家里找到她？"

她每天下午两点到四点或近四点半躺在火炉旁的沙发上，然后醒来后可以说话。四点半左右。这是后院；前面是我的办公室，我的店员（我现在只有一个）在厨房的房间里工作-通常是的卧室。这是一栋最受人尊敬的房子，在门板上贴着我的名字，所以你不能错过它。"

"那么我会打电话。"

"还有一件事，先生。运动。我们没有向前推进，也没有试图将自己强加于家庭，先生，我们也不会。我们相距六英里，我们有自己的朋友，而我的朋友却不是你的。我仍然想以一种商业的方式提出一个问题。这是一个业务问题。"

男人的脸突然变得狡猾。他倾身向前，低声说。伦纳德本能地守护着他。

"如果与战役阶层有关系，我无话可说。去管理遗产的律师不是很好吗？"

"没有。他们什么也不会告诉我。我想知道的是这个。我相信他有一个大庄园？"

"我相信他有。但他无权分担其中的任何一部分。"

"我想庄园会产生租金吗？"

"毫无疑问。"

"好吧，七十年来，老人一无所有。必须有积累。如果没有意愿，这些积蓄将平均分配给您祖父的继承人和祖母。如果我敢于问问，您知道有什么意愿吗？"

"我一无所知。"

"最不可能有任何意愿。一个已经挣脱了将近70年的男人几乎不会留下遗嘱。如果他这样做的话，很容易就把它放在一旁。先生。，也许是在卡片上有大量的积累。"

"正如您所说，可能有堆积物。"

"在那种情况下，有可能-我说有可能-我姐姐和我可能变得有钱，非常有钱-我几乎不敢将这种可能性强加给我自己-但必须-必须-有积累，而问题是先生，我要告诉你的是：这些积累在哪里投入？一个人能找出它们的价值–值多少–谁提取红利–如何应用红利–是否有意愿？这是在老人摆脱困境之前或之后做出的吗？如果把钱留在家庭之外，先生，作为一家之主，您是否愿意采取步骤搁置那笔钱？那是我的问题，先生。运动。" 他又把自己放回椅子上，将拇指伸进背心的袖孔。

伦纳德说："这些都是非常重要的问题。" "作为律师，您必须意识到，我无法给您任何答案。关于财产的管理，我认为我无权向律师和代理人提出任何问题。我们必须假定房地产所有人的想法正确。至于反对遗嘱，我们必须等到产生遗嘱。"

"先生"-堂兄趴在膝盖上，嘶哑地轻声细语-"先生，堆积物必须是一百万零半。我自己用一本算术书解决了所有问题。我是故意学习规则的。因为我从来没有像复利那样在这本书中走得那么远。这意味着数百笔款项；我做了所有，一个接一个。我以为我永远都不会结束。玛丽·安妮提供了帮助。成百上千的复利，高达一百万半，一百万半！想到这一点！一百万半！"

他站起来，慢慢穿上大衣。

"先生，" 他带着深深的情感和颤抖的声音补充道，"这笔钱一定不能从家庭中流失。它一定不能。那是有罪的，有罪的。我们希望您能保护家庭的权利。"

伦纳德笑了。"我担心我在这方面无能为力。晚安。我希望能按她的意愿拜访我的姑姑。"

他把访客的门关了。他听到他的脚从楼梯上走下来。他回到自己的空房间。

它不再是空的。那人用鬼把它带了，把鬼都带了。

在同一天，有一个老人-又是年轻的-在双重丧亲的重压下摇摇欲坠-妻子和最好的朋友。有他自己的祖父自杀。为什么？年轻的水手被淹死；他父亲快死了；返回的殖民地-一个富裕的绅士，在外出之前伪造了他哥哥的名字。伪造的！伪造的！这个词在他脑海中响起。有一个房子的女儿，在房子旁边，嫁给了像先生这样的家庭。厨房代表。这些幽灵不足以带入一个安静的绅士公寓吗？

是的，他是在无知中长大的。他不知道老人被隔离的原因。不是祖父早逝的原因；没有其他不幸。他一直对所有人一无所知。现在这些事在他毫无戒心的脑袋上大为爆炸。

他在大火前坐了下来；那天晚上，他不再在"主题"上工作。在他的大脑中，仍然发出奇怪的关于保持一致的警告-他想要一些不幸的事情，例如骚扰世界其他地方，以使他与周围的男人和女人处在同一水平。

他说："我有一些东西。" "人际关系不佳，家庭丑闻，屈辱等等。但到目前为止，我感觉还不错。"

第五章

学识渊博的职业
在大臣巷以东的一条街道上，是一栋相对较新的建筑物，被当作办公室摆放。它们通常由三个房间组成，但有时有四个，五个甚至六个。街区的地理位置表明了居住者的性格：难道每条石块上的石头和她的女儿都不属于法律吗？但是，有时也有例外。例如，在这里建立了一些贸易公司；偶尔有人发现门口写着"先生先生"的公告。乔治·信贷恩，经纪人。" 每天上楼下楼梯的办事人员和人们有时互相问这个办公室采取了哪种代理方式。但是店员有自己的事情要考虑。在一个没有客户来过的安静的办公室里开展业务之类的谜团，在一段时间内一直是个猜测，但是很快就不再引起任何关注。自从这个名字首次出现在门上以来，以及办事员开始纳闷，已经过去了二十多年。

"先生。乔治·信贷恩，经纪人。" 代理有很多种。土地，房屋，各种财产可由代理人管理；有代理人可以申请专利，其中一些办事机构靠近专利局；有文学代理人，但部长级的职位不是帕拉纳苏斯。有代理人可以建立和解除合伙关系；有戏剧代理商，但是袜子和衬皮皮有什么法律意义呢？先生是什么样的经纪人 乔治·卡登？

先生。特工乔治·信贷顿（　）坐在他的内部办公室。房间布置稳固，可以正常工作。在这里看不见那张大而笨拙的桌子，上面覆盖着律师所珍视的文件；取而代之的是一张普通的学习桌。它与墙壁和窗户成一定角度旋转。那里有一张温暖而又英俊的地毯，桌子下面有一块羊皮，经纪人用的木椅，还有另外两张给他的访客。桌上放着一台打字机。墙上满是书，不是法律书籍，而是杂货。那个特工显然是一个迷恋阅读的人。因为，事实上，所有的现代幽默主义者都在那里—来自美国以及我们自己生产的幽默主义者。这里也有英国诗人的收藏，有一些但不是很多的法国和德国。在他面前的桌子上放着半打装订的对开本，背面标题为 "参考文献-" ，依此类推。在一个角落里站着一个敞开的保险箱，显然属于另一本作品集，称为 "分类帐" 。

代理人从事他的工作，显然是努力表现出最严重的责任。他的脸被一对直切开的小胡须装饰，后退。下巴和嘴唇剃光了。摆在他面前的模型是大律师的传统面孔。不幸的是，尝试没有成功，因为脸部至少没有传统类型的脸部。它没有严厉，没有敏锐。它没有设置，没有严重或庄重。它可能是轻喜剧演员的脸。这个人的身高超过六英尺，奇怪的是瘦弱，鼻子略带水线，嘴唇敏感。

他通过开信开始了早晨的工作。只有两三个。他参考了分类帐并查阅了某些条目；他做了一些铅笔笔记。然后，他从一个架子上的山姆浮油，阿尔泰姆斯病房和马克·吐温那里拿走，从另一个架子上取下来了伯恩德的作品和一两个弗雷德里克·安斯特的作品。他翻过书页，开始做简短的摘录和更多笔记。也许，那么，一个旁观者可能以为他将要写一篇关于英国和美国幽默的比较特征的论文。

在外面，他的男孩（他每周有五先令有一个十四岁的书记员），在大火前星期六坐在火炉旁，阅读英勇的笑话和杰出的杰克·哈卡威的成就。他是一个好孩子，充满想象力，决心在时机成熟时成为另一个杰克·哈卡韦，并为此一时表示真正的谢意，因为他为他提供了除了写信和坐在火炉前不需要任何工作的情况在一个温暖舒适的外部房间中阅读，除了他的雇主和邮递员外，没有任何来访者或访客来过；如果您问那个男孩，代理机构是什么角色，他将无法告诉您。

当先生。乔治·卡西顿（　）完成了提取物的制作，他有条不紊地将文件固定在一起，然后放在一边。然后他打开了最后一封信。

"他回答了。" 他笑着说。弗雷德的笔迹。我知道，我知道。自称巴洛，但我直接知道。哦，他会来的-他会来的。" 他坐下，无声地笑了起来，轻笑着摇了摇房间。"他会来。他会不会感到惊讶？"

现在他听到了脚步声：

"我想见先生。乔治·卡登。"

"很高兴，" 特工又笑了起来。"现在就做。"

男孩回答道："没有人陪着他。" 他不肯承诺自己，也不习惯陌生人的到来。

来电者是一个大约四十五岁的高个子，身材高大，身体健壮。他穿着盛装，因此带有一条大金链。他的脸上印有我们习惯与某些放纵相联系的痕迹，尤其是烈性酒。这些虚弱的证据是不必要的；此外，一个人很容易被误解。这是一张张脸，可能会在一个舒适的酒吧客厅里用管子和一杯热的东西碰到-一张漂亮的脸，但没有知识分子或精致的面孔。但是应该两者兼而有之。尽管这位先生穿着宽大的亚麻布和白色的亚麻布，但他的外表几乎没有使旁观者立即受到尊重。

"告诉先生。卡西顿先生 约瑟夫·巴洛在外面。"

"巴洛？" 男孩说。 "那你为什么不进去呢？" 现在转到他的冒险书上。

先生。巴洛听从了，进入内部办公室。在那儿他停了下来，哭了：

"克里斯托弗，天哪！"

特工抬起头，站起来，伸出手。

"弗雷德！再次回来，成为一个巴洛！"

弗雷德伸出手，但令人怀疑。

"来吧，克里斯，你是信用证。"

"以生意的方式，。"

"这么。巴洛。"

然后他们互相看着对方，大笑起来。

"我知道你的笔迹，弗雷德。当我收到您的来信时，我知道那是您的，所以我给您发送了打字答复。打字永远不会出卖，如果想保密的话也不会被发现。"

"哦，克里斯，太好笑了。但我不明白。魔鬼到底是什么意思？"

"我心中的这个问题，弗雷德。这是什么意思？新装备，金链，戒指-这是什么意思？你为什么从未写过？"

"我离开的情况-也许你还记得。"

特工的脸变黑了。

"是的，是的。" 他急忙回答。 "我记得。情况很尴尬-非常。"

"你比我差很多，但我要怪我。"

"也许-也许。但那是很久以前的事了，而且-而且-我们俩都成功了。您现在是巴洛-约瑟夫巴洛。"

"现在您是了-。"

"坐下，弗雷德；让我们好好聊聊。你回来多久了？"

弗雷德坐在椅子上，坐在桌子的另一侧。

"只有两周左右。"

"为什么你以前不看我？"

"正如我告诉你的那样，存在一些疑问-但是，我在这里。巴洛是我公司的名字，这是一家有影响力的大公司。"

在悉尼？还是墨尔本？"

"不，在乡下。那边。" 他指着他的左肩。 "这就是为什么我使用巴洛的名字。我在这家公司工作，它把我带到伦敦。我每天都需要进入这座城市-最重要的交易。由于手术的强度，我的舌头被密封了。"

"哦！" 这段话暗示了一点疑问。 "你是商人吗？您？为什么，您再也没有理解最简单的总和。"

"关于债务，也许不是。关于资产和财产-但是在那些日子里我什么都没有。克里斯，繁荣-繁荣带出了男人更好的品质。您自己看起来很受人尊敬。"

"我整整二十四年都受到尊重。我已婚。我有一个三二十岁的儿子和一个二十岁的女儿。我住在贝斯沃特的彭布里奇新月。"

"而你正成为一名大律师。"

"我曾是。但是，弗雷德，老实说，你有没有抓过我读法律书籍？"

"我从没干过。现在您是代理商。"

"相反，说的是，我从事文学的高级实践。有什么能比口头表达更高？"

"这么。您通过话语和餐后演讲为世界提供服务，这肯定使演讲变得糟透了。"

"从讲台到倒置浴缸的各种演说：从豪宅到酒吧客厅：从下议院到政治集会。"

"你妻子怎么说？"

"我的妻子？祝福你，亲爱的男孩，她什么都不知道。她不怀疑。在家里，我是一个繁荣而成功的律师：他们想知道为什么我不接受丝绸。"

"什么？他们不知道吗？

"没人知道。不是这些房间的房东。不是外面的男孩。不是我的任何客户。不是我的妻子，也不是我的儿子，也不是我的女儿。"

"哦！而您正在从中做一件好事吗？"

"太好了，我不会将它换成县法院的判决书。"

弗雷德说："真是太好了。" "而且我一直以为你宁愿半生半熟的面团。"

"没有比您自己的成功更精彩的事情了。弗里德，你不希望借钱回家就很幸运。"他看着哥哥的脸：他看到一片疑云或忧虑笼罩着一片乌云，他笑了。"并不是说，如果您愿意的话，我可以借我昂贵的机构贷款给您。仍然能够将您视为 & 伟大而繁荣的公司的负责人，我相信是您的幸福和幸福。弗雷德的脸明显加长了。"我想我一定不能问商人他的收入吗？"

"很难-很难。不过，如果有任何人-但是-我有一个不愿透露这些私人事务的伴侣。"

"好吧，弗雷德，我很高兴再次见到你-我的确是。"

他们再次握手，然后由于某种未知的原因，他们被笑住了很长时间，不再受到控制。

当笑声断断续续地发出咯咯叫声时， "杰出的律师" 喃喃地说。

克里斯托弗说：“有影响力的商人。” “哦！，，天哪！
” 他擦了擦眼睛喊道，“这让我们回想起以前的旧时光。
我们不得不笑什么！债权人和沙丘-你还记得吗？

“我做。还有女孩，还有晚餐！克里斯，过去很美好。你继
续丢脸。”

“我们做到了-我们做到了。不过，很高兴能记住。”

“克里斯，我渴了。”

“你一直都是。”

他的兄弟在五年和二十年后还记得这个令人愉快的特征。他
起身，打开柜子，拿出一瓶酒，玻璃杯和一些苏打水。然后
他们与早期的不倒翁和早晨的雪茄坐在对面，洋溢着兄弟般
的感情。

大律师说：“就像过去一样，老人。”

“它是。弗雷德说：“我们将拥有更多的旧时光，现在我又
回到家了。”

用诗人的话说， “！他们曾经是青年时代的朋友。” 如果
他们不是青年时的朋友，那就更好了。他们一起听到了午夜
的钟声。他们在一起浪费了他那纤细的遗产。但是现在，他

们对这种有同情心的饮料进行了友好的交谈，这种饮料可以保留波特酒，香槟甚至红葡萄酒的可能性。

"他们真的不怀疑-其中任何一个吗？" 弗雷德弟兄问。

"没有一个。他们称我是一位杰出的律师，是全家的骄傲-除了在家里的伦纳德之外。

"不存在被发现的危险吗？"

没什么。该业务是通过信件进行的。除了它的外观，我可能根本没有办公室。不，没有恐惧。没人来过这里。你怎么找到我的？"

"酒店书记。在明天的晚宴上，他把我的名字当成了演讲者，并建议我写信给你。"

"好。他得到佣金。我说，你必须来看我们。记住，没有对整个演讲人的暗示吗？

"一言不发。不过，我说，这让我感到震惊，您是如何想到它的。"

"天才，我的孩子-纯天才。当您发表演讲时，您将为我感到骄傲。与饭后餐桌上的练习相比，酒吧的练习是什么？现在，弗雷德，为什么要巴洛？"

"恩，你还记得发生了什么事？" 他的兄弟点点头，睁开了眼睛。"他们制造的荒谬大惊小怪的东西。"

"五年二十来没人听说过关于你的任何事情。"

"我取了另一个名字-一个好斗的名字。巴洛，我称自己为约瑟夫·巴洛。乔-就是在打架。没有同情，没有削弱乔。"

"是。就我自己而言，我取了的名字。尊重而不是侵略性。信心就是我想要的。"

告诉我有关家庭的事。请记住，是25年前，我离开了1874年。"

他的兄弟简要介绍了他的生死情况。他母亲死了；他的哥哥死了，只剩下一个儿子。

演讲商人说："至于阿尔及农的死，这是巨大的打击。他真的要脱颖而出。他死了，享年32岁。他的儿子在房子里。他们说他承诺很好。我相信他是学者。他们说他会说话；而且他不只是个小家伙。"

"关于那个老人-一个古老的人-他还活着吗？"

"是。他快九十五了。"

"九十五。他不能持续多久。我部分回家是为了照顾事情。因为，尽管这笔遗产归阿尔格农（ ）的儿子所有（对我来说，厄尔格蒙（ ）确实有一个儿子，这是我的不幸），但是这里有积累。我记得他们那天晚上在那里，他们像刀子一样想起了他，因为他可能已经死了，积累的东西分散了，我的份子也消失了。所以我会尽速将自己捆在家里。"

"不，到目前为止您还好。我想，因为他强健壮，并且积累的东西还在累积。没人知道他们将成为什么样的人。"

"我懂了。好吧，我必须结识阿尔及农的儿子。"

"还有你这个伟大的公司吗？"

"恩，正如我所说，这是一家伟大的公司。"

"这么。一定是这样，而弗雷德·卡皮特（ ）才是最重要的。"

"不要介意公司，但请告诉我您的这一惊人职业。"

教授笑了。

他说："很幸运，我一个人。有没有比赛我可能会毁了。但我不知道：这一次我的声誉基础太稳固，无法动摇。"

您的声誉？但是人们不能谈论你。"

"他们不可以。但是他们可能会窃窃私语–互相窃窃私语。为什么，只考虑方便。他们不必花力气去寻找赞美和漂亮的东西而不是去寻找它们，而不是寻找轶事和报价，而是将它们发送给我。只要他们想要，他们就会在五分钟到一个小时的时间内得到充满美感的回报！通过这种方式，考虑到机智，警句和火花的声誉，他们可以廉价，即合理的价格购买它。然后在晚餐时想起公司。他们不必听笨拙的人，结结巴巴的人和笨拙的笨拙的人，而在他们面前却是一个轻松自在的演说者，因为他是内心地学习，聪慧而又在语法上学到的。他让他们都活着，当他坐下时，他叹了口气，以为他的演讲太短了。"

"你必须给我这样的演讲。"

"我会的，我会的。弗雷德（），您应该以一个会在每家城市公司的晚宴上受到欢迎的名字开头。这将极大地帮助您完成公司的大量交易。靠我吧。因为，您看到，当一个人发表了出色的演讲后，他被要求再次讲话：他必须保持讲话；所以他再次寄给我 看这里"–他把手放在一堆信件上–"这里是昨天和今天的信件。" 他拿起它们，像一副纸牌一样与他们一起玩。"这个人想给军队一个答复。这是文学的回报。这是对下议院的答复。女士们，美利坚合众国，科学，殖民地–看到了吗？"

"还有薪水？"

工资，弗雷德，相当于授予的特权。我做演说家。他们很感激。至于你自己-"

我的是对澳大利亚的答复。晚餐在星期五的塞西尔饭店（殖民企业的晚餐）举行。"

"真！" 特工微笑着揉了揉手。 "这的确令人欣慰。因为，弗雷德-当然，您像死亡一样秘密-我可能会告诉您，您的这一要求完成了当晚的烤面包清单。这些讲话将全部由代理人提供，全部由我本人提供。但是李子，我的兄弟，真正的李子，应该塞在你的里面。我将做傍晚的演讲。先生。巴洛-巴洛-新南威尔士州的巴洛。"

弗雷德玫瑰。 "好吧，" 他说，"我让你发言。今晚晚上七点半与我一起在大都会酒店共进晚餐。之后我们可能会看看。"

他们一起吃了晚饭。这真是一个有钱人的晚餐。这也是喜欢看酒杯的人的晚餐。

晚餐后弗雷德看着他的手表。 "九点半。克里斯，我说，大约这一次，我们过去曾大声疾呼。你记得？"

"我相信我确实记得。我现在非常受人尊敬，以至于我无法忘记自己。"

"有一个霍尔本娱乐场和一个供人们跳着舞的亚皆老街：法官和陪审团，埃文斯的舞池，还有供晚饭和唱歌之用的煤坑：考德威尔（ ）带一名女售货员进行一场静悄悄的舞蹈：——"

"亲爱的朋友，这些都是古老的故事。所有这些东西都消失了。和是餐馆，被盖了，的房子已经死了：法官和陪审团的生意现在不被容忍。"

"男孩们现在做什么？"

"我应该怎么知道？他们以某种方式取笑自己。但这不关我的事，也不关你的事。弗雷德，你不再是男孩了。"

"挂起来！晚上我要和自己做什么？我想我可以继续看下去吗？"

"没有; 你甚至都不要看 把男孩留给自己。加入俱乐部，整晚独自坐在吸烟室。那是您的娱乐。"

"我想我可以去剧院了-仅此而已？"

"哦，是的！你必须穿上晚礼服去摊位。我们曾经去过维修站。有音乐厅和各种各样的综艺节目-如果愿意，您可以去那里。但是，您知道，您需要维护一个角色。想想你的位置。"

"挂我的位置，伙计！起床带我去某个地方。让我们笑着看一些东西。"

"亲爱的弗雷德，考虑一下。我是一个有成年儿子的受人尊敬的律师。在这样的地方可以看到我吗？我要指出的是巴洛公司的负责人，如果有人在某些地方见到他，他将不会增加他在这座城市的机会。"

"没人认识我。"

"请记住，亲爱的兄弟，如果您打算把钱从城市中挪出来，那么您在傍晚和早晨必须是认真负责的资本家。"

"然后我们要去吸烟室抽烟。克里斯，一个人容易忘记成功的责任。"

"这么。" 克里斯托弗笑了。"这么。说得好。成功的责任。我将在您的演讲中介绍这句话。成功的责任。"

第六章

浪子的回归

太太。克里斯托弗·巴菲特（　）在家。房间里到处都是人，主要是年轻人，儿子和女儿的朋友。即使他们还没有创作出自己不朽的作品，他们中的大多数人仍然具有那些文学和艺术上的倾向，这使他们成为严重的批评家。然而，当晚的主要吸引力是刚返回的澳大利亚人，据说是百万富翁，他在房间里占据了一个很大的空间，又高又宽。他还在对话中占用了很大的空间：他大声说话，大笑。他成功地展示了他所期望的外表，即一位非常富裕的绅士的外表，他习惯了因数以百万计的尊敬。

伦纳德来晚了。

他的女主人说："我很高兴在这里见到你。" "弗雷德里克，你几乎不记得你的另一个侄子，阿尔及农的儿子。"

弗雷德里克（　）表现出男子气概。他说："当我离开英国时，你是四，五个孩子。伦纳德，我无法假装想起你。"

"我也不记得你。" 他试图从脑海中抹去一个丑陋的字眼。"但再次欢迎您回家。我希望这次留下。"

"我想不是。事务-事务有时是强制性的，特别是大事务。城市可能会坚持要我待几个星期，或者城市可能会让我回去。我完全掌握在这座城市之中。"

如果您想到这一点，那么一个男人必须确实有钱才能掌握在这座城市中。

人们以更大的兴趣甚至敬畏的目光注视着演讲者。他们不在城市的手中。

"我承认，" 他继续说道，"我想留下。当一个人在多年后重返社会时，它是令人愉悦的。有人说它是空心的。也许。工装有所不同"（他批判性地看了一眼）" "它们与5年前和20年前不一样；但效果保持不变。效果就是一切。我们一定不要在幕后。这位粗暴的老殖民主义者"，但房间里没有人能得到更好的修饰。" "从外面往外看，发现这一切都令人愉快。"

"虚幻的事物会令人愉悦吗？" 叹了口气，在圈子里喃喃地说一位女士。

伦纳德继续说："无论如何，你不会离开我们一段时间。"

"再次，我不确定。我在澳大利亚有一个合伙人。我有联系要在城市中查找。但是我相信有几个星期我可能会考虑去度假一下，因为殖民者必须向这座城市表明，所有的企业都不是他们的，也不是所有的财富，也不是所有的财富。" 他谦逊地问，"你在做什么，伦纳德？

"我在房子里。"

"就像您的父亲和您的祖父一样。这是一个伟大的职业。"

"这可能是一个伟大的职业。"

"正确-正确。必须有很多失败-很多失败。您最有可能在何时何地被发现？"

伦纳德告诉他。

"在我们晚上去之前给我一个笔记。我敢说我可以回避一下。"

这个丑陋的话又一次让莱昂纳德回想到了。

先生。弗雷德里克·卡佩特（ ）进行了断断续续的论述，这证明了穷人的存在是必要的，以便使富人的条件成为可能并令人羡慕。他从百万富翁的角度出发，不仅关注财富的圣洁，而且关注穷人对上级的责任。

伦纳德溜走了。他感到不舒服。他不能忘记告诉他这个大声、繁荣和自满的人的话。此外，他似乎在做些过分的事情。为什么？

在内部客厅里，他找到了他的两个堂兄弟阿尔及农和菲利普。前者是一个三，四，二十岁的年轻人，身材高大，但头部很小。他笑了很多，并以他的朋友圈普遍的轻松自信进行了交谈。这是一张英俊的脸，但没有暗示工作的可能性。

伦纳德问他过得怎么样。

"总是一样。"他笑着回答。"戏剧艺术的研究面临着无穷的困难。这就是为什么我们充满戏剧的原因。"

"那么剩下的就是让您向世界展示游戏应该是什么。"

"那是我的使命。我将继续学习一年左右；然后，您将看到。我的方法是在舞台上而不是在书本上学习艺术。我在舞台上去男女。我坐在摊位的各个角落，边看边学。现在我要坐下来写字。"

"好吧，我期待结果。"

"看看这里，伦纳德"-他放下了声音。"我听说您有时去看老人。他快九十五了。他不能持续多久。当然遗产是你的。但是积累如何呢？"

"我对堆积物一无所知。"

"凭借制粉匠的大量实践和我们在积累中所占的份额，您认为他对我的工作大惊小怪是不是太可惜了？我为什么要为钱烦恼呢？将会有-必须有-大量的钱。我的工作，"他自豪地说道，"至少应该是不受不必要的必要刺激推动的人的工作。它将完全摆脱不必要的必要刺激。它将摆脱商业污点，艺术的诅咒，枯萎的艺术风潮，对金钱的贬低。"

伦纳德离开了他。他的堂兄菲利普在门口站着。

她说："你刚刚在和阿尔及农交谈。" "你知道，他总是向戏剧艺术的方向伸出手。"

"所以我观察。"他干巴巴地回答。"也许有一天，他会掌握这一点。正如您所说，目前，他只是向这个方向伸出手臂。你呢？"

"我只有一个梦，总是一个梦，"她努力地压抑着回答。

"我希望那会成真。顺便说一句，菲利普，我刚刚找到了一个新表亲家族。"

"新堂兄弟？他们是谁？"

和一位伟大的姨妈。我见过一个表亲；我明天将去见这位姑姑，也许还有另一个堂兄。"

"他们是谁？如果他们是您的堂兄，那么他们一定是爸爸的堂兄。我以为我们三个是他身边唯一的堂兄。"

"你的弗雷德叔叔可能有孩子。你问他是否结婚了吗？"

"没有；他答应讲所有的冒险经历。他是一个单身汉。找一个叔叔和一个单身汉赚钱是不是很有趣？阿尔杰农已经-"她停下来，想起一个警告。"但是这些堂兄是谁？"

"为震惊家庭骄傲做准备。"

"为什么，我们没有不良关系，对吗？我想 - "

"听，我堂兄。您祖父的姐姐露西（ ）大约在1847年嫁给了一个以撒的厨房。丈夫破产了。到了此时，父亲已经陷入了他的现状或沉默的隐十职业，他没有任何帮助。然后他们陷入了贫困。她的儿子成了城市的小书记员，她的孙子是商业道路上的律师，我想这不是从事该行业的高尚或更高职位的律师，而她的孙女则是一所寄宿学校的老师。"

"确实！" 那女孩冷冷地听着；她的眼睛在装满衣服的人的房间里转悠。"董事会学校的老师！和我们堂兄！董事会老师！很有意思！我们能告诉所有这些人我们的新堂兄弟吗？"

"毫无疑问，他们都有自己的第二堂兄弟。我相信，第二位堂兄的职责是担任较低的职务。"

"我敢说。同时，我们一直认为我们的家庭比一般情况要好得多。这是一击，伦纳德，你不觉得吗？"

"是的，菲利普。但是，毕竟，它仍然是一个好家庭。一位堂兄不能破坏我们的记录。您可能仍然为此感到骄傲。"

他离开了那个女孩，去寻找他的叔叔，正如他期望的那样，他在书房里找到了他的叔叔。

他说："总是在你的论文上。" "我可以打扰一下吗？"

大律师急忙把他的文件拖进抽屉。

"总是很忙，" 他说。"我相信，我们的律师比其他任何人都更加努力，特别是那些像我这样的具有秘密执业经验的律师，他们不会产生噪音，也从未听说过。"

"但是价值不菲，是吗？"

大律师笑了。

他温柔地说："我们的两端都相遇。" 是的，是的，两端相遇。"

"那天我去看老人了，" 伦纳德继续坐着椅子。"我以为你想知道。他保持着完美的状态，并且在任何方面都没有改变。我想问你的是这个。可能需要很长时间才能确定问题。他有能力立遗嘱吗？"

律师花了一些时间发表意见。在他长期的法律经验和广泛的实践支持下，这是一种具有重要意义的观点。

他严肃地说，"我的看法，"当他在司法上权衡该案时-在想象中，他接过假发和长袍-"我的看法，"他重复说，"一开始，就此案的陈述，他是不健康的，过去七十年来一直不适合做遗嘱。毫无疑问，他在某些方面如此古怪，以至于心神不清。他什么都不做；他允许房屋，花园，家具和图片掉落。他从不说话；他没有职业。我说的是，这指向了70年前的震惊没有影响的思想。"

"前几天我只听到一种震惊。"

"是的我知道。我的子（您的母亲和您的祖父）曾想通过从未告诉您真相（也就是全部真相）来掩盖他们对家庭不幸的看法。我和我的孩子们遵循同样的规则。"

家庭不幸！我什至几乎不知道该怎么理解。"

"嗯，他们是迷信的。你父亲去世年轻，祖父去世年轻；像你一样，他们都是有前途的年轻人。如您所知，您六岁或二十岁左右的曾祖父受到了折磨。"

"他们认为-"

"他们认为这是父亲将未知的罪恶带到了孩子身上。他们认为老人的父亲一定做得很糟糕。"

"哦，但这是荒谬的。"

"很有可能-非常有可能。同时，关于立遗嘱的权力，我们必须记住，这些年来，老人从未做过任何愚蠢的事情。我见过律师。他们告诉我，从父亲到儿子，这些年来一直为他行事，他们发现他在理财方面完全头脑清醒。我不能问他们他用他所有的钱做了什么，也不打算用它做什么。但事实是-律师关于他的才干清楚的证据。因此，我的观点是，他将对自己的钱做一些令人惊讶，出乎意料和令人作呕的事情，并且，即使不是没有可能，也很难放弃他的遗嘱。"

"哦，那是您的意见，对吗？我问的原因是我刚刚发现了一个家族，迄今仍不为人知。你知道厨房的名字吗？"

"没有。我应该说这不是最高贵族的名字。"

"可能不会。但是，这是我们堂兄的名字。我应该说，其中一位是低等律师。这个人没有什么自称的绅士风度。他从事商业活动并生活在这条商业道路上，我想这很不寻常，您会在那找到律师资格。"

"相当，相当；作为居住地-从这个角度来看很可悲。"

"看来他有一个姐姐，是一个董事会老师。"

"董事会老师？至少是值得尊敬的。但是我们这些珍贵的表亲是谁呢？"

"他们是您姑姑的孙子-露西。"

"露西！是。我听说过她；我以为她早就死了。"

"她嫁给了一个叫厨房的男人。他们似乎已经倒下了。"

"更多的家庭不幸。" 律师不寒而栗。他说："我不是迷信，但确实是不幸的事。"

"哦，不幸！废话！每个家庭中总有一些人下来-有些人上升-有些人呆在那里。您自己已经稳步上升，为人们带来了名声和财富。"

"我有，" 律师吟着。"哦，是的，是的，我有。"

"我叔叔弗雷德，你知道，回家了-他所有的野燕麦都播下了-真是一大笔钱。"

"真的。" 律师的脸张开了。 "真是太幸运了。他是这样告诉你的，不是吗？是; 弗雷德和我俩，我们都是最幸运和幸福的。继续，伦纳德。关于这些堂兄-"

这些是露西·卡皮特（ ）的孙子。我要在一两天内见到老太太。"

"他们想要什么吗？救命？承认？"

"据我所知，没有。甚至没有认可。"

"很好。我不介意我们有多少可怜的关系，只要他们不要求金钱或承认。如果您给他们钱，他们肯定会拒绝工作，并依靠您生活。如果您呼吁他们并给予他们认可，他们将为您带来无尽的耻辱。"

律师什么都没要求。我们堂兄一直在他所谓的积累上建立希望。他显然认为老人没有条件立遗嘱，个人财产的剩余部分将被平均分配为两部分，其中一部份属于您父亲的继承人，而另一部分将老太太在另一边是他的祖母。"

"也就是说，我很正确。但是在他陷入偏心之前可能已经有了意志。伦纳德感到很遗憾，因为我们可能不得不与他们分享，这些人出现了-这是极大的不幸。仍然必须有大量的积累。我妈妈没有告诉我们有关表兄弟的任何事情；但是它们确实存在，并且它们是非常严重且重要的可能性。这些人可能会严重干扰我们。现在弗雷德出现了，他也想要他的份额。另一个不幸。"

"我祖父怎么这么年轻死？" 伦纳德转至另一点。

他发烧了。当时我只有两岁。"

伦纳德对自杀一言不发。显然，不仅是他本人，还包括他的叔叔，都对这一意外死亡的真正原因一无所知。

他离开了，轻轻地关上了门，以免摇晃并弄乱了经常发表意见的大脑的细微组织。

他离开后，大律师又一次抽出自己的文件，继续演讲，准备了六个最出色的故事。在这种情况下，英国公众并不要求所有故事都是新的。

伦纳德回到公司上楼。

他的叔叔弗雷德与他一起回家。

他说："我没想到要找到那个老人还活着。当然，它不能持续更长的时间。您是否考虑过可能会发生什么——何时结束？"

"我承认不多。"

"一个必须。我认为他没有用掉收入的五十分之一。我小时候就听说过这处地产每年价值7,000英镑。"

"极有可能，除非出现萧条。"

"例如，他每年花费150英镑。每年剩下5,850英镑。收取800英镑的费用和维修费用，每年仅需5,000英镑。他已经这样做了七十年了。总积累，£420,000。这些年来，以复利计算，它必须达到两百万左右。谁拥有它？"

"我想他的后代。"

"你，我的哥哥克里斯托弗，还有我自己。两百万在我们之间分配。一笔非常可观的财富-确实非常非常。晚安，我的孩子-晚安。"

他开朗而有弹性地走开了。

"积累-积累！" 伦纳德说，照顾他。 "它们都是为了积累。我也应该开始计算已累积多少吗？以及如果积累物最终被丢失（浪费）到了别人身上怎么办？"

第七章

悲伤的孩子

在一个寒冷的日子里，伦纳德第一次在灰色的天空和东风的吹拂下，沿着商业路走去，拜访了刚发现的表亲。这是一个广泛的通道，但是宽度并不能总是带来快乐。即使在炎热的夏日阳光下，有些通途也无法令人愉悦。没有什么可以缓解商业道路不变的萧条。即使是拒绝在其中玩耍的孩子们也喜欢这种感觉，他们更喜欢狭窄的街道从那里跑出来；即使驾驶员和电车售票员（通常胜过这些影响的人）也感到沮丧。这里有一个小教堂，这里有一个样板房或工厂，或者广场或大商店。当举行山羊集市时，一个广场以前风景如画；现在它已经变得受人尊敬了；山羊不见了，视线招致忧郁。这条路的南北分叉处是无尽的街道，两旁的街道以统一的格子图案布置。所有这些街道都相似且位置相似，例如欧几里德的三角形。一个人想知道居民如何找到自己的房子；尽管如此，尽管这些房屋都是按照相同的样式建造的，但它们却整洁，整洁且保存完好。根据他们对繁荣的看法，那里的人民很繁荣；街道很欢快，尽管它们所属的道路是忧郁的。"唉！"它说："像我这样的道路如何快乐？我通往码头，石灰棚，白杨树，罐头镇和狗岛。"

先生。盖瑞的房子在北侧，很方便地靠近某个警察法院，他每天在该法院练兵，有时回家时口袋里拿着三到四个半冠冕，有时不多-为了专业律师之间的竞争在警察场上是敏锐的，甚至是猛烈的。五先令是捍卫囚犯的常见费用，而且有传言说，即使是一笔微薄的款项，也必须秘密地与必须匿名的某个工作人员分享。

门上有一块黄铜板："先生。塞缪尔·加利·坎帕尼，律师。"那是一栋狭窄的三层楼的房子，颇受人尊敬，就像它所处的道路一样令人沮丧。

伦纳德怀疑地敲了敲门。片刻延迟之后，一个男孩打开了门，那个男孩的笔插在耳朵后面。

"哦，你想要太太。厨房！"他说。"你在-后院！"然后又跑上楼梯，把访客留在门垫上。

他听从指示，但是打开了指示的门。他发现自己身处一间小房间里，可惜原来的""这个好词不见了！在那儿，坐着三位女士代表了人类生活的三个阶段，分别是二十岁，五十岁和七十岁。

桌子摆好了茶。水壶在老式炉架上，可怜的好客的炉架消失了！黄油烤面包和松饼在大火前的老式挡泥板中。桌上有茶水，蛋糕，面包和黄油，女士们则在周日的"东西"中等着他。伦纳德松了一口气观察到先生的缺席。塞缪尔。

三位女士中的老大欢迎他。

她说："我的侄子伦纳德，我很高兴，很高兴结识您。她介绍了一位中年女士，"这就是我的妇，我唯一的儿子的遗—，！"这个"表明女孩"是"我的孙女。"

演讲者是位女士。这个事实在她的讲话，声音，方位，优美特征中都得到了宣告。她很高，和家人一样。她丰富的白发被黑色蕾丝帽限制着，这是家庭的最后一件财产。她的脸颊仍然柔软，摸起来柔和的色彩和淡淡的花朵。她的眼睛仍然充满阳光和温暖。她的手很细腻。她的身材依然匀称；肩膀没有弯曲，头部没有下垂。她使伦纳德想起了隐居者。但是她的表情是不同的：他是坚强而挑衅的。她的温柔而悲伤。

第二夫人戴着寡妇的帽子，戴着大量的黑色绉纱，显然属于另一类。有些人谈论中下层阶级。我知道，这种区别令人难以置信。我们为什么说中下阶层呢？我们不说下层阶级。但是，这位女士属于众多阶级，必须通过苗条的手段度过一生，并且必须在所有事情之前考虑六便士的购买力。这种最糟糕的需要，以最坏的形式，夺走了生活中所有的快乐和幸福。当每一天都对这六便士感到焦虑时，就没有地方留给优雅，文化，艺术，诗歌，任何可爱而令人愉悦的东西。它使生活成为恐惧的持续忍耐，就像身体持续的痛苦一样可怕。即使明天的恐惧消失了，或由于繁荣的增加而部分消除了恐惧，疤痕和记忆依然存在，身心的习惯也得以保留。

太太。较年轻的厨房属于其中部分消除了明天的恐怖的阶级。但她记得。在随后的事情中，她沉默了。但她恰如其分地占据了倒茶的骄傲位置。她身材矮小，可能曾经很漂亮。

第三，在某些方面，她是董事会老师玛丽·安妮（　）的女孩，在某些方面与她的母亲相似，矮小且相貌有些微不足道。

但是当她说话时，她透露了自己的能力。并非向没有能力和
决心的女孩提供董事会学校的名额。

"让我看看你，伦纳德。" 老太太仍然握着他的手。 "啊
！再次见到我自己的一个人真是一种荣幸！像我们其他人一
样，你很高，伦纳德：你有竞选人的脸：你感到自豪。哦，
是的！-您充满了骄傲-就像我的父亲和兄弟们一样。自从我
见过我自己的任何人以来，已经有五十年了-五十年甚至更
多。我们受了苦，我们受了苦。" 她沉重地叹了口气。她
松开了他的手。 "坐下，亲爱的，" 她轻轻地说，"坐下来
，一次和我们一起吃饭。玛丽·安妮，给你堂兄做些蛋糕-这
是我自己做的-除非他会从面包开始。

茶是有仪式的。确实，这是一个机会：在此场所中，不常招
待客人。伦纳德足够好吃些蛋糕和两杯茶。老妇人讲话，而
其他两个人则在讲话。

"我知道你的名字，伦纳德，" 她说。"我记得您七岁到二
十岁的出生-是的，那是在1873年，大约是塞缪尔出生的同
一时间。你的母亲和祖母一起住在康沃尔郡。我和我子往来
一直，直到她去世。从那时起，我什么也没听到。我的孙子
告诉我你在屋里。父子，父子。我们一直派成员去这所房子
。我们一家属于这所房子。长议会中有运动。" 因此当杯
子转过身来时她继续前进，其他女士则保持沉默。

最后宴会被认为完成了。玛丽·安妮夫人亲自进行了茶事。小男孩紧随其后，然后伦纳德就被安排与老太太独自呆在一起。她想和他谈谈这个家庭。

她指着墙上的相框照片说："看，那是我丈夫三十岁的画像。并没有达到他的最佳状态，但是仍然很帅，你不觉得吗？作为一个年轻人，他确实很英俊。不幸的是，他的好容像他的好运和脾气-可怜的人-早早离开了。但是他经历了严峻的考验，部分是因为失败的程度而得到了挽回。"

伦纳德（ ）反映，喜好可能具有非常不同的表达形式。在这种情况下，这种表达是非常次等的城市。三十点左右，似乎也有印章或商标，如烈性酒。

"那是我儿子在旁边。他只是半个竞选人，而不是普通的竞选人。没有; 他的厨房太多了。没有一个真正的家庭骄傲，可怜的男孩！"

这位年轻人的面孔显然很二十岁，他长相英俊，但虚弱而不拘一格，没有品格。

"他不以自己为荣，没有野心，可怜的男孩！我永远不明白为什么。没有推动力，没有野心。这就是为什么他一生都只在这座城市当过职员。如果他有任何骄傲，他就会复活。"

伦纳德说："我必须告诉你，毫无疑问，我是因为无视自己的家族史而被关押的。直到昨天，我才从您的儿子那里得知我们的记录中有麻烦和不幸。"

麻烦与不幸？而且您从未听说过它们！为什么，我的孩子们，如您所知，没有那么多的权利，所以他们比我自己的母亲或祖父的人们更了解我的人民的历史。可以肯定的是，对于像在这里生活的那些小人们来说，麻烦与我们不同。大多数情况下，他们在麻烦中活到脖子上，除了不幸以外，他们什么也没找。只要吃晚饭，他们就不会太在意。甚至没有听说过家庭的不幸吗？我很惊讶。为什么，从来没有像我们这样的家庭遇到麻烦。而且您可能已经被割断了，或者被中风击中，或者被无盖货车撞倒了，甚至都不知道您是天生的不幸，因为火花往上飞。"

"我天生不幸吗？比其他人更多？"

伦纳德说话是在做梦。他的大脑绕；房间转了一圈又一圈：他抓住了椅子的扶手。有一阵子他只听到了稳定的声音，他警告他大自然不会让所有人完全高兴：他太幸运了：某种事情会落在他身上，以弥补这种不平衡：家庭丑闻，关系不佳，不高兴全人类都感到羞耻和耻辱，如果他要成为人类，要是他了解人类，他就必须像其他世界一样，通过经验和痛苦来学习。那是先知吗？因为，瞧！几天过去了，这些事情落在了他身上。但是到目前为止，他还不知道所发生的一切以及即将发生的一切。

他康复了。比赛只持续了片刻；但是思想和记忆比时间快。

老太太在说话。"以为你活了这么多年，没人告诉过你！让您在黑暗中意味着什么？我一直以为您坐着忧郁，只要中风落下就等它。"

"我一直不知道任何可能的或实际的中风。让我告诉你，我不怕任何中风。这是迷信。"

"不，不！" 老太婆摇了摇头，把手放在他的身上。"亲爱的男孩，您仍然处于诅咒之下。中风将下降。也许它将被摆在怜悯中。在我身上，它充满了愤怒。那是我们的区别。这就是成为竞选人。然而，不幸不会永远持续下去。他们会在你世代后消失。直到我死了，走了；但我承认，我希望看到幸福再次回到家庭。"

"您的孙子谈到谋杀和自杀等问题。"

"的确是其他东西！为什么，我丈夫破产了。那里有你的叔叔弗雷德，我的侄子，他的所作所为以及他为什么被捆绑在国外。我以为你妈妈会为此感到羞耻。还有我可怜的父亲；有了审判。他们没有告诉您有关审判的情况吗？"

"什么审判？"

"谋杀案的伟大审判。这是一个最奇怪的情况。我相信那位受过审判的人确实做到了，因为没有人看到这个地方。但是他下车了。我父亲对此非常好。他给了那个男人律师，使他下车。我有该案的所有证据-从报纸上剪下来并粘贴在书中。如果您愿意，我会把它借给您。"

"谢谢。可能很有趣。"他粗心地说。

"挺有趣的。但是，难道您称这些事情对于一个家庭来说是不幸的吗？"

"足够多，但不足以使我们生于不幸。"

"哦，伦纳德！如果您看到了我所看到的，并且遭受了我所遭受的！我一直是最不幸的。我的兄弟走了；可怜的亲爱的兰利，自己动手；克里斯托弗，亲爱的小伙子，淹死了；我父亲很沉。像他一样，我继续生活。我继续生活，等待更多麻烦。"她摇了摇头，眼泪涌入了她的眼睛。

"我是一个可怜的被忽视的事物，没有母亲，也没有父亲，要照顾我。厨房来了；他很帅，我以为是个傻女孩，他是个绅士。所以我嫁给了他 我和他逃跑了并且娶了他。然后我发现了。他以为我发了大财，却一无所有。父亲不会回答我的信。好吧，他失败了，他残酷地使用了我-最残酷的是，他这样做了。随之而来的是贫穷，可怕的贫穷。亲爱的侄子，你不知道那是什么意思。我祈祷你永远不会。除了不幸，没有不幸如此的不幸。他终于死了。" -寡妇松了一口气，这本身就充满了祸害- "他的儿子是店员，并保留了我们所有人。现在他死了，我的孙子养了我。五十年来，我一直是奴隶，女佣，做饭，吃苦耐劳和照顾我的丈夫，儿子和孙子。还有哦！我渴望与自己的一个人再次交谈。"

伦纳德握住她的手，按了一下。没什么可说的。

她说："告诉我更多，关于你自己。"

他简短地告诉了她自己的立场和抱负。

她说："到目前为止，您做得不错，但是要小心。有家庭的运气。它可能会过去，但我不知道。我怀疑。我怕。有那么多不幸。我一直在想着它们。" 她双手合十，辞职。她说："麻烦给我，而不是给您或年轻的孩子。对我来说。那就是我每天祈祷的地方。我年纪太大了 对我来说麻烦意味着痛苦和磨难。而不是给您的年轻人带来更多麻烦。伦纳德，我现在记得您的祖母在她的一封信中说过，要让孩子们免受所有这些麻烦的影响。是的，我记得。"

她继续说话；她讲述了整个家族史。她详细叙述了每一次不幸。

到伦纳德，在那间小房间里，聚集着暮色和红火，聆听那位悲哀女士的柔和，悲伤的声音，又出现了两个女人的画像，两个女人都在寡妇的草丛中，在花丛中的小屋里-倒挂金钟，玫瑰，桃金娘和西番莲。在他的整个童年时代，他们很少坐在一起，脸色苍白，悲伤。他现在明白了。他们哭泣的不是丈夫。这是他们想象中的命运笼罩着孩子们的头顶。一旦他听到他的母亲说-现在这些话又回到了他-"谢谢上帝！我只有一个。"

老妇人继续说道："伦纳德，五十年来我一直在思考和思考。这意味着一些重大罪行。不幸始于我父亲；他的生活因别人的罪行而受到破坏和破坏。他是第一代；我的是第二。我们所有的生命都因这种罪行而受到惩罚。我说他是第一代人。"她重复了这些话，好像要把他们赶回家。" 我们所有的生命都因这种罪行而受到惩罚。然后是第三个人-您的父亲过早去世了，他的兄弟因为是伪造者而逃走了。哦！想起一个竞选者做这样的事情！那是第三代。您是第四名-诅咒将被删除。到第三和第四，但不是第五。"

"是的，" 伦纳德说。"我相信-我现在记得-他们在家里想过-这种东西。但是，亲爱的女士，请考虑一下。如果不幸是由于很久以前犯下的重大罪行给我们造成的，并且无法修复或撤消，那么除了安静地坐下来继续我们的工作之外，我们还有什么呢？"

她摇了摇头。

＂很好说话。等到打击开始。如果我们能找到犯罪的源头，但我们永远做不到。如果我们可以赎罪，但我们不能。我们是如此无能为力-天哪！如此无能为力，却如此纯真！＂

她上升了。她的脸埋在手帕里。我认为这使她为悲伤的回忆而哭，几乎就像告诉他们外一样。

＂我每天（无论白天还是黑夜）都祈祷，可以留住愤怒的手。坐在这里，我想整天。我想我忘记了阅读-

伦纳德瞥了一眼墙壁。有几本书。

直到玛丽·安妮开始学习为止，还没有书。我们是如此贫穷，以至于我们不得不卖掉所有东西，书籍和所有东西。这是房间里唯一布置得体的房间。我的孙女是我唯一的安慰；她是个好女孩，伦纳德。她照顾着厨房，但她内心是一个运动家，她感到骄傲，尽管您不认为这是因为她的身材矮小，不像我们。她是我唯一的安慰。我们有时谈论离家而走-她和我-对我们来说会更幸福。我的孙子不是（不是）一个人希望的。可以肯定的是，他有一场可怕的斗争。是贫穷，贫穷，贫穷。哦，伦纳德！＂-她握住了手-＂为贫穷祈祷。是贫穷消除了所有劣质。＂

伦纳德打断了独白，这似乎很可能没有止境。此外，他现在已经掌握了情况。

他说："如果可以的话，我会再来。"

"哦，如果可以的话！如果您只知道快乐，幸福，那就只是看着自己的脸！这是我哥哥的脸-我父亲的脸-哦，再来一次-再次出现。"

"我很快就会再来。同时，请记住我是你的侄子-或大侄子，这是同一回事。如果可以的话，我可以给您带来一些舒适感-"

"不，不，我亲爱的男孩。不是那样的。"她急急地喊道。"我很穷，但是从来没有那样。我父亲应该帮助我，什么也没做，如果他不做，就没有人可以做。如果可以的话，我会拥有我的权利；除了我以外，我们一家没有女人，但是是个女继承人。然后，除了-他-她指着房子的前面，她孙子的办公室在那儿-"他会自己承担全部。"

"那么，但是，如果-"

"如果我必须，我会的。不要给他钱。没有它他会更好。他会在房屋里投机而失去一切。不，伦纳德。"

"除非您愿意，否则我不会。"

"不，不，不是为了我。但是亲爱的孩子，再来吧，我们将讨论家族历史。我敢说我遗漏了很多不幸的事-哦，这对我来说是多么幸福的一天！"

他再次按了她的手。"有信心，亲爱的女士。我们不能为任何犯罪而报仇。不要想起过去的悲伤。不要在想象中的危险中颤抖。未来掌握在正义之中，而不是复仇中。"

他们是勇敢的话，但在他的心中潜伏着，例如，担心的可能性。

塞缪尔本人在大厅里拦截了他，跑出他的办公室。他说："我在这里喝茶，因为我希望她一个人跟你谈谈；我实在讨厌她的家人，说实话，除了积累的机会。她提到他们了吗？" 他小声说。"我以为她不会。我不能让她对此事有适当的感觉。女人没有想象力-没有。好吧，像那样的人不能立志。他不能。这是一种安慰。先生，晚上好。运动。我们完全依靠您维护家庭的利益，如有必要，违反疯子的意愿。那些堆积物-啊！他是九十五岁，还是九十六岁？除非一个人是贫民窟，否则我活到很长很自私。他应该想到他的曾孙。"

第八章

在山毛榉之地

几天后，伦纳德在俱乐部遇到了康斯坦斯，他们在同一张桌子上用餐。至于决定和拒绝，它们都被默许同意了。情况显然没有改变。实际上，一切都改变了。

她说："你看起来很体贴。" 在两次观察后都没有引起他的注意。"而且你心不在.。"

"对不起，是的。也就是说，我确实很体贴。如果您发现您的家庭突然四面八方扩大了，也许会的。"

"你有没有收到来自美国的表亲？"

"我已经接待了一个大姨妈，一个小姨妈和两个表弟。他们不是来自美国。相反，它们来自该镇的最东端-甚至来自拉特克利夫（ ）或沙德威尔（ ），或者也许是。"

"哦！" 康斯坦斯惊讶地听到了，自然会等待更多，如果还有更多的话。但是，也许她的朋友可能不希望谈论与的联系。

他继续说："大姨妈很迷人。" "小姨妈没有那么迷人；第二个堂兄是-好吧，这个人是个律师，似乎主要在警察法庭执业，为那些醉酒和无序的人辩护，包括扒手，流氓和普通欺诈行为。"

"我应该说，生活多种多样，充满惊喜和意外."

"他就像我的家人一样，身材高大，有鲜明的特征，也许秃鹰比他体内的鹰更重要。但有人可能会误会。他的姐姐像她的母亲一样，矮胖而胖胖，而且（不掩饰真相）很普通。但我应该说她有能力。她是董事会老师。康斯坦斯，您是在前几天说的，可惜我从未受到过不良关系的困扰。"

"我认为您确实是个发财的孩子。我提醒你，你已经有了职位；您拥有杰出的大学生涯；你正在房子里 您没有家庭丑闻，不幸，亲戚关系或其他任何事情。"

"好吧，这种损失现在是由于不良关系的加入和其他因素造成的。我想，您对遗漏的事物的提及提醒了我财富。所以她赶紧打开所有的东西。我现在很像世界其他地方。"

"贫穷的关系想要钱吗？"

是的，但不是我的。律师认为，我与您交谈过的族长一定要积累很多钱。有点贪心而不是借钱的欲望，把他送给了我。他一方面想非正式地提出自己的主张，另一方面他准备让我对老人可能做出的任何遗嘱提出异议的方式。我想他很穷，所以他正在抓。"

康斯坦斯说："我相信我们之间的关系都很差。" "不过，我的麻烦不会太大。"

"家庭往另一个方向扩展。我的某个叔叔曾大受好评地颁布了浪子儿子的旧悲剧，现在又从澳大利亚回来了。"

"他和浪子生活在同一饮食上吗？"

豆荚和豆荚！他看起来好像不是他的饮食习惯。他穿得好，又大又重要。他不断地重复着，并且最让所有人知道的是他很繁荣。我怀疑，以某种方式-"

伦纳德停了下来；表达怀疑并不总是明智的。

"一个中年浪子的回归是有趣且不寻常的。我担心我绝对不能完全祝贺你这个意外的扩大。"

"但您说我应该保持可怜的关系。但是，还有更多。你对不高兴说了什么？好吧，他们也来了。"

"哦！" 不变色。"丢脸？但是伦纳德，我很抱歉，我真的没想到-"

"当然不是; 这是最巧的巧合。同时，就像所有的巧合一样，在您发表讲话后，这真是令人惊讶，这的确使我感到非常不舒服。但是我已经踏入了一段了不起的家族史，充满了令人惊讶的事件，所有的灾难。"

"但是您已经有非凡的家族史。"

"所以我想-悠久的历史和可信赖的历史，以我告诉过你的那个古老的隐士结束。我们为这个老而老的男人感到骄傲-这个单身的人已经隐居了七十年了。我一直都知道他。我被告知的最早的事情之一就是这个古怪的祖先的奇迹般的存在。我想，他们这么告诉我太多，因为事实上，我是庄园的继承人。但我却从未被告知-我想是因为这是一个可怕的故事-为什么老人变成了一个隐士。我昨天才从这个古老的姑妈那里得知，他是更古老的隐士的唯一女儿。"

"为什么呢？也就是说，不要让我问您的私人事务。"

"一点也不。没有什么可以从屋顶上宣布的；从来没有。如果我们只是这样想的话，就没有私人事务。好吧，似乎是在七十年前的一天，这位绅士的子当时是一个五，六，二十岁的年轻人。早餐后他出去了，目前被发现在树林里被谋杀。由于突然听到这可怕的事情，他的姐姐，我的祖先妻子，于同一天死亡。这位古老的姨妈在母亲去世的那一天出生。这种打击肯定是非常可怕的，它使我的祖先深感悲痛，以至于他立刻变成了现在的他，一个忧郁的隐士，不再对任何事情都产生最少的兴趣。令我感到奇怪的是，一个身心健康的年轻人不应该摆脱这种迷恋。"

"这确实很奇怪。我本人的祖先在某处被谋杀，是我一位祖母的父亲。但是你的情况就不同了。"

这位年迈的姨妈讲了这个故事。她有一些关于犯下重大罪行的理论。她建议，隐居者的父母一定是一位伟大的未知，毫无怀疑的罪犯-一种吉尔斯·德·雷茨。她认为，散布着不幸的经历-她造成了一连串的灾难-所有这些，我认为，由于这个名副其实的犯罪分子的犯罪，我相信，像一个温和的基督徒，一如既往地追赶猎犬或喝了一瓶港口。"

"当然，她正在考虑对第三代和第四代的访问。您属于其中哪一个？"

"按照那个理论，我是第四名。这很诱人；它给家庭带来了新的区别。这位女士为她的家庭感到非常自豪，并为自己的不幸感到安慰，因为他们认为自己的不幸是部分过去的邪恶。奇怪，不是吗？"

"当然，如果没有犯罪，就不会有任何后果。不幸是否很明显？"

"是的，非常明显和明确的不幸。他们不能克服，拒绝或解释。不幸，厄运——随便你。"

"您的隐士对他们怎么说？"

"他什么也没说；他从不说话。康斯坦斯，您愿意和我一起过去看看那个男人和那个地方吗？它只有五二十英里左右。道路干燥 春天来了。明天来。这里有一个漂亮的村庄，一座古老的教堂，一栋18世纪的房屋掉入废墟，大花园到处都是荆棘和蓟，还有一个公园，除了隐居者自己。"

"隐士可能不喜欢我的来访。"

"他不会注意到。此外，他整个下午都在睡觉。当他醒着的时候，他看不到任何人。他的眼睛像伦琴射线一样直直穿过。我相信他什么也看不到。"

在伦敦以外的大型公路上，最不常有人走的地方肯定是经过，然后直达白金汉郡的心脏地带-山毛榉的家园或清扫处或定居点。很少有自行车尝试这条路；普通的自行车手对景点一无所知。但是有很多值得一看的地方。在一个地方，您可以参观米尔顿完成"天堂迷失"的小屋。它仍然保留着，就像诗人住在里面一样。每两到三英里就有一座教堂，大部分教堂都是令人难忘的，甚至是历史悠久的，而且都是美丽的。这个县的几乎每个教堂都有一些名人。右边是罗素的墓地，上面有古老的庄园，给人以愉悦和慰藉；右边则是另一座古老的庄园。左边是宾州和埃尔伍德（这是朋友社会的两个杰出成员）的安静祥和的墓地。或者，也可以在左侧，转过身去看英格兰爱国者约翰·汉普登的教堂，道路和房屋。道路上升，道路下降经过漫长的低矮山丘和低矮的低谷。这边是树林，林木和公园，周围是树木和乡村房屋。在英格兰，没有哪个郡的乡村房屋比雄鹿更富魅力。在每六，八英里的距离处有一个城镇。所有以美元计的城镇都很小。一切都如画。都有开放的市场和市政厅，以及古老的旅馆和老房子。我知道有一个十四世纪的旅馆。我已经由熟练的划线员对其进行了草绘，我称之为野猪的头，，我希望看到有人质疑这个名字的真实性。如果有的话，我会加上杰克·法斯塔夫本人的肖像，坐在火炉旁的大椅子上。

在初春的晴天，两个骑自行车的人穿越了这个国家。他们是伦纳德和他的朋友康斯坦斯。他们乘火车到，然后走了上路。

起初，它足以呼吸春天的纯净空气。乌鸦在树丛中，叫，百灵鸟在田野上歌唱，沿着安静的道路飞翔。然后他们走近了，开始交谈。

"这就是你带我出去看看吗？" 问康斯坦斯。"仅此而已，我很满足。这是一个多么可爱的地方！多么可爱的空气！它很香；阳光从树林和树林中散发出香气。"

"这是伦敦附近所有道路中最安静，最美丽的道路。但我将向您展示更多。并非每天都有。我们必须再次来。我将向您展示米尔顿的平房和佩恩的墓地，约翰·汉普登的教堂和坟墓，以及古老的妇和拉蒂默庄园。如今，我只会向您展示我们的老房子。"

"当柳絮放到叶子上并且树篱玫瑰盛开时，我们就会来。"

"公园值得一看。但是，我们所处的一切都处于衰败状态。您将看到房屋，教堂和村庄。然后，如果您愿意，我们将前往最近的城镇，吃点晚餐，然后乘火车回家。"

"那让我很高兴。"

他们沉默了一会。

伦纳德再次承担起有关他的家人的寓言。

他说："我们一直在同一地方。我们从来没有产生过伟人或杰出的人。如果考虑到这一点，实际上没有足够的杰出人士来陪伴家人。我们最近两次竞标一位杰出人物。我自己的父亲和祖父都是有前途的政治人物，但他们都在成年后就被裁掉了。"

"都？真奇怪！"

"是。古代阿姨所说的家庭运气的一部分。实际上，我们遭受了很多不幸。听。就像是命运之手驱使和冲刷房屋的历史。"

在他经历可怕的名单时，她听了。

她说："为什么？您的灾难清单确实暗示了'到第三代和第四代'的可怕用语。我不奇怪你姑姑在寻找罪犯。您的祖先做了什么来带来如此连续的不幸？"

"让我们下来休息一下。" 他们坐在阶梯上，使谈话变得更加严肃。

"我的祖先做了什么？没有。我很确定。他们一直是最受人尊敬的乡绅，优秀的猎狐者，并带有一点奖学金。他们什么也没做。我们的不幸纯属不幸，仅此而已。然而，这些话确实使自己受了一个压迫。我不是迷信的人，但是自从那位可敬的贵妇以来，但是，今天早晨，我与自己争论。我说："这将是非常可怕的不公正，以致无辜的孩子应该遭受其父亲的恶行，而事实并非如此。""

康斯坦斯说："我不知道。" "我不太确定。"

"您也是迷信者吗？但是，我也被那个理论所吸引-"

"我想你去教堂了？"

"是的，我们去了教堂。现在我还记得我的母亲，由于我刚刚才知道的原因，他相信我们自己正在承担起祖先的罪行。对于我来说，很容易地回到童年时代的语言和观念，以至于今天早晨我在经过一段几乎被人们遗忘的段落之后进行了一次搜索。

"那是什么？"

"这与那个理论背道而驰。它表达了完全相反的意见。这段经文在先知以西结书中。你记得吗？"

"没有。我从未读过那个先知，也从未考虑过这个话题。"

"这是一个很好的段落。是可能的最好的作家之一。他应该被更多地阅读和研究。"

"告诉我通过的感觉。"

"我可以给你说的话。听。" 他站起来，脱下帽子，用力呼喊着这句话：

" "您使用这个关于以色列土地的谚语是什么意思，说，父亲吃过酸葡萄，孩子们的牙齿不休？主神说，我活着的时候，你们将不再使用这句谚语。看哪，所有的灵魂都是我的：作为父亲的灵魂，儿子的灵魂也是我的。犯罪的灵魂必死。但是如果一个人公正，他一定会活下去。"

"这些是非常高尚的词，；" 的确，伦纳德很庄重地对他们说话。 "对先知的口头解释不再占据我们的头脑。仍然，他们是非常高尚的话。我从不相信自己迷信或相信不幸的遗传。仍然，在第一次学习了我的人民遭受的一连串灾难之后，我变得充满了恐惧，仿佛命运之手压在我们所有人身上。
"

康斯坦斯重复道："它们是非常高尚的词。" "说话人似乎在考虑区分每个人的生活对他的孩子的后果-某些后果-"

"从父亲到儿子有什么后果？"

"为什么，您只需要环顾四周。我们生活在我们祖先为我们创造的条件下。我的人民表现良好，生活富足：他们省了钱，买了土地：用旧话说，他们过着敬畏上帝的生活。因此，我的身心都健全，而且我可以富有。"

"哦！那当然。但我没有想到这样的后果。"

"您必须想到它们。一个男人失去了他的财富和地位。下山的孩子和孙子们。一代人的大厦可能必须从最基础上重新建立起来。继承被假笑的名字没有什么？如果一个人做错了事，难道他的孩子不对他感到丢脸吗？"

"当然; 但只有这样 他们不会受到命运的迫害。"

谁能追踪一次行动的后果？谁能在所有后果中跟进？"

"是; 但是第三代和第四代。

"谁能说出这些后果何时停止？"

"'我活着，主人说。' 它是一种庄严的保证，也许是一种语言形式，可能只是一种语言形式，但如果这样的话，它的大胆性！"我活着"（主人亲自宣誓）"如果一个人公正，他一定会活下去。""

"一个人可能被贫穷压倒，并因父亲的耻辱而与世隔绝。但他可能仍然是正义的。这是先知所要区分的。什么不幸降临到您的房子上，从而影响一个人的灵魂？死亡？贫穷？某些成员的错误行为？"

伦纳德摇了摇头。"是的，我明白您的意思。我承认我被那个老太太的启示震惊了。他们似乎解释得太多了。"

"也许他们解释了整个情况，但并不是她要他们解释的意思。"

"现在，我了解了那么多黑暗的事物-母亲的悲伤和从小就落在我身上的忧郁的眼睛。她正在寻找命运的手：她曾预料到灾难：她让我处于愚昧无知的境地：然而，她为第三代和第四代人所犯下的罪恶（未知的罪恶）会在孩子身上受到困扰。当我学到这些东西时-他重复了自己，因为他的思想充满了思考-"我感到了相同的期望，相同的恐惧，相同的无助感，仿佛无论我走到哪里，无论尝试什么，手撞倒了我的父亲，我的祖父，那个老人会倒在我身上。"

"很自然。"

"所以这些话像希伯来语先知的直接信息一样传给我。我们的祖先去安慰和指导那些页面。他们认为这些作家满足并解决了所有疑问和困难。也许我们将回到古老的信仰。然而-"他环顾四周。他看到了一个新的世界，有了新的想法。他说："这不是我的时间。""我们是一个科学时代。当科学统治结束时，我们可能会再次开始信仰统治。"他说的话充满怀疑和不确定性。

"接受伦纳德之类的话作为直接信息。"

"至少，我将这些词解释为一种顺序，以便从另一个角度看待事件。而我又走了所有不幸。他们与遗传无关。您所描述的关于一个男人亏钱，从而给孩子们带来贫困的例证不适用。我的曾祖父的头因大麻烦而转过头。他的儿子自杀。为什么？没人知道。年轻的水手被淹死了。为什么？因为他是一个水手。女儿在自己的车站下结婚。为什么？因为她没有母亲，没有父亲，也被忽视了。我自己的父亲早逝。为什么？因为发烧带走了他。"

"伦纳德"-康斯坦斯将手放在手臂上-"不要再争论了。别管它。这样的事情很容易变得病态。它可能会占用您过多的思想。"

"一定要让我忘记它。我承认，目前，问题始终在我身上。
"

"它以昨天和今天的方式解释了您的情况。你总是很认真，但是现在你心不在。您已经开始对这些麻烦考虑得太多了。
"

他笑了。"我想我从小就很认真。我们住在乡下的康沃尔郡，靠近海边，附近没有房子，直到我上学。那是一个非常安静的家庭：我的祖母和母亲都在寡妇的草丛中。屋子里几乎没有说话，也没有任何笑声或欢笑，而且，据我现在所知，这些不幸的女士总是对这种不幸的记忆和对新不幸的恐惧。他们什么都没告诉我，但是我感到房子的悲伤。我想这使我成为了一个安静的男孩-对拥有大多数同伴的光明的心灵没有太大的兴趣。"

"我很高兴你告诉我，" 她回答。这些事情在你身上解释了很多。现在我更了解你了。"

他们骑上自行车，默默地恢复了一段路程。

"看！" 他哭了。"那里是我们的老地方。"

他指着一个公园。它的尽头是一栋红砖房子，里面有红砖和成堆的红烟囱，只有两层楼。前面是一辆马车，但根本没有花园或围栏。房子从公园里直接升了出来。

伦纳德说："你只能看到房子的后面。" "花园都在最前面；但是一切都长满了；七十年来，这个地方什么也没做。我想知道它已经站了这么长时间了。" 他们把路开了进去。 "当老人受到双重打击时，他陷入了一种冷漠的状态，从此他从未团结起来。我们必须绕过仆人的入口。前门永远不会打开。"

大厅铺着大理石地板，回荡在楼上，回荡着。墙壁和盔甲上有手臂，但在潮湿的空气中都生锈了。墙上有两三张照片，但是颜色已经剥落，这些照片变成了黑色框架中的鬼影和成组的鬼影。

伦纳德说："隐士住在图书馆里。" "让我们先看看其他房间。" 他打开了一扇门。这是饭厅。没有任何感动。那里站着大餐厅。墙上靠着一排皮椅。有餐具柜；桃花心木没有失去漫长的等待，只是失去了光泽。椅子上的皮革腐烂掉了。地毯被虫蛀并且被打成线。墙上的纸，老式的红色天鹅绒纸，被折迭下来。老式的高黄铜挡泥板是黑色的，但年代久远。墙上的照片比大厅的照片保存得更好，但被潮湿的地方无可救药地受伤了。窗帘从圆环上掉下来了。伦纳德说："想想这个房间里的节日晚宴。" 想想谈话，笑声和幸福！突然，整个过程突然结束了，寂静与空虚已经有七十年了。"

他关上门，又打开了另一个。有时这在客厅已经消失了。那是一个高尚的房间-长，高，均衡。竖琴竖立在一个角落里，琴弦断裂或松动。一架钢琴，音乐仍然开着；它已经开放了七十年。按键上布满灰尘，导线上也生锈。上次播放的音乐仍然存在。老式的沙发和长沙发站了起来。壁炉架在中国装饰有奇怪的东西。偶尔会有黄色，白色和金色的旧桌子。纸像餐厅一样剥落。阳光从窗户里流进了房间，窗户已经有70年没有清洗了。蛾子欢快地舞动，好像它们在孤独中欢喜一样。在壁炉旁的一张桌子上，躺着，躺在那里，上面放着一些花哨的工作篮。开放式信箱，一个半成品字母，一个墨水架，带有三或四根鹅毛笔：在桌子旁边的椅子上放一个开放的书本；它已经开放了七十年。

康斯坦斯走进来无声无息，就像在寂静神圣的地方。她低声说。寂静降临在她的灵魂上；这让她充满了奇怪的恐惧和恐惧。她环顾四周。

"你经常来这里，伦纳德？"

"没有。我开过门一次，只有一次。然后我被一种奇怪的感觉抓住了-我不知道是什么；这让我感到愧。但似乎房间里到处都是鬼。"

"我认为是这样。整个房子到处都是鬼。我们一到那儿，我就感到他们的呼吸在我的脸颊上。他们不会介意我们，伦纳德，如果可能的话，他们也不会伤害您。让我们绕着房间走。" 她看着音乐。"这是格乐的'奥菲欧'；这首歌是 """。她一定是前天-前一天在唱歌。" 她的目光转向工作台。"她在前一天-前一天坐在这里工作-看一看孩子的衣服是一件多么精致的工作。" 她拿起那本打开的书；那是的 "é"。"她在前一天-前一天正在读这本书-" 她的眼睛充满了泪水。"音乐-没有共同的音乐；这本书-一本只为提升到普通水平之上的灵魂而写的书；精美，精美的作品-伦纳德（），似乎可以看出女人和家庭。在那个女人的心里或在房子的管理上，没有任何基础或共同之处。它们只是轻微的迹象，但可以肯定。好像我已经认识她了，尽管直到今天我才听说她。哦，对那个男人来说真是一个损失！那是多么可怕的悲剧！" 她的眼睛注视着这封信；她接了。"看到！" 她说。"这封信是开始的，但从未结束。是不是让它落入他人之手？来吧，伦纳德。"

伦纳德说："这些年来我们可能会读它。" 他摆脱了七十年的尘埃。"其中没有什么她希望不被写在那里的。" 他读起来很慢。它是用尖斜的意大利手书写的，这是一个漂亮的手，属于女人在各个方面都与男人更加分离的时代。现在我们都写一样。"'我最亲爱的...'我看不出名字。其余的很容易。阿尔杰农和兰利已经去研究生意。仍然是工厂的这件事尚未解决。我对阿尔及农有些担心：在过去的两三天内，他一直感到奇怪。也许他为我着急：不必担心。我很好，很坚强。今天早上他起得很早，我听见他在下面的书房里走来走去。这根本不是他的方式。但是，妻子是否应该因为主人担心她而退缩？阿尔及农对那家工厂非常有决心；但我担心兰利不会让路。你知道他在他那令人愉悦的微笑背后可以多么坚定。" 就是如此．．她不再写了。"

"那是在前一天-前一天写的-保留这封信，伦纳德。您没有她的其他来信，也许这可怜的女人根本没有。我想知道兰利是谁？我也有一个祖父，他的基督教名字叫兰利。这不是一个普通的名字。"

"我不幸的祖父自杀的基督教名字也是兰利。这是一个巧合。毫无疑问，他是以这封信中提到的人的名字命名的。正如您所说的，绝不是通用名称。至于这封信，我会保留。我没有什么可以和这个不幸的祖先建立联系的。"

"她的珠宝和东西在哪里？"

也许她离开了他们，也许是寄到了银行。我从来没有听说过任何属于她的东西。"

康斯坦斯在房间里走来走去，看着一切；灰尘虽然很厚，但不是小镇上的黑色灰尘-浅褐色的灰尘很容易被吹走或吹走。她扫过竖琴的弦，这与七十年的疏忽不合。她抚摸着钢琴的琴键，从刺耳而刺耳的反应开始。她看着腿弯曲的椅子和桌子，以及壁炉架上摆着的中国古怪的东西。

她说："为什么呢？应该保持原样，这是乔治第四个家具时尚博物馆。这是吉他。那位女士弹吉他，弹奏竖琴和钢琴吗？图片都是水彩画。玻璃杯部分地保存了它们，但是有湿气进入了它们。他们都受伤了。我想把它们全部复制下来，以研究时间和味道。他们也是好照片。这看起来像是马的水彩画。那他还活着吗 这是一幅肖像。" 她开始。"我的妈呀！这是什么？"

"这个？这显然是一幅肖像，" 伦纳德说。"为什么，——"

因为她带着各种兴趣和好奇心看着它。

"这张照片到底是怎么来的？" 伦纳德看着它。

他说："我不能告诉你。" "这只是我第二次访问这个房间。这是一个年轻人。讨人喜欢的和的面孔；我想，理发师的艺术所卷曲的短发。脸很熟悉 我不知道为什么-"

"伦纳德，这是我祖父的脸。它怎么来的？我拥有自己的副本或正本。它怎么来的？他是你们人民的朋友吗？"

"我对此一无所知。我应该说，靠着翻卷的衣领，卷曲的头发和小胡须，原始人一定是我祖先的隐士的当代作品。停！框架上有一个名字。你能读一下吗？" 他擦去了灰尘。
" "兰利·霍尔姆，1825年，" 兰利·霍尔姆！这是什么，康斯坦斯？"

"哦，伦纳德，兰利·霍尔姆-兰利·霍尔姆-他是我曾曾祖父。他被谋杀了；我记得曾经听说过-他被谋杀了。那时，就在这里，他是那个老人的子，而且-而且-您的悲剧也是我的。"

"为什么，康斯坦斯，您未下结论吗？您怎么知道在公园谋杀的是兰利·霍姆（ ）？"

"我不知道；我只是确定的。此外，那封信。阿尔杰农和兰利在研究中。这封信告诉我们。哦，我毫无疑问-毫无疑问。这是他的画像；他前天-悲剧发生前一天在这里。它一定不是一个人，也可能是一个单独的人。伦纳德，这很奇怪。你把你的故事告诉我，你带我出去看看发生的地方和隐居者的房子，我发现你的故事是我的。哦，在这里和你一起点亮它！这很奇怪，太棒了！你的故事也是我的。"她重复道，看着他的脸。"我们有一个共同的悲剧。"

"我们还不确定；可能还有另一种解释。"

"没有别的了。我们将搜集当代报纸；我们将在某处找到谋杀的说法。早在1826年，没有论文的报道，一个绅士就没有被谋杀。但我相当肯定。这是我的曾祖父兰利·霍姆（ ），而他的死是所有麻烦中的头一个。"

"这是世袭的第一个不幸。"

"更重要，影响最深的。也许我们可以追溯到这一切灾难。"

伦纳德看着肖像。

"我说这是一张熟悉的面孔，康斯坦斯；这是你自己的。相似之处令人震惊。你有他的眼睛，一样的脸，一样的嘴。至少是你的祖先。至于其余的，因为可以肯定的是，他的遭遇是早期的和暴力的结局，所以我宁愿相信那是在这里和在公园里，因为正如你所说，这使我的悲剧变成了你自己的悲剧。我们有共同的历史；它不需要进一步的证明。在同一年，不可能有两次谋杀两个绅士，这两个都是房子的朋友。你是对的：这是他的死亡造成所有麻烦的人。"

他们沉默地看着肖像。想到这个勇敢的青年突然结束，他们为早年的力量和希望感到高兴，这使他们敬畏。

康斯坦斯说："我们可以想象现场的景象-某乡村小伙子喘不过气来的消息突然传来。那时那个年轻人还年轻，他的一切都在他眼前。微笑的未来，幸福的生活；他的妻子听到了；她的尖叫声使房子变得糟透了；突然的震惊 沉重的打击 失去所有最爱的人的丧亲；他为之焦急的妻子之死；他所爱之人的惨死。哦，伦纳德，你能忍受吗？"

"是; 但是其他年轻人遭受了可怕的打击，但是还幸存下来，至少像以前一样从事他们的工作。一个人哀悼七十年自然吗？"

"我不认为他感到或仍然感到悲伤或悲伤。他的大脑受到了猛烈的打击，从此再也没有恢复过。"

"但是他可以通过简短的书面指示以自己的方式进行业务。"

"我们不是医师，只能解释大脑混乱的工作原理。但是，我们可以理解，这样的震动可能产生了锤子或球杆的所有打击作用。他的大脑没有被毁坏，但却被麻木了。我相信他没有感到悲伤，只是沉重的压迫-无痛苦的苦难感-永不消逝的忧郁意识。故事不具有这种影响力吗？"

"也许。但是，有一件我们忘记的事情，就是"不变性"。就是我们是表亲。这一发现使我们成为表亲。"

她握住他的祖先的手，在祖先的眼中，祖先从尘土飞扬，褪色的框架中友好地看着他们。"我们是堂兄弟，而不是第一或第二堂兄弟，但仍然是堂兄弟。您发现了另一种关系。先生，我希望您不要为她感到羞耻，或将她与家人的不幸联系起来。这场悲剧属于我们俩。来吧，伦纳德，让我们离开这个房间。它被困扰。我再次听到女人的尖叫声，我看到男人的白脸-那个年轻的男人在丧亲中。来。"

她把他从房间里拉了出来，然后轻轻地关上了门。

伦纳德（）率领着那宽阔的橡木楼梯，这不会造成伤害，也不会浪费时间。一楼有通往各个房间的门。他们打开了一个房间：一间房间里放满了属于孩子们的东西：有玩具和洋娃娃：有衣服，靴子和帽子：有一个儿童马车，婴儿车和购物车的前身：有婴儿床：有板岩，铅笔和彩盒。它看起来像是一个未被遗弃的地方：孩子们在其中居住并长大了：孩子们离开时，所有旧的玩物都留在了里面。

莱纳德说："受到打击后，房子的生活以某种方式继续下去。隐士独自生活在他的卧室和图书馆中：饭厅和客厅被锁起来：妻子的房间（她去世的房间）被锁起来：男孩走了：女孩和她一起走了年轻人，先生。厨房 然后整个地方都空无一人。" 他关上门，又解锁了另一扇。"那是她的房间，"他小声说道。

康斯坦斯望着房间。它被一张宽大的四柱床占据，两边各有台阶，以便乘员由于其位置而有尊严地上升到羽毛床上。人们无法想象1820年左右的绅士风度会沦为爬上高床的侮辱。因此，将步骤放置在适当的位置。我们已经失去了这种区别点，该区别点曾经使"质量"与低级的区别开来：前者有尊严地走上了台阶，卧床不起；后者则跌倒了或爬上了：现在，每个人都通过后一种方法寻求夜间的休息。房间里装着大量的桃花心木：门是开着的，在等待七十年的时间里，衣服被悬挂起来，衣服被拆下来穿了：时尚来了又走了：他们一直在等待。上面放着一个抽屉，上面放着狡猾的锻造盒子：银色的补丁盒：银色和银色镀金的鼻烟盒：一小撮旧世界的好奇心，属于最后一个居住者的祖先。那里有一个梳妆台，所有的厕所工具和工具都躺在那里，就像它们被放在一边一样。康斯坦斯着脚尖走进房间，看了看那张大床，那张床像十四世纪的葬礼灵一样站着，上面有羽毛和厚重的雕刻，好像她一半希望找到一个房客。镜架旁边的那个女士的珠宝盒正好被打开，就好像被扔了一样。拿出里面的东西，用钦佩的目光看着它们。那里有戒指和吊饰，珍珠项链，钻石胸针，手镯，喷雾剂，手表，这些都是富翁女士所希望拥有的一切。她把它们全部放回去，但没有关上盒子。她找到了一切就离开了一切，然后悄悄溜走了。她小声说："这些东西属于兰利的姐姐。" "她是我的同胞之一-我的。"

他们关上门，走下楼梯。他们再次站在一个空荡荡的大厅里，脚步声在宽阔的楼梯和上方的屋顶上回荡，他们的言语被嘲弄的声音重复，即使他们低声说着，也从墙壁到答应墙，从天花板较高的位置。

"告诉我所有关于祖先的知识，"伦纳德说。

"实际上，它很少。他是我母亲的祖先，也是母亲的祖先。他留下了一个孩子，一个女儿，是我的祖母。她的女儿嫁给了我父亲。除了一个传说，我不知道了，除了那个年轻人-一个活泼的年轻人，我的肖像-他的肖像在那间屋子里-被发现用木头做死了。这就是我所听到的。我不知道凶手是谁，也不知道发生了什么事，也没有任何事情。一切似乎都在很久以前-属于过去。但是，如果我们能够理解，过去就属于我们。还有另一个女人和这所房子的可怜女士一样受苦。哦，伦纳德，真是悲剧！仅在前几天，我们才在谈论家庭丑闻！"

"是; 大量的阳光已经消失了。您所看到的，我的生活并不像您认为的那样是财富的长期继承。"

"但是那是七十年前。这件事一定不能使我们不高兴。至少，如果不是那个老人，我们至少可以平静地看待一个事件。"

"是的是的。但我必须仔细研究整个故事。我觉得我知道的很少。我最奇怪的是很感兴趣，很感动。那人是怎么被杀的？为什么？谁干的？我在哪里可以找到细节？"

"当您找到想要的东西时，伦纳德，您可以告诉我。就我个人而言，我可以将调查留给您。此外，那是很久以前的事了。为什么我们要复兴七十年前的悲伤？"

"我真的不知道，除了我说的那样，我被这个故事奇怪地吸引了。来吧，现在，我想让你看到嫁给祖先姐姐的那个人。她的画像在起居室里，但它太远了以至于无法辨认。可惜！我们失去了所有全家福。来，我们将轻踩，不要叫醒他。"

他再次带领她穿过大厅，轻轻地打开图书馆的门。在火炉旁的扶手椅上睡着的人是有史以来最灿烂的老人。他身材巨大。他的双腿伸直，笨拙的头向后靠在椅子上，一个高贵的头，有着细而丰富的白发，宽阔的肩膀和深的胸膛。他像孩子一样睡觉，呼吸柔和而安宁。在那种平静的容貌中，没有疯狂或大脑混乱的迹象。

康斯坦斯轻轻地走进了房间，弯腰弯腰。他的嘴唇分开了。

他在睡觉时喃喃地说。他开始醒来。他坐起来睁开眼睛，带着恐惧和惊奇的表情注视着她的脸。

她走到一边。老人再次闭上了眼睛，头向后退。伦纳德抚摸她的手臂，他们离开了房间。在门口的康斯坦斯转身看着他。他又睡着了。

"他在睡觉时喃喃地说。他不安。他看起来很害怕。"

"出于某种原因，正是您的存在，坚定不移地表达了对他去世朋友的记忆。也许你的脸使他想起了他死去的朋友。但是，想一想，要破坏这样一个强者的平衡肯定是多么震惊。为什么呢，他早年充满了力量。这七十年来，他从未康复过。这些年来，他从来没有说过话，除了在我的听力中，有一次是在睡觉。他说什么？ "那将结束它。" 奇怪的话。"

眼泪在女孩的眼中。

"可惜，伦纳德-可惜！"

走进花园。他们以前是在上个世纪-当某个祖先是科学园丁时-显示花园。"

他们现在被七十年的疏忽彻底毁了。草坪上覆盖着粗草。步道被隐藏了；花床上长出荆棘。疏忽简直是悲哀的。他们穿过厨房，穿过草莓床和芦笋床，到处散布着蓟，牧羊人的钱包和所有常见的杂草。在果园里，大多数树木都死了，在死枝下茂盛的灌木丛。

康斯坦斯说："我以前从未意识到，如果我们遭受花园荒芜的后果会怎样。"

"这将会发生-如您所见。我相信除了我们自己七十年来，没有人在花园里漫步。在村庄的眼中，我知道整个地方应该昼夜不息。即使是苹果的机会也不会吸引乡村儿童进入花园。来吧，康斯坦斯，让我们走进村庄看看教堂。"

那是一个漂亮的村庄，由一条漫长的街道，一家客栈，一家小商店和一个邮局，一个铁匠铺以及另外一两个行业组成。在这条街的中间，一条狭窄的小路通向墓地和教堂。后者对村庄来说太大了，它是早期的英国十字形结构，后来又进行了补充和改进。

教堂是开放的，因为它是星期六的下午。这座寺庙充满了死去的战役纪念碑。其中包括一台平板电脑，"为纪念兰利·霍尔姆（），他于1798年6月生于大密森登，在该教区的树林中被谋杀，1826年5月18日。1824年2月1日结婚，与已故的女儿埃莉诺（）结婚。马尔马杜克（）在小县城的飞行 留下了一个孩子，康斯坦斯，1825年1月1日出生。"

康斯坦斯说："是的，人们可以意识到这一点：妻子和朋友以这种可怕的方式立即死亡。"

在墓地里，一个老人被坟墓里的一些工作所占据。他抬起头，慢慢地站直了自己，就像一个关节僵硬的人。

"早上好，先生，"他说。"早上，小姐。我希望我一切都好。先生，请原谅，但您肯定会成为竞选人。所有的竞选者都是一样的-他们都是高个子，很随和。但是你不像乡绅那样高，也不是那么坚强。去看老先生，先生？嗯，他坚持下去，他做到了。太好了 他快九十五了。村里的每个人都知道他的生日。为什么，他是个节目。在星期天，夏天，在教堂之后，他们去花园的墙边看一看，看他在露台上走来走去。他从未见过他们，如果他们要在他旁边走也不会。"

"那么你们都认识他吗？"

"我70年前就介意他。那时我有点。你不会认为我曾经是个小家伙，对吗？七十年前，我八岁，现在已经七十八岁。你不会以为我七十八岁，对吗？一个非常脾气暴躁的老人，这个。

"在谋杀后的调查中，我确实提供了证据。即使我只有八岁，他们也不能没有我。

"您？为什么，你与谋杀有什么关系？"

"我在树林上方的山坡上吓鸟。我看到那个乡绅-他是一个男人的好大人物-另一个绅士过马路，越过阶梯进入田野。然后他们一起走到了树林。乡绅转过身去，但另一位先生继续。他们后来发现他在木头上砸了头。然后我看到约翰·邓宁（ ）进来了-他们被控谋杀的那个人。然后他就快跑了起来-就像他看到的一样害怕。哦！我看到了一切，我这样告诉他们，在上面亲吻了圣经。"

"我听说一个人因犯罪而受审。"

"他受到了审判，但他下了车。每个人都知道他从未做到过。但他们从未发现是谁做的。"

"这就是你所知道的吗？"

"就是这样，先生。我已经讲了一百多次这个故事。谢谢你，先生。早上好，小姐。您将有一个英俊的伴侣，小姐，他将有一个适当的小姐。"

伦纳德说，"所以，"他们走开时说，"谋杀案至今仍记忆犹新，我想，只要有人能够谈论这件事，谋杀案就会发生。所有这些发现都应该归为一体是很奇怪的，不是吗？我应该了解自己民族的真相，而仅一两天之后，您就应该了解自己祖先的真实性？我们是堂兄，常态，共同的悲剧使我们团结起来。"

他们装上轮子，默默地驶开。但是，欢乐已经过去了。傍晚降临。树木的风吹拂了。他们的心充满了暴力、鲜血和死亡。在他们耳边响起一个丧亲的女人的哭声，一个男人的吟因烦恼而生气。

第九章

玛丽·安妮
这是在拜访祖先和商业道路中的团队之后的周日下午。午餐后，伦纳德慢慢地回到了家。他下垂的头走着，抚摸着雨伞，抚摸着灯柱。众所周知，这是一个全神贯注和沮丧的迹象。

实际上，他开始意识到自己对灵魂的一种奇怪的迷恋。家族史像一场噩梦一样席卷了他：这使他无论白天还是晚上都没有离开过。他开始意识到他无法摆脱它，并且它即将消失。

当一个人出生于家族史，并且必须与之一起成长时，如果完全意识到这一点，他通常会受益匪浅，要么无视它，要么以哲学来对待它，或者嘲笑它，甚至自夸它的。杰出的先生 宾德比（ ）是为此而自豪的众多人之一。但是后来，他长大了，它已经成为他的一部分，并且他能够展示自己的版本。

当一个人突然有家族史并且突然出现在他身上时，情况就大不相同了。在整个四分之一世纪里，还有什么比这个年轻人的职位更可取的？足够有钱，世代相传与绅士，成功，没有任何阻碍他职业发展的因素，并且肯定会继承大笔资产—凡人可以渴望更多吗？

然后突然间，家族历史最黑暗，最令人沮丧的是：谋杀，猝死，自杀，早逝，坚强的意志瓦解，破产，贫穷，堂兄兄妹，这些人都没有仁慈可以称得上是可敬的-所有这些都落在了他身上一击。他走过时碰触了灯柱，会感到惊讶吗？

他能摆脱这个可怕的故事真是太好了吗？它占据了他的整个大脑；一切都变成了其他东西-十九世纪的伟大经济学文章，他的所有书籍，他的所有职业。如果他在打印的页面上阅读，他的眼睛会越过线条上下移动，但是什么也看不到他的大脑。家族史是一堵墙，排除了其他一切；或者是一个嫉妒的房客，像扫帚一样把每个入侵者赶出去。如果他尝试写作，那么他的笔会从手指上掉下来，因为那位新租户不允许他躺在大脑上的东西逃脱。一整夜，一整天，照片在他的眼前浮起，浮起。可怕的图画-属于历史的事物的图画；紧随其后的图片，例如动画照片，不可抑制，不可隐藏，拒绝或拒绝入场。

这种痴迷才刚刚开始：它打算变得更深，更强大：它将用抓紧力和爪子抓住他，从不让他夜以继日地走直到-但最终他无法理解。

您知道在长期疾病的最初症状下，心灵上会透出一种预感的悲伤：护士和医生说出快乐和希望的话：有一个漏洞，总会有一个漏洞，直到高潮和转折点。患者会听到并尝试获得安慰。但他知道的更多。他没有被告知自己已经站在酷刑室的门槛上了，他知道：门开了，他走进去，因为他必须这样做：他将躺在那里受苦-主啊！多久？

伦纳德带着这样的灵魂凝结和忧郁-没有言语的凝结，忧郁无言-慢慢地向家走去。

他大约在下午三点登上楼梯。在他的心情中，沉思于新发现的悲剧，这似乎是很自然的事情，而且他的表姐玛丽·安妮应该坐在闭着的门对面的楼梯上，这是可以预料的。她胆怯地站起来。

她解释说："那个男人说他不知道你什么时候回家。所以我等了。"

"他应该让你在里面等。你告诉他你是谁吗？"

"没有。没关系 很抱歉打扰您的安息日平静。"

"我的-哦，是的！祈祷进来。"

她听从了，坐在火炉旁，好奇地环顾了房间。在她的腿上放着一个牛皮纸包裹。

她开始说："我以为你会在礼拜堂之后回家吃晚饭，所以我来了大约一个。"

她发现他的脸有些麻烦，于是犹豫了。

"你来告诉我更多的家庭不幸吗？" 他突然问。

"哦，" 她说，"我希望我不来。我告诉她，您不想要它，您不喜欢它。另外，有什么用？这一切都发生在很久以前。但奶奶会拥有的。我给你带来了一本书。她说你必须读它。如果您不想拥有它，我会再拿回去。奶奶应该知道，您不想担心这些旧事物。"

他齐心协力，扮成快乐的面具。

"废话！" 他说。"为什么我不应该阅读这些对我来说如此新的旧事物？他们和你一样属于我。"

他说话时更狭窄地观察着那个女孩。她的言语和犹豫至少表现出了感知和感觉。至于她的外表，她又矮又结实。她的特征被铸造在一种较常见的模具中。她穿着一件黑布外套和一条深绿色的裙子，那是一顶朴素的帽子，头上戴着黑色的羽毛，前天像头颅似的。她的手套令人怀疑。

第一印象是完全微不足道的；第二印象是一个可能感兴趣的女孩。她的眼睛很好，是祖母的眼睛。她的于又小又细，它们是祖母的手。她的声音清澈柔和，发声清晰，完全不同于她所住的厚脸皮的人。在所有这些方面，她都像祖母。莱昂纳德（ ）观察了这些事情-除了家族史之外，想到表弟也很分心-并对这个女孩产生了兴趣。

"我的堂兄，" 他意外地说道，"您非常像您的祖母。"

"像奶奶吗？" 她高兴地上色。因为她不是一个与任何人保持联系的女孩，所以她从未得到过任何赞美。"为什么，她仍然美丽，我-哦！"

她笑了。

"你有她的声音和眼睛。她似乎是一位非常可爱和温柔的女士。"

"她是世界上最甜蜜的老太太，也是最温柔的老婆，哦！她度过了可怕的时光。"

"我很抱歉这么认为。"

"当你离开时，她高兴而自豪地哭了。五十年来，她的家人中没有一个人见过她。我从来没有见过她如此接受你，你如此友好和友善。萨姆说，你和公爵一样骄傲。"

"您的兄弟不应该通过首次露面来判断。"

"而您一点也不感到骄傲。好了，奶奶说："没人告诉他家庭的不幸，这是可耻的。我已经告诉了他一些但不是全部，现在我将寄给我我的剪贴簿以及审判的内容-审判约翰·邓宁故意杀害兰利·霍尔姆的事。而我带来了它；这里是。" 她把包裹递给他了。"这就是我来的原因。"

"谢谢你，" 莱纳德不经意地将它放在桌子上说："我会看一会儿或者看一看。但是我自己对审判没有太大兴趣；它发生太久了。"

"一旦她有了另一本，但在他自杀前几天，她就把它交给了你的祖父。"

伦纳德后来想起了这些话。目前他们对他没有任何意义。

"老婆说我们有世袭的不幸。"

"所以她告诉我。遗传？为什么？" 他的额头收缩了。 "我不知道为什么。世袭的不幸本应意味着祖先犯罪。"

"她这样说。如果不是世袭的不幸，她就不会嫁给祖父。他不会破产的。父亲不会只是一个小书记；山姆本来可以算是一个大人物。我应该是女士而不是董事会老师。"

"你们俩都可以，我堂兄。现在看另一边。我认为你的祖父因自己的无能而毁了。他的贫穷是他自己的事。我想，你父亲从来没有在世界上站过，因为他没有战斗力。您的兄弟已经从事了受人尊敬的职业；他有什么权利抱怨？"

"这就是我有时所说的。奶奶不会的 她全都是遗传性的厄运，好像我们要为一百年前所做的一样受苦。就我而言，我不相信。你做？"

他想到了在乡间小路上与康斯坦斯的谈话。

"这是一个可怕的问题；不要让它困扰我们。让我们继续我们的工作，而不去考虑它。"

"当她什么都没说时，尤其是当她看着山姆并想到你时，说'别考虑它，这是非常好的。我还有话要说。" 她低下头，开始紧张地用指尖抽动。 "我几乎不敢这么说。萨姆永远不会原谅我，但我首先想到的是奶奶以及她所忍受的一切，我必须警告你。" 她环顾四周；没有其他人在场。 "是关于山姆，我的兄弟。我必须警告您-我必须警告，因为他可能在您和奶奶之间造成恶作剧。"

"他会发现困难。好吧，继续。"

他去了你国家的村庄。他坐下来与人们交谈。他假装自己去看看老人过得怎么样。但实际上是要找出他所能拥有的全部财产。"

"他与财产有什么关系？"

"他想找出所有钱变成什么。"

"他认为乡村人士可以告诉他吗？"

"我不知道。你看，他的头上充满了希望得到一些钱的希望。他想把它分配给继承人。这就是他所说的"积累"。"

"积累！" 伦纳德不耐烦地重复着。 "他们全都有故事。我对这些堆积物一无所知，或者将如何处理。"

"山姆充满了怀疑。他认为有一种阴谋将他拒之门外。"

"哦，是吗？好吧，告诉他，我曾祖父的律师收到租金并按照他的指示处理。我，其中一个没有得到咨询。"

"我说你对此一无所知。阿婆很生气 你知道，山姆什么也没想。他最近不太走运，他对自己能算出的钱感到安慰。他让我做一笔-哦！数十笔款项-对他而言是复利：萨姆本人从来没有走过这么远。如果你从来没有解决过-"

"我从来没有。像山姆一样，我还没走那么远。"

"嗯，这确实是一个非常美妙的总结。有时我认为规则一定是错误的。它最多可以安装一百万个半。"

"可以？" 伦纳德粗心地回答。"如果可以的话，请让您的兄弟明白，他的希望建立在非常可疑的继承基础上。"

"他希望得到一半。他说，奶奶和你是唯一的继承人。他说，她的是他的。所以他已经给她签了一份文件，把所有的股份都给了他。"

"哦！你从哪里来？"

"对我而言，一无所有，因为那全都是老太太的；而且她已经签署了该文件，以便成为他的全部。"

"尽管我认为这样的文件不会成立，但她没有签署任何东西，我很抱歉。"

"山姆说，她欠一家人五十年的生活费：也就是20,000英镑，其中不包括现金，杂费和房租。我不知道他是如何做到的，因为可怜的老奶奶一年的花费不超过30英镑，而我发现了。他不能索要那笔钱吗？"

"当然不是。她什么都不欠他。我担心你的兄弟不是一个一直率的基督徒，是吗？"

她叹了口气。

"他是教堂成员；但是，然后，他说这对商业有利。母亲与山姆在一起。他们每天都在她身边。哦，先生，这全是山姆的幻想吗？会没有钱吗？当他发现它时，他肯定会离开他的头。"

"我不知道。不要听他的话。不要考虑钱。"

"有时候我必须。在您变得如此贫穷之后，想想变得富有很可爱。为什么，有时候我们不得不走了好几天（我们是女人），她们是一条开着鱼的鲱鱼或膨胀的面包，还有一块面包作为晚餐。至于衣服，手套和好东西-"

"但是现在你有了收入，有了工作。那些时光已逝。不要梦想突然的财富。"

她起来了。

"我不会考虑的。梦想着变得富有是邪恶的。"

"如果有钱，你将如何处理？"

"首先，不用考虑房租，不用担心，当病入屋子时，医生该如何付款，真是太好了。接下来，山姆总是脾气暴躁。"

"不，" 伦纳德坚定地说。"山姆并不总是脾气暴躁。"

"那么我应该带走奶奶，离开母亲和山姆。"

"知道，您将不得不放弃工作-学校，孩子们以及一切。"

"我不能继续上学吗？"

"当然不是。"

"我不应该那样。哦，我不能放弃学校和孩子们！"

"恩-但是你会买什么？"

"书-我应该买书。"

"您可以免费在免费图书馆获得它们。你要穿漂亮的衣服吗？"

她说："每个女人都喜欢看起来不错。""但不能穿精美的衣服-我不能穿精美的衣服。"

"那么，您现在的生活不会比现在更好。你要马车吗？"

"没有；我有我的自行车。"

"你要钱给吗？"

"没有。这只会使穷人更难给他们钱。"

"很好。现在，我堂兄，您给了自己一个教训。您拥有自己喜欢的工作：您的薪水相当合理：您可以随意获取书籍：可以随心所欲地随意打扮：您会改善饮食吗？"

"哦，食物足够好！我们女人不在乎我们吃什么。至于山姆，他一直想和他的茶一起吃些黄油黄油吐司。"

"贪婪的生物！玛丽·安妮，现在，请反思一下这些事情，只要您自己尖心就不要谈论家庭的不幸。只是想想如果你突然变得富有，你会是一个多么可悲的女孩。"

她开心地笑了。

"惨！" 她说。"我从来没想过这点。你的意思是我不应该用这笔钱做什么？"

"不，不是那样。你不会知道该怎么办。您已达到某些标准。如果您有钱，就必须改变他们。这位要继承好财产的哲学家说，"致富的唯一途径是，要天生富裕，而不要感到财富的负担。"

"我想是这样。我希望您能再说一遍，让山姆听到。不是他会听。"

"而您只希望通过调用就可以拥有想要的一切？没有一个有钱的女孩想要任何东西：不想要得到它：不等待它：最后不得到它，并且更加享受它。你不会想到这个吗？"

"我会。好，我会的。"

"把所有关于金钱的可怕想法从脑海中彻底扑灭，然后继续工作。并为此感到高兴。"

她严肃地点点头。

"我对此感到高兴。只有某些时候 -"

"请记住，如果有的话，请您的祖母拥有，请告诉我。你能告诉我吗？你会很高兴把它给她吗？"

"是的，我会的。我会的。您会很快再来吗？"

"我很快就会再打来。"

"我会告诉奶奶。它会取悦她的-哦！比我能说的还要多。然后你会读这本书的，不是吗，只是为了讨好她？"

"我会读这本书来取悦她。"

"她渴望再次见到你。我也是。哦，先生 -表姐，然后-听到你讲话真是太好了！"

第十章

在俱乐部吃晚餐

那个女孩走了，莱昂纳德站在他面前直望着他。好吧，似乎完全可以弥补因不变而感到遗憾的遗漏。他现在和其他人一样，关系不佳，丑闻频频，令人为耻。就在一周前，他没有这些东西。现在他被提供了一切。什么都没有。如果是出乎意料的话，他将首先被保留的这些礼物赋给了他丰富的财富。到目前为止，他几乎还没有站起来：他没有感激之情：他会乐意辞职这些新财产：悲剧，新表亲，遗传性悲伤的高尚理论。

他记得他曾承诺要阅读的牛皮纸包裹。他撕下了覆盖物。里面有一个叫做"剪贴簿"的傻瓜卷。他打开它，然后翻页。一半以上的报纸插页和插页之间以及插页前后的文字都充满了。当他翻页时，他感到一种难以言喻的厌恶感。他把书从他身上扔了下来，然后倒在半昏迷的安乐椅上。

当他康复时，他拿起了书。同样的感觉，但不是那么强烈，再次落在他身上。他轻轻地把它放下，可能会对他造成伤害。他感到冷；他发抖：这是他一生中第一次害怕什么。他感到迷信的人在空荡荡的房屋和黑暗中的寂寞地方经历的致命恐怖-这种莫名其妙的恐怖是毫无根据的，毫无道理的。

这个年轻人至少没有迷信。他对超自然的事物完全没有恐惧。他本可以在教堂的穹顶里呆一个晚上，在棺材，骨头和咧着嘴笑的头骨之间，不会发抖。因此，这种奇怪的恐惧，如即将来临的邪恶，使他惊讶。在他看来，这本书有关。他拿起它，一遍又一遍地放下。总是那种恐惧的颤抖，那种心的沉沦，又回来了。

他以为他会离开书去出去。他回国后将克服这种弱点。他还记得，返回澳大利亚的澳大利亚人-有钱人，是家庭中的成功人士-将在俱乐部与他共进晚餐。他把书留在桌子上。他戴着帽子，他努力地度过了晚餐前几个小时的路程，远离了这个充满恐惧和颤抖的迷人魔咒。

弗雷德叔叔兴高采烈，殖民地繁荣的典范，说话声比那家具乐部认为是好的形式。他叫了一瓶白兰地和苦酒，然后又叫了一瓶白兰地和苦酒，这使早上房间的人大吃一惊。然后他宣布自己准备晚餐。

他是; 他不仅表现出不寻常的收拾食物的能力，而且表现出令人羡慕的将自己的葡萄酒当作永不停止的源源不断的力量。他吞下香槟，以现代方式盛装香槟，再没有其他酒，就好像是一条溪水不停地落入山洞，没有停顿或停顿。

晚餐结束后，一小瓶瓶子被依次打开并消耗尽。俱乐部的侍者从来没有注视过如此精彩的表演，而在大多数人看来，一小撮品脱的波尔多红葡萄酒是不二之选，是适当的津贴。晚餐后，这位令人敬佩的客人吸收了一瓶红葡萄酒。然后，休会后到吸烟室，他连续快速地喝咖啡和三杯咖喱。然后他点了雪茄，叫苏打水和威士忌。每隔一刻钟的时间，他要再喝一杯苏打水和威士忌。让我们不要数它们。他们就像情人的吻，无论是赞美还是责备，都不容小。这种惊人的葡萄酒和威士忌消费开始时是九点半，一直持续到十一点半。

伦纳德意识到房间里的其他人不愿在无言的惊奇中注视着。服务员脸上越来越严肃的态度表明了他们的赞赏和嫉妒。俱乐部服务员最喜欢自由喝酒的少数几个快乐的人。他最敬佩和敬重的态度使他变成了只不过是一桶酒，却没有任何后果的迹象。现在，这位表演者从头到尾都没有发丝。他的讲话没有粗俗之处；没有迹象表明强烈喝酒对这个大个子有影响。

他在这个俱乐部普遍喜欢的大声说话是真的。但是，然后，他总是说话声音很大，可以在最大房间的每个部分听到。他所说的话；他讲的故事；他用这些语言讲故事的语言，使在场的其他成员大吃一惊-惊讶和高兴，使他们无法估量，因为在这个地方从未有过如此响亮而自信的客人，而且因为这是战役者的财富，伦纳德·弗朗特（　）–无耻，严厉，寒冷–带来了这个年迈的边界人，这个空荡荡的猪头或酒桶，里面装满了浓烈的饮料，这是小号声的可疑故事。第二天，在场的人告诉了那些在场的轶事，嘲笑者嘲笑，那些不在场的人羡慕那些在场的人。

"伦纳德，"这名令人愉快的客人在深夜里说道，声音比以往任何时候都大，"我想有人告诉过你我要离开乡下时的那一排。之前有很多行；但我的意思是大排。您当时只有三四岁。我想你不记得了。"

其他人抬起头来。他们就像太太。。听了他们的笑话，但这些话被强加给他们。

"没有人告诉我-也就是说，前几天我听到了一些声音。没有任何细节，据称是原因。"

"你想知道真实的事实吗？"

"没有！天哪，不！"让过去的丑闻安息。"他低语到极度愤慨。"让事物死掉-死去并被遗忘。"

"我亲爱的侄子"-他把手放在伦纳德的膝盖上-"我敢说他们告诉了你真相。只是，你看得出来。"–他大声说了这可怕的话，以满足所有在场者的好奇心。"真正的事实是，把这个名字放在最底层的那个家伙不知道做什么，其余的都做不到。我，但另一个人-克里斯。就这样。克里斯那可敬的是，不是我。"

"我告诉你我对此一无所知。"

"我不在乎。你必须。这些年来，您是否认为我现在又回到家，堆满了我，将要在这样的归责下工作呢？不，先生。我来像你一样抬起头。克里斯可能会吊死他的心。我不会。（男孩，另一种威士忌和苏打水。）那时，克里斯和我成对狩猎。我们也有很好的运动。然后我们赚了钱，而且很紧张。克里斯做到了。如果你愿意的话就把他赶出去。因为，你明白了-"

"足够说了-足够说了。"伦纳德环顾整个房间。只有三四个人在场：他们单独坐着，每个人手里拿着杂志：他们保留了那些认真阅读的人的态度，但是关于他们的看法是---，表明他们已经听过这个令人愉快的客人的话。的确，他的声音足够大，所有人都可以听到。并非每天都能在俱乐部的一次令人振奋的启示中听到有关将某人的名字放在模糊地描述为"您知道什么"的文件的正面和背面的消息。

"够了，"伦纳德不耐烦地重复道。

"我亲爱的家伙，你打扰。如果您愿意，我将把整个事情都做对。"

"我不想听。"

"这不是您想听到的；"这就是您必须听到的。"弗雷德叔叔深刻而认真地说道。他对他的好处，甚至对他来说，都多了点：这使他固执己见；这也使他的讲话在响度和控制力方面变得不确定：他更加认真地克服了这些缺点。"涉及字符，伦纳德，字符；和自尊；也宽恕。我不回家忍受恶意，亚伯拉罕叫我到他的怀抱时，我的遗嘱倾向就证明了这一点。"

"哦！但是真的-"

"真的-您会听到的！（男孩，你为什么要让恶魔让我等待另一种威士忌和苏打水？）莱昂纳德在这里。里面有放债人-"

"没关系放贷者-"

"我必须注意他。人！他在里面。我现在完全忘记了这一刻。百分。进来了。但是他在那里-哦，是的！他在那。无论是克里斯还是我，他一直都在那儿。克里斯，一个家伙的魔鬼！接着。希望借钱的蠕虫（或鳄鱼）得到付款。他一直想得到报酬。是克里斯还是我。让我想想 -"

"有关系吗？"

真相，先生和品格总是很重要。放贷人此刻说的我忘记了什么。我敢说克里斯知道。他的事比我的事多。这就等于-"他再次倒掉了酒杯，忘了他想说的话。"当同伴走后，'克里斯，'我说，'这是一个很大的洞。" 我确定他是在洞里，而不是我，因为你知道这样做是为了把他从洞里拉出来。所以一定是克里斯，而不是我。他有尊严地补充说，"这是必要的，以使这场革命成为启示。这是由于自尊。我的哥哥克里斯，那么，你就知道了。（男孩，我还要再喝威士忌和苏打水。）我想让你确切地了解发生了什么。" 伦纳德吟。"当然，要在纸上贴上名字，然后在纸上签一张支票-"

"看在主人的份上，伙计，停下来！" 伦纳德小声说。

"我知道并告诉他，这个世界是一个严酷的世界，从不容忍，会用一个坏名字来称呼它。发生了什么 但是谁能预见到他们会把这个名字加给我呢？"

伦纳德突然站起来。事情变得严重了。他说："现在是十一点。""我必须去。"

"走？为什么，我才刚刚开始安顿下来进行一次安静的谈话。我认为我们应该继续进行两到三遍。我快完成了；我只需要证明支票-"

"不，我必须立刻去。我有一个预约。我有工作要做。我有写信。"

弗雷德叔叔慢慢升起来。他说："这是一个堕落的世界。""我们从来没有想到过一天会在午夜之前正确开始。但是如果这些是您的习惯-伦纳德，您做得很好。香槟很棒。男孩-不，我等到我回到酒店。然后两三杯，依此类推。适度-节制-早起。这些现在是我的座右铭和规则。"

伦纳德说："这样走下楼梯，因为他的叔叔正朝相反的方向出发。"

"一个警告。不要与克里斯谈论这个故事，因为您会听到乱码，先生，乱码。"当他走下楼梯时，他略微倾斜了一下，但除此之外，没有迹象表明他整夜都在舒缓和渴求。

伦纳德深陷沮丧和羞愧中回家。他为什么要把这样的人带到这样的俱乐部？他应该在最吵闹的小酒馆里给他吃晚饭，里面装满了最吵闹的拖鞋。

伦纳德认为："他不能真正成为他的假装。" "有钱的人就是有责任感和地位的人。这个人说话没有任何尊严或沉默寡言。他似乎仍然与和放牛者联系在一起；他坐在酒吧和轿车里；如果只是因为他的繁荣，他就应该保持更好的陪伴。"

家族史再次证明了自己。

它说："您已经娱乐了，另一个不幸。这是一个将近五十岁的男人。他显露了自己，暴露了自己：尽管他富有而成功，但他还是悔，是夫的同伴和朋友。他的感情是他们的。他没有道德；他喝酒没有节制或措施；他使你在俱乐部里丢脸了。毫无疑问，委员会将进行干预。"

道德主义者宣称，这是一个宽松的时代。一个人可能以比以前认为可靠的方式谋生；男子被接纳到以前不愿放下名字的俱乐部。在伦纳德的思想中，仍然存在着一种坚定而清晰的观点，即绅士不应该做某些事情：他不应该做的事情：他不能与之同坐的同伴。但是从这个人的启示中可以看出，无论他做什么，他都习惯与流浪汉，小贩，小贩和牧羊人交配。

第十一章

摘录

伦纳德在书房里开灯。他的目光落在摘录上。他看着他的手表。近十二点。他坚定地拿起这本书。另一股讨厌的浪潮席卷了他的脑海。他打败了它；他强迫自己打开这本书，并从头开始。

正如他已经看到的，内容包括一份报纸上的剪报，以及一段书面的叙述。标题页上的文字用精美的意大利文书写，简要说明如下：

"这本书是太太给我的。尼科尔斯，我们的管家三十年了。她从报纸上剪下了有关犯罪及其后果的所有印刷品。有关于谋杀，调查和审判的记载。她还根据自己的记忆和见识添加了自己的笔记。她对每种摘录进行了两次切割，并制作了两份自己的笔记。她把这些粘贴在两本剪贴簿中。她给了我一个；死后我在她房间里找到的另一个。在他自杀前三天，我把后者的副本寄给了我的兄弟。"

这份声明是"露西·加里，运动"。随后是提取物和切屑。这里删除了一些不必要的细节。

第一部分摘自最近县城的周报：

"我们感到遗憾的是，发生了一起罪行，这一罪行给我们的邻国带来了最深的耻辱，迄今已无暴力行为。受害人是一位

年轻的绅士，和可亲，受到大家的尊敬。兰利·霍姆（　），
位于阿默斯罕（　）镇附近的西屋式房屋。

"不幸的绅士已经在他姐夫先生的房子里住了几天。公园的
··从我们的调查报告中可以看出，5月18日星期二，两位
先生在早餐后一起开始散步。大约十点钟：他们穿过公园，
越过高速公路，越过阶梯来到一个大田野上，沿着小路走到
一起，穿过一片小树林，位于字段的底部。然后先生。想起
了一些被遗忘的生意或约会，就离开了他的朋友，自己回来
了。当先生。霍尔姆被发现了-尚不确定先生之后多久。离
开了他，但肯定过了两个小时-他躺在地上已经死了，他的
头被厚厚的棍棒砸死了-树枝为此目的而拔掉了，或者躺在
地上准备凶手的手。他们把尸体运回他一直住的房子。

"可悲的是相关的不幸的人的姐姐，先生。的妻子对这则消
息感到震惊，这消息似乎已经被宣布或大声喊叫，并且没有
任何轻柔地打破消息的准备，以至于她被辛苦的劳动所抓住
，一个小时之内就死了。因此，这位不幸的先生先生。　自
己还很年轻，可以说一瞬间被剥夺了妻子和姐夫。先生。兰
利·霍姆（　）还是已婚男人，只剩下一个年幼的孩子（一个
女儿）与母亲为无法挽回的损失而哭泣。该调查在星期三上
午进行。"

然后遵循一段书面内容：

"我当时在我自己的房间里，是管家的房间，那是一楼俯瞰花园的南翼楼的最后一个房间；屋子的尽头有一个入口，供仆人和带进屋子的东西使用。早上十点钟，马里的钟声敲响后，我看见主人和先生在一起。兰利·霍姆（ ）穿过露台，沿着花园走，然后右转到公园。他们在一起友好而充满活力地交谈，他们俩都是年轻人，他们的生活和精神不寻常。他们两个人也都脾气暴躁，成为了他这样一个地方的主人，这不能由一个温柔而卑微的人统治，而是需要一种高尚的精神和脾气成为主人。

"四分之三小时后，我听到了花园里的台阶，抬起头来看着我的工作。那是主人一个人回家。正如我经常看到的那样，他走得很快，并且正在挥舞着手臂。现在我想到了，他的脸色苍白。有人会认为他有一个天赋。他从花园的门进入房子，进入书房。

"现在，今天早上，我的女士，当我们打电话给她时，情况并不好，问题是我们是否应该立即派医生去。但她拒绝同意，说它将过去。于是她在床上吃早餐；但是我对她并不容易。我现在全心全意地希望我能给居住在三英里之外的医生写一张便条，只要他能开车过去。此外，事实证明，消息传来时他可能和她在一起。

"但是，大约在十二点左右或之后不久，我听到了花园里的脚步声，看到的景象冻结了我的鲜血。有四个人提着百叶窗，缓慢地走着。百叶窗上是毯子，毯子下面是表格。哦！不会误以为是人类的形式。我说，我的心像铅一样跌落，我哭出来了：

"　"哦！以上帝的名义，发生了什么事？

"其中一位说，约翰·唐宁（）叫名字：

"　"是先生。福尔摩。我发现他死了。有人谋杀了他。"

"我尖叫着。我跑回房子；我跑到厨房了；我告诉他们，从来没有想过我可怜的女人。

"然后整个房子突然间，空气中弥漫着女性的尖叫声。

"唉！我的女士起床了；她穿好衣服：她正在降落；她听到了哭声。

"'发生了什么？'她问。

"'先生。福尔摩被谋杀了。

"我不知道是谁告诉她的。没有一个女佣承认这件事，但是当她听到这个消息时，她突然倒下了，就像一个女人被撞倒了一样。

"我们把她抱起来，带她上床睡觉。当医生来一个小时后，我的夫人去世了-这是有史以来最美丽，最善良，最甜蜜，最慷慨的夫人。她已经死了，我们所能做的就是照顾新生的婴儿。至于她的丈夫，那个可怜的绅士带着的表情坐在他的书房里，脸上都满是悲伤的表情，所以看着他是可惜和恐怖。妻子和姐夫-妻子和朋友-都在一个早晨中断了！有没有听过这样的声音？至于不幸的受害者，先生。过去，他们把他放在饭厅里等待调查。"

此时，伦纳德放下书，环顾四周。这个地方很安静。即使从街上也没有脚步声或车轮声。他再次被这种奇怪的厌恶所压倒了-一种疾病。他闭上眼睛向后躺。在他面前，就像在一个生动的梦中一样，他看到了被谋杀者尸体的游行。他看见那名被谋杀的女士跌倒在地。他看到公园里那古老的隐居者，然后年轻，独自一人，着脸，一个人躺在饭厅里，另一个人躺在婚床上。

不适感消失了。伦纳德睁开眼睛强迫自己，但带着一颗跳动的心和一种恐惧的恐惧，继续读下去：

"我记得那所房子非常安静，非常安静，以至于我们可以在我的房间（管家的房间）中听到幼儿园两个小男孩的哭声和叫喊声，那是母亲死后的房间。男孩们是三岁的老大兰利大师，而克里斯托弗大师则是一年半。

"那些无辜的人几乎不了解那天可怕的悲剧给他们带来的麻烦。他们会在没有母亲的情况下长大，这可能是孩子所能经历的最可怕的灾难。他们也将在没有父亲的情况下长大，因为主人从来没有恢复过震惊，现在，我担心，永远也不会。

"第二天星期三早上，验尸官陪同陪审团进行了调查。他们在饭厅里看了看尸体。我在场并听到了这一切。据我所记得，该论文的报告是可以容忍的。"

这时报纸又开始了：

"在最后一个星期三，第19届研究所，在阿默舍姆附近韦斯特尔登大厦的兰利·霍尔姆（　）兰利·霍姆（　）的尸体上，在战役公园举行了调查，年龄28岁。正如我们最后一个数字中所述，这位不幸的绅士在直接指向谋杀的情况下被发现死亡，他住在离战役公园不远的树林中，在那里他一直作为朋友和姐夫的来宾住在那里。阿尔及农运动。

"死亡原因已由..奥尔登。他认为这是由重磅俱乐部或分支机构的一击所造成的，而这可能是在附近捡到的。俱乐部正躺在桌子上，一端有一个锯齿状的树枝，末端是红色，上面沾满鲜血。伤口的性质表明，这只是一击，是用最坚决而果断的手造成了死亡，而且死亡一定是瞬时的。

"先生。 的 ，废了死者兰利·霍尔姆（　）的姐夫（他的妻子的兄弟和他最亲密的朋友）与他们同住，并且在星期二早上，两人在早餐散步。他们穿过公园，过马路，越过另一侧的阶梯，沿着山下的小路走。他们进入了发现尸体的树林，当时他本人还记得那天早晨必须写并张贴的一封信。因此，他停了下来，并解释说他必须立即返回。不幸的是，他的姐夫选择继续独自行走。先生。转过身，尽快回家。他没有看到死者，直到他被送回死。

"验尸官问他是否在树林中观察到任何人：他说他没有仔细看过他，但是他没有看到任何人。

"一个小男孩，他给汤米·达德起了个名字，并说他知道誓言的意思，以为他整日都在山坡上吓鸟。他看到两个绅士越过阶梯，一起沿着人行道走，大声说话；他们来到树林里，其中一位先生。运动，转过身来；就像在期待一个人一样，他在小路上上下移动，然后很快就走开了。

"'停！'死因裁判官说。"让我们很清楚地理解这些事实。你看到先生。战役者和死者越过阶梯，一直走到树林？

"是的。"

" "你看到先生。转身走开吗？

"是的。"

"'那么继续。'

"'很长一段时间以后，我看到约翰·邓宁从农场穿过田野走到小路；他背着一篮子东西。他穿着工作服。他也走进树林。现在他出来出来跑回农家院，另外三人来带东西。

"'没有其他人走进树林吗？'

"'不；没有人。'

约翰·邓宁说他是一个劳动者；在有问题的那天，他正在去上班的路上，不得不穿过树林；过了一半，他想到了一个男人正在睡觉。当他靠近时，发现那是一位绅士，他已经死了，躺在了血泊中。没有脚打或挣扎的迹象。他试图举起他，使他的手和连衣裙上沾满鲜血的污渍；他发现尸体旁边有一块粗糙的锯齿状的木头，一端被血覆盖。发现这一点后，他用尽了林木，尽可能快地跑到了最近的农场，在那里他报警，并让四个人随身带着百叶窗和毯子。

验尸官严厉地盘问了这位证人。他在哪里工作？他是村里人吗？他曾经遇到麻烦吗？他肩上背着什么？他会发誓不是在身体附近发现这家具乐部吗？

"对于所有这些问题，这个人给出了一个简单的答案。

"验尸官随后问他是否搜查了死者的口袋。

"此时，死者的侍者站了起来，说他的主人尚未被抢劫；发现他的手表，戒指和钱包都在他的口袋里。

"'我以为凶手没有时间，'验尸官说。'他一定已经被打扰了。我从来没有听说过谋杀不是抢劫，除非确实有报仇。

"先生。介入。我建议，先生。他说，"死因裁判官-"

" "先生，" 验尸官说，"您的建议就是指示。"

"那么，我冒险暗示也许有人在树林里有人不知名。这个男孩的证据很简单，但他看不见木头。

"'那是真实的。叫教区警员。

"这位军官站起来作证。有人问他村庄内或附近是否有危险或可疑的人；如果他曾见过流浪汉，强壮的流浪汉，吉普赛人，或者实际上是任何合理地被怀疑有这种暴行的人。

"没有人。他说，这个村庄很安静，而且举止得体。

"有人问他是否有偷猎者。他说有一些盗猎者，他非常了解，他的荣誉游戏管理员也是如此。但是在5月份，几乎没有什么可以偷猎的，甚至没有借口进入树林。此外，为什么还要在早上十点钟进入树林？他非常有信心乡村偷猎者与生意无关。

"'我的建议，先生，'先生。"似乎毫无用处。但是，如果我们能以此为线索，就有可能解释这个奥秘。"

"'还有另一种解释方式，'验尸官严厉地说。

他向警员提出了其他问题。他在村庄或路上看到过吉普车或流浪汉吗？那个警员宣称他什么也没看见：那个村庄，就像它在主干道上一样，即使根本看不见，也没有吸引任何形式的吉普赛人，流浪汉或流浪者。

"这名警员有没有喝醉的情况？他没有：有些人有时喝的啤酒多于对他们有益的啤酒，但他们安心地喝着酒，没有在杯子里吵架。

验尸官说："我们来了，对已故绅士是否有任何私人仇恨要担心的问题？"

"给这位先生。回答说："我的姐夫先生是个男人，他可能是敌人的裁判官，尤其是在偷猎者当中；但是，如果是这样，这些敌人将全部集中在自己县的十五英里外。在这个地方，他既没有朋友也没有敌人。

"然后，陪审团的先生们，"验尸官说，"我们找不到犯罪动机。我刚才说，还有另一种可能的解释。我们可以撇开偷猎者工作受到干扰的理论，以及私人仇恨的理论，以及为了抢劫而流浪或吉卜赛人攻击他的理论。因此，我们回到了广泛的事实。死者早上十点钟独自进入树林。十二岁的时候，那个人在外面跑来跑去，他的工作服上沾满了鲜血。他说，他已经发现这位绅士的尸体躺在草地上，并试图抬起草，这样做使他的工作服上沾满了鲜血。先生们，现在举起尸体有什么好处？另一方面，假设一个男人发现这位绅士手无寸铁，也许正在睡觉，他突然想到为了夺取钱财而杀死他：假设他受到了干扰，或者认为自己受到了干扰，可能是被那个小鸟儿吓到的男孩-他会怎么做？他自然会发出警报，并假装犯罪是另一个人犯下的。陪审团的先生们，您将形成自己的结论。您将做出您认为合理的裁决，从而对法律进行进一步调查。建议您的裁决或影响您的判断远非我本人。您现在必须考虑这种谋杀是如何发生的和由谁实施的，这是众所周知的谋杀案。

陪审团考虑了他们的裁决半小时。然后，他们做出了对约翰·邓宁故意杀人的判决。

"到那时，这个人已经一个人站着：每个人都回避他。判决作出后，他喊道："不！没有！我从来没有做过！我从来没有做过！热情地或充满激情地表现出来。

"那个警员当场逮捕了他。第一次射精后，男人变得非常被动，没有任何抵抗。验尸官求助于先生。运动。

"　"你是地方法官，先生。您可以正式将该人送交审判。"

"'我犯下这个人吗？'失去亲人的绅士似乎很难理解这件事。然而，他来到自己身边，机械地履行了自己的职责。

"该男子约翰·邓宁（　）现在躺在监狱中，等待他的审判。我们不会说什么可以预判该案，但到目前为止，对被告来说，它肯定是黑的。"

管家还补充道："验尸官的法庭已经满了，可悲的景象是看到这位又高又帅又挺拔却灰白的主人。当天下午，他们将兄弟姐妹俩都埋在教区教堂里。他们并排躺在城堡中。"

然后关注了约翰·邓宁的审判报告。其中一部分是重复审讯中听到的证据。他由律师和一个非常有才干的律师辩护-一个年轻人，他花了最大的心血来提起诉讼。伦纳德知道这个名字。后来他成为法官。盘问是热衷和寻找。充分利用了每个小问题。

该报告详尽地提供了所有证据和讲话。在这个地方给出最重要的问题和答案就足够了。

律师有一张木头的地图。他从这张地图上赚了很多钱。他呼吁注意距离；例如，从木头到农场只需要五分钟。在这些方面，他进行了盘问。运动紧密。

"我相信这是一棵小木头，比小灌木林还小吗？"

"'只不过是一场小灌木林。'"

"'现在，您要花多长时间从头到尾穿过树林？'"

"'不是五分钟。'"

"'树林中有座位吗？一个人可能坐下的地方吗？'"

"'没有。'

"'您的朋友表达了在树林中徘徊的意图，还是有任何理由为什么要在树林中徘徊？'"

"　"不，当然不是。他以很快的速度进入树林，据我所知，他打算保持原状。他一部分是为了锻炼，另一部分是为了看田野。

"　"树林里没有座位。律师回到了重点。"有没有倒下的树木可以坐下？'"

"'据我所知。'

"　"是早上躺在草地上吗？'"

"'不；曾经下过雨 小路是泥泞的，草是湿的。

"   "你以为死者会在潮湿的木头，泥泞和木头的长草中游荡
两个小时吗？

"'我不。我认为这是最不可能的，甚至是不可能的。

"   "您的建议是有人潜伏在树林中？"

"我认为一切都指向这一点。"

"'否则，根据起诉的理论，你的姐夫一定已经站在树林里
，近两个小时没有做任何事；因为没有人质疑囚犯在十二点
之前进入树林的事实。"

"   "就是这样，我想。

"'对不起，先生。运动，关于一个如此痛苦的话题，但我
有生命可以挽救。您是否认为您的朋友是一个可以不费吹灰
之力就放弃自己的生活的人？"

"   "当然不是。他是一个坚强而坚决的人。"

"'再看一次囚犯'，他不超过五尺五。"你以为你的朋友会
静静地被这样的小男人杀死吗？"

"'假设任何种类的东西都是荒谬的。'

"'他本来可能没有意识到，但那一击将落在了脑后。现在，它在前面。您是否认为，这个勤劳的人在进入树林时应该突然下定决心，即使没有动机也没有动机就夺走一个陌生的绅士的生命吗？-应该冲上他，让他措手不及，并成功地抓住他他的生活没有受到打击或刮擦？

"　"我当然不会。我认为这件事绝对不可能。

"'您是否假设，如果所有这些不可能或不可能的事情都发生了，那个人会被血迹覆盖地跑回去告诉他所发现的东西，并假装其他人做了吗？"

"'我当然不会。'

"已经给出证据的男孩被召回。

"'先生之后多久了。在约翰·邓宁进来之前，霍尔姆走进了树林？

"'很久了。"

"我们已经知道了事实，" 法官说。"两位先生十点钟出去了。根据这张地图，他们将在十点十五分左右到达树林。尸体在中午过后带回家。因此，由于因犯只有几分钟的路程，所以他进来的时间大概是二十分钟到十二分钟。

"　"我的主人，不超过几分钟。

"　"所以从证据看来。但是，几分钟之内就可以做很多事情
。"

律师回忆起医生。

"'当你看到尸体的时候，我想你说的是，大约在一点钟之
前。"

"'就是这样。'

"　"那么身体就僵硬了，死了，你说吗？

"　"很。它已经死了一段时间-大概两个小时。

"　"已经死了两个小时了。你确定吗？

"'我不会发誓确切的时间。我会说一会儿。

"如果男孩关于囚犯在树林里所占时间的证据是正确的，那
么在男子带上百叶窗之前几分钟就会造成死亡。身体会很温
暖。

"'它会。'

"　"现在-您看到了伤口。为陪审团指明确切的位置。"

"医生将手放在头顶上。

"　"不是前面，而是上面。很好。先生。霍尔姆高六英尺。看那个囚犯。一个男人这么短有可能对头顶造成如此大的打击吗？

"　"除非他发现受害者就座，否则不会。

"'这么。而且我们已经收到先生的来信。运动家认为不可能在潮湿的木头上坐下来。谢谢。'"

一个不需要继续。这是证据中最重要的部分。起初，对囚犯来说，这看起来很糟糕：树林里没有其他人；工作服上的鲜血；达成契约的武器；显然不可能有其他人成为罪犯。然后这位聪明的律师来到了现场，不久之后，整个案子都破裂了。

首先，医生的证据表明死亡是在囚犯进入树林前两个小时造成的；这名男孩的证据表明，囚犯在出来跑步前仅几分钟就走了。那是对他有利的积极证据。接下来，有先生的证据。运动。他的姐夫是世界上最后一个不打架就被谋杀的人。他是个有力的人，比被控谋杀他的人要强大得多。他并非没有意识到，而是在正面受到了致命的打击。再次，没有抢劫。

如果一个穷人犯了谋杀罪，他要么是为了报仇，要么是嫉妒，要么是抢劫。在谋杀这位不幸的绅士中，没有任何动机在起作用。

最后，最好的证词是支持囚犯的个性。如果证据确凿，这没有多大用处，但是当证据薄弱时，它可能会提供最大的帮助。他的雇主说，囚犯是一个懂得生意的好工人。他清醒，勤奋，诚实；农场中最不可能的男人犯下这种残暴行为。

法官总结得很好。陪审团退回考虑他们的判决。一个小时后他们回来了。判决："无罪"。

"很正确，"伦纳德放下书说。"约翰·邓宁这个人当然是无罪的。"

然后是管家写的更多文章：

"宣布判决后，囚犯下台，并受到其主人，农夫和其他人的友好祝贺。法官在离开法庭之前已送交先生。运动。

"'先生，'他和他握手，'在那天的忧郁事件中，我们必须为自己和您的损失感到遗憾。就我个人而言，尽管我认为有充分证据证明陪审团的裁决是正确的，但我仍希望您对此事发表意见。

"'如果值得您注意，您会听到的。我已经决定了这一点。审讯中的证据不完整。在与医生讨论了此事之后，我确信，谋杀案肯定是在该男子催款进入树林之前很久才发生的。身体状况表明，如果医学证据值得证明的话，死亡发生在两个小时之前：即十一岁之前，实际上是我离开他后不久。当我离开他并看到他大步穿过树林时，他一定一直在径直走向死亡。

"'您完全能够形成任何理论吗？'

"'没有。如果有抢劫，我应该怀疑吉普赛人。我们周围的人安静而无害。这样的事情对于他们来说是故意的和故意的谋杀是不可能的。

"　"所以情况只会变得更加神秘。

"'我对这个人的清白感到非常强烈，不仅为他提供了律师，而且还向律师提供了我对案件的完整陈述。我子的杀人犯，我妻子的杀手。脸色苍白-将被发现；一段时间或其他时间，他必须被发现。我知道，谋杀是良心，直到生活变得无法忍受。然后那个人认罪，并欢迎可耻的死亡结束它。让我们等到凶手发现自己的负担太重而无法承受时为止。"

"但是，"法官说，"一个人想通过法律找到他。"

"'好，'先生说。，"就我个人而言，我下定决心要尽我所能，以使一个无辜的人如果可以防止的话，就不会因有罪而受苦。"

"先生，"法官说，"您的举止是世人对一位高贵绅士的期盼。还有一个结论。是有人藏在树林里。男孩说没有人出去。他在想这两个目的；但是他也许无法看穿树林或树林之外。寻找脚步声可能还为时未晚。但是，毫无疑问，所有可以做的事情都会完成。"

因此审判结束了。我还没有听说对该地方进行过任何进一步的检查。由于整个村庄，以及邻近村庄和最近的集镇的人们，在数周后的每个星期天都拥挤不已，注视着发现尸体的地点，因此寻找脚步声毫无用处。

"约翰·邓宁的那个人回到工作了。但是村民-他的老朋友-反对他。他们将不再与他交往；尽管他是一个像以往一样无辜的男人，但谋杀的污点仍在他身上。牧师向人们讲话，但徒劳无功；任何因谋杀而受到审判的人都必须是杀人犯，他像麻风病人或疯子一样被回避。

"然后，牧师向乡绅讲了这件事，乡绅给了约翰钱，以便他可以移民；我被告知，他和他的全家人一起去了植物园，那里的人们并不都是罪犯。至少，在那儿，不应将他因谋杀而被判无罪的人的牙齿扔掉。我从没听说过约翰·邓宁及其后的家人。

"这位乡绅提供了500英镑的悬赏金，用于逮捕和谋杀一名不知名的谋杀先生的人。兰利·霍尔姆。印刷出来的钞票在教堂的门上已经呆了好几年了-很久以后，大雨把信件都洗掉了，直到整个钞票最终被洗掉并销毁。但是从来没有要求过奖励，也没有任何试图将罪恶加重的尝试。随着时间的流逝，在世界范围内逐渐形成一种信念，即尽管无罪释放，但约翰·约翰·邓宁本人却没有其他罪犯。因此，对他来说，幸运的是，当他离开时，他就走了，直到普遍的信仰对他如此残酷。

"木头被缠住了；即使在白天，也没有人敢穿过它；因为被谋杀的人白天和黑夜都走着。我不能对自己说，我实际上曾经见过鬼魂-就是说，不认识那个可怜的绅士，尽管有许多可靠的证人发誓要看到它-在暮色中，在月光下，在阳光下 但是有一天，当我从村里回家的时候-大约是十一点的早晨-我看到了一件奇怪的事，这使我的心停滞不前。

"那是一个春日，微风拂面，阳光明媚，但乌云密布。他们在田野上制造了光影。如试验中所述，木料比木料更像是一棵小灌木林，木料由细长的树木组成，例如一侧是桦木，另一侧是冷杉和落叶松，有很多灌木丛在桦树丛中，我看到，就像我一生中看到的任何东西一样清晰，一个数字-哦！很朴素-桦树下，灌木丛和灌木丛中的身影。我知道那里可能没有人，但是我看到一个像男人或女人一样朴素的人物。它背对着我，我伸出头，肩膀和胳膊；身体的其余部分被隐藏了。我看着阴影消失了，太阳出来了。然后这个数字消失了。我等着它回来。它没有。

"我慢慢地爬过树林，向左右恐惧地望着。什么都没有;鸟儿互相唱歌，呼唤，但没有鬼魂。但是我已经看到了。当我问自己那衣服怎么穿时，我不记得了；不，我没有观察到。然后有一些鬼像在遇见凶手时就被他蒙住了。不，它曾与之交谈过；因此，我自己的证据并不像其他一些证据那么重要。

"葬礼结束后，我们不能不观察主人的习惯发生了巨大变化。

"在麻烦先生之前。是一个热爱社会的人；他会邀请朋友每周吃两三遍饭。他喜欢瓶子，但没有醉汉。他每周一次去集镇，然后在绅士们的普通人那里用餐。他是和平的正义者，并且积极主动；他自己种了自己的土地，对牲畜和庄稼产生了兴趣。他每天星期天早上去教堂，每天早上为家庭祈祷。他喜欢和孩子们玩耍。他谈论政治，每周阅读报纸。他本赛季每周要进行一次或两次狩猎；在秋天，他几乎每天都去拍摄；他参加了比赛；他是个园丁，照顾着温室和温室。简而言之，他是一位乡村绅士，对国家的追求感到高兴。他是一个好农夫，一个好地主，一个好地方长官，一个好父亲和一个好基督徒。

"但是，记下随后的内容。谋杀发生时，尸体被放在饭厅里。主人进了图书馆；在那里他用餐。此后他再也没有进过饭厅。当他不独自在露台上散步时，他坐在图书馆里。

突然之间，他一点一点地抛弃了一切。他不去教堂了；他放弃了去市场；他放弃了射击，打猎，园艺，耕种，读书；他放弃了公司；他拒绝见任何人；他没有开信件；他没有举行家庭祈祷；他没有照顾他的孩子；如果发现他们在玩耍，他就经过了无辜者，好像他们是陌生人一样；至于最小的那个，是她牺牲了母亲一生的母亲，我怀疑他是否见过她，或者是否知道她是谁，如果他确实见过她。

"因此，这些年来一直持续着。有时，当需要金钱时，律师会过来；然后就得到了钱。但是他从不说话。他听着，签了一张支票。作为他的管家，我曾经不时出示一张未结清的账单。毫无疑问，这笔钱已被付诸表决。新郎们早已被解雇了；变成草地的马已经死了。狗死了；花园已经播种和除草了；没有火，光，气，任何东西的房间正在腐烂。

"至于不幸的不幸儿童，他们以某种方式长大；船长不会允许自己的家人受到干扰；律师先生。杜西，是唯一可以说服他做任何事情的人。这些男孩被送到一所预备学校，然后再到一所公立学校。第二个人进入海军，再也没有一个勇敢或英俊的男孩了，但是他被淹死了。长者去了牛津进入国会，但他自杀了。这个女孩嫁给了一个商人，结果很糟糕。

一切都变糟了。那是一个最不幸的家庭；父亲和孩子都一样
-都很不幸。"

* * * * * *

在这里结束了管家的摘录和评论。附加了一封信。标题为 "
1855年9月2日，玛丽的信："

"亲爱的露西，
"我之前无法回答您的信，请相信我。有时候，心灵必须与
心灵独处。自从悲伤的心发生以来，我一个月一直在悲伤。

"我现在可以告诉你，不是我所有的东西，落在我们身上，
我无辜的宝贝和我身上。您听说兰利（ ）四个星期前用自己
的双手度过了自己的生命。您现在问他为什么这样做。他做
得很好-没有人更有前途，没有人有更光明的前景；朋友向
我保证，我会在适当的时候满怀信心地期望看到他在内阁中
。他的能力，影响力和名字每天都在提高。他每天都在了解
事务。在家里，我可以如实地说，他对他的妻子和温柔的孩
子们感到满意。他的妻子会快乐地牺牲她的生活使他幸福。
至于像一些年轻人所允许的那样，在他家外的任何事情，他
都不会有这种想法，也不会像一个男人那样考虑自己对妻子
和家人的责任或作为基督徒。但是他自杀了——亲爱的，他自
杀了！——我被留下了。他为什么这样做？

"有一件事总是深深地影响着他的思想-父亲的状况。他经常谈论它。他问道，为什么要给自己一个不幸的不幸-朋友的悲惨去世和妻子的突然去世-如此彻底摧毁一个健壮的年轻人，一个年轻，健康，有能力克服最严重的灾难？为什么这种不幸会永久改变他，使他应该忽略自己曾经爱过的一切，而成为过去的悲惨，沉默寡言的孤独，沉思，过着无用的隐士生活？当然，他也感到被遗忘了他和他的兄弟姐妹，以及父亲一直以来对他们的同情。因为，请记住，他的父亲不是疯子。他能够完美地开展业务。只是他拒绝说话或交谈，而是独自生活。

"现在，亲爱的露西，我不会提出任何建议。我只想告诉你发生了什么事。您寄给他一本书的摘录和插条，并附有补充说明。这些剪裁是当代谋杀先生的记录。兰利·霍尔姆（　）的审讯，对一个无罪开释的人的审判以及整个事件对先生产生的奇怪影响。运动，然后是一个年轻的男人。

他收到了这本书，并把它带入了他的书房。这是早晨。午夜时分，我看了看。他转过脸。亲爱的，那是。我问他他病得很严重怎么回事。他漫不经心地回答说，父亲曾吃过酸葡萄。我求他离开，然后上楼。他说了一些话，但我没有听清楚，于是我离开了他。

他从未上楼。凌晨五点，我醒来，发现他不在床上，我匆匆下楼，充满悲伤的表情。唉！他死了。不要问我如何-他死了！

"亲爱的露西，您现在是三个孩子中唯一的一个。我把书烧
了。在任何情况下，我的孩子都不会看到或听到这个可怕的
故事。我恳请你烧掉你的副本。"

太太。厨房在此之后写道："我已经读完了这本书。我根本
不明白我哥哥为什么自杀。至于凶手，当然是名叫约翰·邓
宁的人。还能是谁？"

伦纳德抬起头。那是凌晨三点。他的脸上充满怀疑和疑虑。

"他们为什么要烧这本书？" 他说。"关于谋杀案，肯定
有人藏在树林里。很清楚。没有其他解释是可能的。但是我
祖父为什么割喉呢？书中没有什么可以导致他采取这种行动
的。"

第十二章

在网站上
伦纳德关上了书，扔到一边。他坐着思考了一下。然后他以
为该睡觉了。剩下的夜晚不多了；实际上，已经是光天化日
了。但是，如果那是一个冬天的夜晚，因为黑暗，他不可能
再被更可怕的噩梦所吸引。

在他的睡眠中，家族史继续。现在，它采取了一个谜的形式
-一个形状的谜。它坐在他痛苦的胸部上，吟着。他无法猜

测或理解它是什么样的奥秘，或者在睡觉时无法将其与地球上或地球外的任何事物联系起来。他醒了，把它甩了。他再次入睡，然后又恢复了，毫不留情。那是模糊的，广阔的，可怕的；病人徒劳地挣扎着的东西，他无法摆脱，也无法理解。

噩梦种类繁多；难以理解的谜团将永远消失，也不会被驱赶，这是最糟糕的谜团之一。

当他醒来时，清晨又疲惫不堪，他确实将噩梦与可理解的事物联系起来。它源于这本书及其故事；就像乔的，被告知了一半。就其本身而言，这无关紧要。发生了一件奇怪的事情：从今天早上开始：突然间，一种不可抗拒的感觉落在了他身上，这是他身上的一项责任：一项不容忽视的责任：必须做的事情，以排除其他一切。他必须跟进这个故事，并在七十多年后恢复原来的犯罪历史，这一历史给所有岁月和岁月的孩子们留下了如此长而可怕的阴影。他看了看桌上的文件：那是他完成的半成品：他的脑袋想着这个主题反叛了：它拒绝工作：不会朝这个方向转向：它去了运动公园直到七十年前

莱昂纳德（ ）一言不发地被神秘地命令跟进了这个故事，直到故事定稿。他毫不掩饰地毫不含糊地被命令继续跟进。通过谁？他没有问。他服从了。

七十年后，发现这个有罪的人似乎很困难。我们发现历史学家们正在为被告人的案件作斗争，即使得出的结论在每一点上似乎都十分充分和间接，也得出了完全相反的结论。以安妮·博林为例；或苏格兰玛丽皇后号的公主：两个最杰出，最不幸的公主。历史学家们对这些女士有什么共识？但是，存在着大量的文件可以帮助他们，这些文件包括当代，大量，官方，私人，书信，机密，游击队。

在这种情况下，除了插条中没有其他文件。私人调查可以做的所有事情就是阅读已经提交两个法院的证据，并在可能的情况下得出某些结论。

这个伦纳德着手做。他把所从事的工作全部搁置一旁，把书放在他面前，然后他又逐字逐句地阅读了全部内容，尽管缩了一样。

然后他做笔记。第一个提到男人催款。

一世。约翰·邓宁（　）。囚犯理应无罪释放；他无疑是无辜的。这个男孩表明他去树林里的时间不超过两三分钟。死者是一个比催高的人高六英寸的男人，而且身体强壮。后者只有在他从后面碰到受害者并坐在他的身边时，才能造成致命的打击。但是医学证据证明该打击一定是从前方传递的；而且还证明了最近的阵雨过后，草太湿了，死者无法坐在上面。

。死亡时间。——如果医学证据值得，那名男子被发现已经死了大约两个小时，这是经过严格的尸体检验证明的。这绝对说服了邓宁的纯真，并引入了另一只手的确定性。谁的？

在那里，他停了下来，开始考虑。

树林里一定有另一个人；这个人一定是突然而意外地冲向了他的受害者。用一棵从树上撕下的沉重的棍棒冲出树林是大猩猩的行为。如果任何地方都有一只逃脱的大猩猩，那本来可以定罪的。但是1826年的大猩猩尚未发现。

攻击者也许无声无息地从后面撞到了他。也许兰利·霍姆（ ）在最后一刻听到了他的声音，转过身，使发给头后部的打击落在了前肢上。

从理论上讲，这一切都很好。但为什么？谁想要杀死这个年轻的绅士，为什么？没有抢劫。尸体在这个不常出现的地方躺了两个小时甚至更多；凶手有足够的时间采取一切行动；凶手什么也没拿。

那么为什么？怎么解释呢？这是一位年轻的乡村绅士，非常受欢迎。如果他有敌人，他们将不会在他自己国家之外。那时，大多数乡村绅士都有很多敌人。这些敌人大部分是乡村人，他们通过偷猎蜜饯来满足他们的报仇和仇恨。他们还纵火了干草堆。兰利·霍尔姆（ ）和他的朋友和姐夫待在一起成为受欢迎的客人。夏天的早晨，他在距离房屋和公园不到一英里的树林里走来走去，发现那里躺着死了-谋杀了！

可能会反对，试图解决70年后的不溶物是浪费时间；死刑和死刑也可能会被单独留下。毫无疑问，其他人的罪行可能会被搁置。但这可以说是他自己的罪行，是对他自己的家人及家人造成的罪行。此外，他还被绳索拖到考虑这件事。他的心全力以赴。他什么也没想。

目前，他塑造了一种理论，乍一看似乎适合所有事物。这确实是一个很好的理论，他答应说，构想后，可以对调查和审判中提出的所有事实进行解释。

该理论认为是逃脱的疯子，当然是杀人狂。那将占一切。疯子-杀人的疯子。他一定是躺在树林里；他一定是带着那只大猩猩那样的俱乐部冲出来的。这个理论似乎可以解决所有问题。他把书尖了；他发现了真相；现在，他可以再次进行自己的工作，而忘记了使他曾祖父失去平衡的神秘谋杀案。

他满意地叹了口气。他把这本书放在抽屉里。他不必再为这件事担心。因此，他再次松了一口气，伸出手去看书，再次回到研究他的"主题"。

目前，他意识到自己的眼睛没有看就停留在书页上。他的思想又回到了摘录中，而在他的大脑中却形成了关于这个疯子的一两个难题，没有他自己的意志。例如，如果有这样的生物在田野里徘徊，那么有人会看见他；在他想谋杀的时候，他可能会谋杀一个以上的人。例如，有一个小男孩在吓鸟。他会杀了那个小男孩。然后，就知道了一个粗纱狂的事实。他一定从某个地方逃脱了：他的疯狂一定是众所周知的。在他之后会有种色相和哭泣：无论是在审讯还是在审判中，都会提到这个危险的人正在大范围走动；一些暗示他可能是有罪的人。危险的疯子必须在未采取任何注意或松动的警告下逃脱。

没有。它不会。必须发明另一个更可行的理论。

他得到了另一个。偷猎者！每个人都知道，一个乡村绅士和一个偷猎者之间存在着致命的敌对情绪，比现在更加糟糕，比七十年前还差。那时，后者习惯于被困在陷阱中。将他的脚放在杜松子酒中；由游戏管理员开除；被当作鼬鼠或小矮人一样对待。作为回报，偷猎者表现出一种可悲的报仇精神，有时甚至达到谋杀的目的。在这种情况下，毫无疑问，犯罪是偷猎者所为。

这个理论起初使他满意，就像它的前任一样。但是，他目前认为，在6月初，偷猎者没有什么可做的，并且在白天和午间，偷猎者都不会在树林和隐蔽地上四处寻觅。偷猎者通常不会杀害该国其他地区的绅士。此外，一个庄园的偷猎者不会对十五英里远的另一个庄园的乡绅施加恶意。伦纳德绝望地把他的论文推开了。

任何其他类型的工作都是不可能的；他什么也没想。在这一点上，他有些松了一口气。因为他觉得自己必须亲自熟悉这个地方。他想看到被提及最多的木头-被打击的地方，凶手隐藏的地方。他想要木材本身的证据，除非木头被砍伐或盖好，否则现在可能已经和七十年前的证据一样了。在该国的那个地区，他们没有毁林，也没有在他们的土地上建房；这是一个保守的国家。就像一百年前的田地一样，现在也是如此。

参观这座房子的游客最方便的是从市区延伸线到达，该延伸线通往，和。那天早上伦纳德下定决心要去那里。他拿起一本笔记本，开始，写下他想查询的要点。

他在中午之前到达车站。步行十分钟将他带到了房子。在后面的露台上，高个子，肩膀宽大，直立的老人带着坚硬而坚决的空气像往常一样上下行走。伦纳德没有和他说话；他走进花园，看着手表沿着草丛生的步道走，最后向右拐，进入公园。

那只是一个小公园：只有两个方向可以走。现在，就像花园里的步道一样，这里长满了草。最后有一个小屋。但是它已经空了近七十年了。大门在铰链上生锈，窗户打碎，瓷砖从屋顶掉下来。

公园外是一条开放的道路，即高速公路；穿过道路，一条狭窄的小路穿过广阔的田野，变成了一块小树林；右边是低谷。这就是做这件事的木头。这是男孩在山坡上看到两只鸟进来而一只鸟出来时吓到的鸟儿。

伦纳德越过田野进入树林。他再次看了看表。他花了二十分钟从房子走到路边；他记下了这个事实。他穿过树林。它是一棵漂亮的木头，而不是木头，更像是人工林。木头有几棵大树，许多树苗，两三棵树躺在地上，等待被砍伐。春天的叶子开了，在阳光下跳舞。变化多端的光线和阴影令人愉悦和宁静，空气柔和，鸟儿在唱歌。一个安静可爱的地方。

然后，这里就是兰利·霍尔姆突然被杀死的地方。通过谁？

现在，当伦纳德站着望着纠结的灌木丛时，发生了一件奇怪的事情。她的笔记中也提到了管家发生的那件事。由于某些光线和阴影的怪异，木材的一部分上形成了阴影，阴影是男人的模仿物或幽灵最暗的地方-只有男人的肩膀和上半部分，但仍然是男人。

伦纳德不比他的邻居迷信。但是在这次幽灵的介绍中，他大为震惊，一时之间，他的心因一种奇怪的恐怖而跳动，这与任何其他超自然的恐怖不同。

有些人吹牛说自己不知道，也从未感到过。这些人会把他们的工作带到一栋空无一人的房子里，独自一人通过毕生难忘的夜晚守望。就我自己而言，我不羡慕他们。给我一些看不见的世界的迹象；看不见的精神的耳语；看不见的客人的冷气；即使他们受到恐怖和迷信的缩水。

伦纳德如此恐惧地看到了这一幻影。过了一会儿，它消失了；然后他意识到这只是灌木丛中的阴影，于是它们呈现出坚实的形态。然而，对于出现了同样异象的管家而言，在他看来，这似乎是被谋杀者的真实幻像。

他收回了自己的脚步。他发现，从一端到另一端走过树林不超过5分钟。它是如此之小，而且人物的灌木丛太轻了，没有茂密的叶子，任何人站在它的任何部分都将很容易被看见；任何人都不可能隐瞒自己。他也记下了这些事实。

然后，他想起了那个山坡上的男孩吓得鸟儿的样子。此刻没有男孩，但伦纳德走上低矮的小山，以了解男孩能看见的东西。

小山虽然低矮，却比树林中的树木高很多。它可以俯瞰树林以外的土地，另一片土地上种着年轻的玉米。伦纳德观察到一个人看不到木头，但他可以看见它的上方，上方以及两侧。

例如，如果有人从任何方向接近或逃离木头，那么站在山坡上的男孩很可能会看到那个人。

然后，在他的想象中，他听到了男孩的证据。"我看到乡绅和他的绅士。他们走到了一起。目前，乡绅自己走了。然后约翰·邓宁走了过来，现在他出来了，跑到农场去了。然后他们带来了一个百叶窗，并掩盖了它的东西。这就是我所看到的。"

这些话是如此清晰明了，以至于当他们停下时，他环顾四周，惊讶地发现没有男孩。他坐在一扇门上，看着他的笔记。

1.从房子到树林的步行花了二十分钟。

2.穿过树林的时间为五分钟。

3.木材的厚度不足以掩盖男人的身影。

4.从山坡上看不到木头。

5.但是从山上的所有侧面都被忽略了。

他考虑了这些事情，现在比以往任何时候都更能抓住这个谜团，沉迷于这个谜团。考虑。就像人们可能读到的那样，这不是什么普通的犯罪，因为在一个家庭的历史中，很久以前，一个成员残酷地，邪恶地被切断。这是一种犯罪，他的家人每个人都以奇怪的头目隐隐感到自己的影响。这座古老而光荣的房屋的任何成员所拥有的一切优势都将丧失；因为它

的头，以及所有财产的所有者，没有注意到任何人；甚至不知道他的存在；完全靠自己和自己生活

再次，这是整个家庭遭受的所有不幸中的第一个。最后，这似乎是一个谜，似乎一直在被某种可以解释和解释一切的理论所澄清。

他环顾四周。这个地方似乎太和平了，没有任何暴力行为，阳光明媚，鸟儿的歌声充斥着他的耳朵。与他自己的思想形成的对比使他着迷。他本来希望有一个充满电的雷鸣般的气氛。

他自言自语说这件事发生在七十年前。当所有心灵的秘密都将被知晓时，可能还有待清理；这些年来，他不能指望清除它；他只是在浪费时间；等等。可以这么说，他控告了这个谜团，离开了他。从来没有更坚决地拒绝驱逐一切财产的恶魔，没有骚扰。它比以往任何时候都更加沉重，难以忍受。

他离开了山坡，回到路边。在那儿，他没有再走过公园，而是向左转，进入村庄。必须吃 他在乡村旅馆下令砍，然后准备好去教堂。他的家人的遗迹散布在教堂周围，他在墙上再次阅读了平板电脑，以纪念这位不幸的人。

外面，在教堂的墓地里，是同一位老人，当他把常识带到这里时，他就搭了他的手。他坐在一块墓碑上，在阳光下晒太阳。他慢慢站起来，脱下帽子。

"希望你很好，先生，" 他说。

"哦！" 伦纳德记得。"你是男孩，在七十年前的一天，那天他在吓鸟。霍尔姆被谋杀了。"

"当然，先生-当然。我没有忘记。我记得所有-就像昨天一样。比昨天更好。我老了，主人，我还记得我小时候发生的事情比昨天发生的事情好。对许多老人来说，同样的事情发生了。"

"非常可能; 我听说过。现在坐下来，告诉我有关这件事的一切。我刚从伦敦下来看那个地方，我想起了你的证据。"

"我会告诉你一切，先生。你会问我，还是我要讲我自己的故事？"

"您可以先讲自己的故事，然后我会问您问题。"

老人以类似鹦鹉的方式重复：

"今天是六月的一个晴朗的早晨，开始吃饭了。我从五岁起就一直很害怕，而且我饿了。我独自一人在山上，在那儿有一点木头的山上，那条小路穿过木头。然后我看到了两位先生-一个是乡绅，另一个是我与星期日乡绅在教堂见过的，但是我不知道他的名字。他很高，但没有哪个像乡绅一样高。他们在高声喧地说话。我记得听过他们的声音，但听不到这些话。他们一起走到了树林。之后，乡绅转过身来；他抬起头来，好像在期待一个人，然后转身快速走回家。另一位绅士没有和乡绅一起出去，也没有在树林的另一端。

"很久以后，约翰·邓宁走了进来。他穿着工作服。他用完了两分钟还没去过树林，就去农场了。我看到他的工作服是红色的。农夫们带上百叶窗，用木头把掩盖起来的东西拿出来。我只记得那件事。"

是的，仅此而已。那是您在研讯和审判中说的，不是吗？"

"就是这样，先生。"

"是。是现在的木头吗？"

"一样。"

"不是封闭的深色木材，而是明亮开放的，就像现在一样？"

"明亮而开放的灌木丛，有很多灌木丛。"

"那么，你能看穿树林吗？"

"没有; 我可以看到它以外的地方，但是看不到我站着的那条路。"

"那天你什么时候到达？"

"我的时间是过去五点半。妈妈给我早餐，然后送我出去。我想那一定是到那个时候了。"

"很好。我想你直奔山坡开始工作了吗？"

"没有; 我首先穿过树林。"

"做什么的？"

"去看那里的鸟巢。"

"哦！你在树林里？您在那儿找到任何人，或有任何人被藏在那里的迹象吗？"

主爱你！身体怎么会藏在那个小地方呢？"

"例如，可能有偷猎者。"

"不是在六月。如果有人的话，我应该见过他的。"

"好吧，那你就上山了，开始害怕了。您看到乡绅和先生之前有人进入树林了吗？福尔摩到了？"

"没有; 如果有人，我一定见过他-当然可以。整个早上都没有人——根本没有人。很少有人来。"

"这条路通向哪里？"

"它穿过田野通往海比奇村和教堂。"

"那么，这不是经常使用的方式吗？"

"没有。在大多数情况下，这样只会有一个人。"

"哼！" 伦纳德对老人的积极性感到不安。没有人在树林里到达，整个上午没人通过。偷猎者在哪里？凶恶的疯子在哪里？他说："当时你只是一个小男孩。" "你不认为你的记忆可能有问题吗？你知道那是70年前。"

老人摇了摇头。

"为什么，几个月又几个月，又几年又几年，一次又一次地问我发生了什么，我看到了什么。有时是牧师和他的朋友谈论此事并寄给我的。有时是王冠和水罐上的人谈论谋杀案并送给我。有时是八卦。主人，你不认为我的记忆会失败，因为它不会失败。他笑着说："为什么，在登上王位之前我将要看到的最后一件事就是看到他们两个绅士一起走向树林。
"

"很好，回到这一点。当他们到达树林时，乡绅转过身来。
"

"是的：首先和另一位先生一起去了。"

"哦！没关系 但他走了一点路，是吗？"

"我不知道这是否有办法。过了一会儿-我不知道他出来之前要多久，也许五分钟-也许两分钟-我不知道。

"哦！这是你的证据吗？"

"我回答了我的要求。没有人问我乡绅在树林里有多久。

"好吧，他们进入树林，他们以生动的方式说话。那也不是你的证据。"

"因为没有人问我。至于动画，他们高声喧，好像在吵架。
"

"他们不可能吵架。"

"我没有听到他们说的话。"

恩：没尖系。乡绅就在入口处转过身来。"

塞克斯顿再次摇了摇头。

他回答："我知道我在说什么。" "而且我知道我所看到的。"

伦纳德问："村子里有人吗？除了你自己，谁还记得那件事？"

他说："那是七十年前。" "我是村里最老的人，乡绅除外。他用所有疯狂的方式都很好地记住了这一点。他一定会记得的。没有其他人了。"

"然后他们怀疑一个人。"

"约翰催款了。为什么，我只有7岁，但我很清楚，不可能是约翰。首先，他不够大-然后，他还不够人-然后，他还不够魔鬼。但是他们尝试了他，他下车回到了村庄。但是，他不得不走了，因为，你知道，人们不喜欢一个被谋杀的人的陪伴，尽管他已经被释放了。他们不会和约翰一起工作，所以乡绅给了他钱，他走了出去，去了澳大利亚-他和他的整个家庭-从那以后再也没有听说过。

"没人怀疑吗？"

"可能有些人怀疑，但他们保持怀疑。"

"你自己有怀疑吗？"

"很久以前，先生。乡绅和我是唯一记住这件事的两个人。这些年来，怀疑有什么用？我不说我有，我不说我没有。如果有的话，他们会和我一起埋在我的坟墓里。"

伦纳德回到伦敦。他现在确切地了解了地面的状况，并检查了那个证据如此重要的老人。没什么可比的了。但是，对于伦纳德如此感兴趣的事件，一个七十年后的当代人的口头陈述是非同寻常的。

他回到自己的房间。到现在为止是康斯坦斯。

她坦率地说："我的朋友和表弟，好像他们之间从来没有任何令人不安的问题，"你看上去很担心。有什么事？"

"我在担心吗？"

"更重要的一点是-您感到担心吗？伦纳德，这与我们前几天的谈话无关吗？"

"不，"他回答。"没有。"这不是一个免费的答复，但是，康斯坦斯不是一个期望或关心夸奖的女孩。

"好吧，这是关系不佳的发现吗？"

"您会认为我是一个非常可笑的人。我一点也不担心关系不好。但我担心这种犯罪-那是七十年前的谋杀。"

"哦！但为什么？"

"它关系到您和我。"

"您是说我应该为此担心吗？我不能，真的。太早了。我真的对它完全没有兴趣，除了对我的祖母有点可惜之外，祖母的童年被可怕的事情所困扰。那也是很久以前的事了。但是为什么要让你担心呢？"

"我很难告诉你为什么。但确实如此。康斯坦斯，这是最美妙的事情。您不怀疑我会紧张还是懒散？

"一点也不。就神经而言，你是一个很坚强的人。"

"那么您也许可以解释发生了什么。昨晚我大约十一点回家。我记得我刚发现的姑姑送给我的礼物是一件礼物，这是一本欢乐的礼物，其中包含了完整的账目，并摘录了当时论文的片段以及一名在 管家的女人的笔记，内容是关于犯罪的-"

"好？"

"我从包装纸中取出了它。再次，康斯坦斯，我是迷信的人吗？"

"当然不是！"

"好-" 他思考了好一会儿，也许是更好地掩盖了。然后他决定沟通。"当我打开它时，我被最好奇的排斥-一种厌恶-抓住了，这很难摆脱。今天早上再次看书时，我有同样的感觉。"

是的，这很奇怪。但是你克服了。"

"尽管如此，我还是坚持并坚定地阅读了整本书。我被排斥并且被这个主题吸引。我半夜坐在那里看书——以前从未有过这样的书。"

"奇怪！" 不断重复。"还有很久以前的事情！"

"我最后把它扔到一边，上床睡觉，做梦。最终的结果（或开始）是我被迫-我建议使用"强制"一词，以求对整个事件进行调查。"

"哦！但是你不认真吗？调查？但它发生在七十年前！七十年后可以学到什么？"

"我不知道。我必须调查并找出我能做的。"

康斯坦斯惊讶地看着他。他坐在办公桌旁，但椅子转向她。他的脸被衬成一排，有些：他看上去像个被驱赶的人：但是他看起来很坚定。

"伦纳德，这真是闲话。"

"我无能为力；我必须对此案进行调查。康斯坦斯，对我没有帮助，我必须。这是家庭的第一次不幸。它们是如此之重，如此之多，以至于将它们与未知的事物联系起来是一种弱点。"

"对不起，我很抱歉，您已经了解了真相，即使这使我成为您的表弟。"

"我也很抱歉。但是命运找到了我，因为它找到了我的祖父，父亲和那个老人。也许我自己的职业也将被缩短。"

废话，伦纳德！您将调查此案：您将一无所获：将它丢到一边：您会忘记它。"

"没有; 不可忘记或抛弃它。"

"好吧，请尽快提出您的询问，然后再解决。哦，我应该以为你是世界上最后一个被强迫幻想或任何其他幻想所感动的人。"

"除了这次经历，我也应该这样想。当我起床时，康斯坦斯，我坚决关闭了这本书，并且下定了决心要忘掉整个生意。"

"我想你不能吗？"

"我不能。我发现无法集中注意力，所以我再次掏出这本书，从头再读一遍。康斯坦斯，这是我读过的最杰出的故事。您应该自己阅读。"

"如果我愿意的话，甚至我对祖先的责任也不会使我像您所做的那样认真对待。"

"今天我去了那个地方。我参观了事发地点的树林：我再次发现墓地的那个老人，给了你不值得的赞美。" 脸红了，但不多。 "我让他告诉我所有他想起的事：虽然不多，但这听起来像是某些旧文件的意外确认。"

"您得出任何结论了吗？你有什么理论吗？"

"没有一个能盛水。我不知道那笔生意会发生什么，但我必须继续下去，我必须继续下去。"

她把手放在他的手臂上。

"如果你必须继续，让我和你一起去。这是我的谋杀案，也是你的谋杀案。把书借给我。"

她把它带到自己的房间里，那天晚上又有一个毒坐在另一个熟睡的人身上，谋杀了休息。

第十三章

妥协

"再来演讲，弗雷德？" 克里斯托弗兴高采烈地抬头看他面前的作品。春季的甜蜜季节，正值盛大的晚餐，这是他收获的时候。六月之后，他可以将自己的一捆金黄谷物寄到银行。它将是一个忙碌而繁荣的季节。"再来演讲，老人？" 他重复了。"我在文学方面很幽默，但我可以为你腾出空间。"

"挂上你的演讲！" 弗雷德坐在桌子上。"你可以给男人喝一杯。" 他的讲话带有压抑的不公正感。

" 弗雷德。怎么了？殖民企业？所有伦巴第大街都以某种方式引起了人们的极大关注？" 他带着怀疑者的恼怒的笑容问。但是他打开了一个橱柜，制作了一个瓶子，一个玻璃杯和两三个苏打水。"好吧，老人，有你的饮料。"

弗雷德咕一声，慷慨地帮助自己，尽管在下午只有11岁。

他含糊地解释说："最令人关注的是殖民地的所在。"

"所以我想。伦巴第街呢？"

"好吧，我对这座城市有更好的想法。我以为在这个腐烂，停滞，衰败和衰落的古老国家还剩下一些企业。"

克里斯托弗笑了。

"他们不会看的，是吗？"

"相反，他们只有看了之后才会做任何事情。"

"哼！笨拙，不是吗？我说，弗雷德，你到底回来了什么？为什么不留在澳大利亚？"

"我回来的原因很多。克里斯弟兄，部分地照顾你。

"哦！我之后？为什么追随我？"

"好吧，你知道，你是唯一知道我存在的人。伦纳德对我一无所知。我祖父的律师从未听说过我。有一天，我的脑袋里响起了声音，就像是一个声音在对我说话。它说："弗雷德，你是个傻瓜。你在这个国家已经二十年了。你有一个祖父的疯子，他一定有很多钱。也许他死了。除了克里斯托弗，没有其他人记得你。尽快下车。克里斯托弗（）发出非凡的声音说，"很有能力把他的手放在地上，而忘记了你。"哥哥，这就是声音所说的。"

有时是老鼠，有时是猫，有时是圆圈，有时是声音。弗雷德，你一定已经走了很远。"

"也许。但是我听了那个声音，而且还听从了，然后回家。那个老人还没走。到目前为止，这是安全的。律师们知道我的存在。这样就可以了 毕竟，您将不会有机会忘记我。"

很好，很好。我应该说，很快就会有最全能的人分裂。非常欢迎您的分享。"

"我敢肯定，你知道多少吗？"

"我很怕计算。此外，他会做什么？"

"会的，我的孩子！他一年有6,000英镑，却一无所有，一无所有。他所有的钱，以及他从母亲那里得到的东西，都在累积起来。多少钱？一百万？两百万？我在这里难免要几英镑，而您，一个骗子和冒名顶替者，像个黑鬼一样工作，所有的钱都花在了等待的时间上。克里斯，这很疯狂，这很疯狂。"

"就是这样，就是这样。但无能为力。好吧，你正处在去的路上，没有听见老鼠，而是听到一个讽你哥哥的声音，于是你回家了。然后您将极大的担忧放在了口袋里—毫无疑问，背心的口袋将所有东西都保存了下来。"

"魔鬼紧紧抓住哪个口袋有什么尖系？"

克里斯托弗向后倾身，伸了指尖。

"我不会破坏你的游戏的，弗雷德，尽管那个恶魔的声音确实讲了这么多话。但我一直都知道 我可以闻到假货。你是商人吗？您是一家伟大的殖民企业的负责人吗？不，不; 太瘦了，我的兄弟，太瘦了。不是，而是您的外观-我会这么说。"

"按我的话，我认为这将成为现实。我找到了公司发起人。他说，他驾驶游艇比进入港口更疯狂。谈到估值：谈到向我转让50,000股殖民地业务的所有者-"

"嗯，但是，弗雷德，得出了事实；您知道，迟早要面对事实。什么是殖民地生意？"

"当我离开时，这已经足够快了。我现在不知道现在是否要去。路边漂亮的棚户区，里面放着各种各样的沙丁鱼，白日和马丁，茶，面粉和糖。您还想要什么？我交易的东西不是棚户区，而是可能的"发展"。"

棚户区的发展。优秀！"

"我说，这是路边不起眼的发展。我充分利用了不起眼的开始：我认为他们会接受发展的第一步。我提出了一家庞大的公司，在澳大利亚各地设有商店，出售所有商品。巴洛兄弟将服务于澳大利亚大陆。我们将在毛里求斯拥有糖业：在锡兰的咖啡业：在阿萨姆邦的茶业：在世界各地的面粉厂：在法国和德国的葡萄园—"

"我明白了，我明白了。够了，弗雷德；该计划使您感到很荣幸。所以你一起去了这座城市。"

"我做到了。我在上面浪费了满满的香槟桶，还喝了威士忌，足以让一流的游艇漂浮起来。结果如何？"

"我懂了。而且您已经走到了尽头。"

"就是这样。最后。看！" 他拉出手表链。末尾没有手表。他说："手表已经放进去了。" "连锁店将继续下去。还有酒店账单。"

"我应该想像是一笔沉重的账单。"

"克里斯托弗，我做得很好。"

"您将如何付款？然后你打算做什么？"

"我想到了这些积累。我下去见那个老人。他很健康而且很人-不会和我说话。假装聋哑。但是管家说他什么都懂。所以他知道我的存在 那个女人给了我他律师的地址，我去过那里。我想进步一点，你知道的，只是积累一点点进步。"

"啊！"

"但他们不会承认自己有任何力量。"我亲爱的先生，"我说，"我不问您是否拥有任何权力-我不在乎您是否因我的恢复利益而向我预付了1000英镑，还是您自己借给了我。" 不，先生，那家伙不会让步。说我必须证明拥有归还利息：说他不是放债人：说我最好去银行证明担保。在这里，我是高贵财富的继承人之一。我不知道多少，但一定很大。为什么，他的财产每年价值6,000英镑，而且我知道他还从母亲那里得到了钱。巨大！巨大！而我要一个可怜的人。"

"看起来很难，不是吗？但是，那么，您确定自己是继承人之一吗？"

"老人没了头。一切都会分裂。他不能长寿。"

"没有。但他可能再活五到六年。"

"好吧，克里斯托弗，长短之短就是你必须找到那笔钱。您可能会收取利息：您可能会承担我的责任：您会做自己喜欢的事：但我必须有这笔钱。"

弗雷德说："多亏是这样：我根本不会给你任何钱，也不会借给或垫付任何钱。把它放到你的烟斗里。"

"哦！" 弗雷德帮助自己喝了另一杯威士忌。"你不会，是吗？那么，您如何看待我对您的这种持续关注，？

克里斯托弗变了颜色。

"克里斯托弗，您如何看待我叫彭布里奇新月，并以世界上最自然，最随意的方式散发出来，我只是来自您从事业务的大臣小巷里的房间？"

"弗雷德，你-你-你是一个最卑鄙的流氓！"

"什么生意？问我子。什么生意？问我的侄女。什么生意？问我的侄子。我为什么说，你不知道吗？他没有告诉你吗？收入蒸蒸日上，几乎和巴洛兄弟一样。在欺诈性的语音供应线中。那是掉进家庭圈子中间的一种漂亮的贝壳，不是吗？"

"弗雷德，你永远是有史以来最冷血的恶棍。"

"那是我该做的，亲爱的兄弟。不仅如此，我还要去看伦纳德。那个对家人如此重视的贵族年轻绅士会很高兴的，不是吗？"

我们不需要跟着对话，这变得非常活跃。早该本来应该被遗忘，埋葬和收起的记忆却被重新唤起，并发表了讽刺，愤慨或轻蔑的评论。使用最强的语言。那个上班族放下了中篇小说，想知道杰克·哈卡威在这种情况下会做什么。的确，两兄弟的前世使自己对回忆浪漫的冒险经历和令人吃惊的性格独具一格。目前-我们不是该隐和亚伯-谈话变得更加温和。开始考虑某种折衷办法。

"好吧，我不在乎，"弗雷德漫长地说。"我不在乎，只要我能拿到钱。但我必须有钱（或一些钱），而且不久之后就会有。"

"如果愿意，您可以将案子放在伦纳德面前。他不会给你太多，因为他没有太多可以给的。我认为他一年有几百次要离开母亲。他可能会在改版方面有所进步，但他根本不是那种人。"

"我会尽力。但是，克里斯托弗，请看你，如果他拒绝，我会把它从你手里夺走。您希望全世界如何知道自己的生活？先生，先生，如果我必须告诉全世界，我会的。"

"我真是个大傻瓜，弗雷德，让你知道这个秘密。从过去的经验中，我可能已经知道您将如何使用它以满足自己的目的。总是那位老兄，老老实实，无私，诚实的兄弟，总是！

弗雷德又喝了一杯雪茄。然后，他以这种诚挚的诚挚态度向他的兄弟祈福，并退休了。

第十四章

咨询服务

个人历史上的巧合比任何小说家都敢代表的更为重要。这不是老式的戏剧家所珍惜的巧合，而是在千差万别的相对时机，失散已久的伯爵回来了；现实生活中的巧合不会以这种方式发生。一个人的思想被一个主题所占据，甚至被它所吸引：他开始思考那个主题，而没有其他思考。然后各种各样的事情发生在他身上，说明了这个问题。这就是巧合的意思。

例如，我曾经努力为一部小说改编在茂密的小路和隐蔽而被遗忘的历史小巷中的某个场景。起初我什么都没有帮助：更糟糕的是，我什么也没找到，即使在大英博物馆也找不到。这位最伟大的学者认为，该藏书中最深刻的知识和书本无济于事。当我收到一堆二手目录时，我很不情愿下定决心放弃该项目（这对我的小说造成了无法弥补的损失）。那是在最后一个晚上的帖子之前。我好奇地翻了两三遍，直到我发现其中一件吸引我眼球的物品。它只是一本小册子的标题，但是它承诺包含我想要的确切信息。信守诺言。我来不及买小册子，但是我有标题，在我在大英博物馆中被发现，它就成了我的"小床"。现在，如果您愿意，这是一个巧合；这种巧合不断发生在每个想到任何事情的人身上。

据说，一位最杰出的货币学家说，他若不拾起玫瑰贵族就无法越过耕地。那是因为他的思想总是变成玫瑰贵族和其他令人愉悦的硬币。如果正在研究18世纪，那么这里没有博物馆，图片库和二手目录，也没有为学生提供新的信息。每个专注于对象的人都变得像一块磁铁，吸引着各种证据，插图和光线。

提及这些事情只是为了表明，在这种情况下，外部事件合谋保持利益的表面上的奇迹确实是不寻常的，也不是例外。为了自己的利益，报纸插页的故事抓住并抓住了这两个读者的牢骚是一个真正的奇迹。在每种情况下，都有中心事件。在这种情况下，木材的奥秘是主要事件。

康斯坦斯重复说："这是我的谋杀，伦纳德，和你一样多。我的曾祖父被谋杀了，如果是您的曾祖母也被该罪行杀害了。当你锻炼时，让我和你坐在一起。"

"你也是，康斯坦斯？" 伦纳德在她的眼中看到了一件事，使他想起了自己对事物的压倒性兴趣。"你也是？"

"拿回书，伦纳德。"

"你读过吗？"

"我一遍又一遍地读它-我整夜都在读它。"

"和你-你也-对我-同样————"他没有完成这句话。

"我觉得-像您一样-受限于继续-为什么-我无法告诉您。这不是可惜，因为对于一个除了他年轻，英俊，不幸而且是祖先而一无所知的人来说，他是不会感到同情的。这不是报仇的欲望-当每个相关的人都死了又死了时，人们怎么能报仇？"

"除了受苦最深的那个人。"

除了那个老人。好吧，我听不懂。但事实是这样。像你一样，我被这个主题吸引住了。"

"对我来说，我别无选择。我完全被这个故事和这个谜所迷住了。如果可能的话，我们将共同努力。"

他们坐在一起，大声地读书，都做笔记。他们再次阅读了部分内容。他们比较了笔记。他们一起去了俱乐部，一起吃饭。他们回家，一起度过了一个晚上：他们分开，保证一切都可以做，并且必须无奈放弃任何进一步的调查。

早上他们又见了面。

康斯坦斯说："昨晚我在想有关调查。有两三点-"

伦纳德说："我正在考虑审判。""我心中有一些疑问-"

"让我们再次把书拿出来。"

再生产一次。他们再一次坐在桌子上：他们再一次坐在对面，一起阅读和考虑，并与他们商讨，但没有结果：他们再次锁定了这本书，并同意进一步的调查是不可能的。

"明天，"伦纳德说，"我将继续我的工作。这就像杰克灯笼一样。"

"明天，"康斯坦斯叹了口气。"奇怪的是，我们应该被引导去考虑这个问题。让死者埋葬他们的死者。这是一个古老的故事，别无他法了。为什么我们如此愚蠢？"

尽管达成了这项协议，他们仍继续执行绝望的任务。他们日复一日地坐在一起；在这段时间里，他们谈话，什么也没想到。他们一次又一次地同意没有其他东西可以找到了。他们一次又一次地展示了把书收起来并锁起来的样子。他们一次又一次地把它拿出来读，直到他们内心地知道。他们再次一起去了战役公园；他们参观了致命的树林，在房屋的空荡荡的房间里徘徊，被可怕的记忆所困扰。这些年来，他们怎么期望现在能找到任何东西？

莱纳德说，"我们有一百次重复说，" 现在可以找到的所有证据-木头和地方的证据，一个幸存者的证据，审判的证据。如果无法发现真相，我们为什么要继续下去？而且，这些年来，再也找不到了。"

"仅此而已。"

他们为什么要继续？因为他们别无选择，只能继续前进。他们被迫继续前进。如果他们谈论其他事情，他们的思想和谈话就会回到同一主题上。当两个人从事主题并沉迷于主题中时，通常会发生这种情况，他们的脸具有相同的表情-那些搜寻并没有发现的人。面对这样的面孔，炼金术士每天习惯于进入他的实验室，希望与希望并存，每天晚上都被殴打，直到早晨返回。但是有所不同-炼金术士知道他想找出什么，而这两个人在寻找他们都不知道是什么。

他们走到了一起，徒劳地希望找到或听到更多的东西，拜访这位商业之路的女士。她很高兴被公认为这位小姐的堂兄；她只希望谈论这个家庭及其不幸。但是她对这个故事的看法不多，实际上知道的程度比他们自己知道的要少。他们离开了她；他们再次同意，继续如此绝望的探索是荒谬的；他们再次同意锁定这本书。第二天，他们把它拿出来，重新站在一起。

"这要持续多久？" 康斯坦斯问。

"我不知道，"伦纳德疲倦地回答。"我们拥有吗？我们被迷住了吗？"

"我们两个人都不相信占有或巫术，而是真正占有吗？我不知道是谁，为什么，或其他任何东西。但是如果没有占有，那么古老的故事就意味着没有。"

"我们可以制作一个蜡像，并以女巫的名字称呼它，并在其中钉上大头钉-"

"如果我们知道女巫的名字。为什么呢，似乎我们只能说什么，什么也没想到。如果有人迷信-"

另一个人怀疑地回答："如果一个人迷信-"

"这似乎是遗传不幸的一部分；可是我为什么还要分享你的悲伤呢？"她在这里脸红了，因为她想起了在甚至还没有听说过不幸之前，她是如何被邀请分享好运的。但是伦纳德什么也没观察到。这个追求没有留下任何爱的余地。

"不，"他严肃地回答，"切不可与我们分担麻烦。康斯坦斯，我也每天问自己，这将持续多久。我为什么不能在必须绝望的搜索中放弃被违背自己意愿的感觉？"

"是的，我也很受驱动，但这是要跟随你。这是什么意思？是病态的想象吗？" 她停了下来。伦纳德没有回复。她继续说："毕竟，除了接受局势，继续观察会发生什么，别无选择。"

伦纳德吟。"假设，"他冷淡地笑着说，"我们注定要日复一日地走到事情的尽头，就像那个老人日复一日地在露台上走了七十年。多么可怕的流浪汉！多么单调！多么美好的生活！"

"前景黯淡。但是，每天日复一日地浏览同一故事，似乎比在露台上走来走来好一点，对吗？"

"离开吧，康斯坦斯。放弃，然后回到自己的工作。"

他拿起致命的书，把它扔到房间的另一端。

"坦率地说，如果可以的话，我会离开的。那东西压在我身上。我了解财产的含义。我拥有。我必须跟随你。"

康斯坦斯，我们正在变得荒谬。我们是两个文化的人，我们谈论占有和一种看不见的力量拖我们。"

"但是既然我们被拖了-"

"是的，因为我们被拖了" -他越过房间，拿起书，把书带回来- "我们被拖了-让我们服从。"

距此调查开始只有三个星期。现在，这是他们一生的唯一目标。他们在大英博物馆里的旧报纸中狩猎，他们去了大厅，发现桌子，抽屉和橱柜上有信件，文件，文件和帐目。他们发现了足够的东西来重建老人在悲剧发生前的日常生活以及他的前任的历史。它们是乡村生活和平的简单记录，除了人们期望的事件之外，没有其他事件发生-孩子的出生，购买土地，庆祝活动。

您知道，当将他的球（或者是一个轮子）滚动到山顶时，东西便失禁地再次滚动到底。然后，囚犯叹了口气，跟着顺服一样缓慢地走了过去，然后又开始了。当一个理论又一个理论崩溃时，莱昂纳德再次叹了口气。

此时巧合开始了。他们有一天早上在一起聊天。

"如果，" 伦纳德说，"我们只能听见那个男子在这个主题上催眠！他甚至比害怕鸟的古老男孩还要有趣。"

"他一定很早就死了。但是，如果可以找到他-"

此刻，我已经解释了，这不是巧合，这可算是惊人的了。伦纳德的仆人打开门，给他带来了一封笨重的信。它上面贴有澳大利亚邮票。他漫不经心地看着地址，把它扔在桌子上，等待他的方便。当它躺在背面固定板上时，在固定折痕上印着"约翰·邓宁的儿子"一词。

"约翰·邓宁的儿子，"她说。"这很奇怪。"她拿起信并指出名字。就像我们在谈论约翰·邓宁一样。打开信，伦纳德，然后阅读。哦，太好了！立即打开它。"

伦纳德撕开信封。里面有一封信和一个附件。他读得很快。

"天哪！"他哭了。"实际上，这是男人本人的声音，博登；这是我们所要的声音。是他的声音从坟墓里说话。"

他大声念了信和附件。这封信是：

"亲爱的先生，
"虽然是十年前写的，但直到昨天我才发现所附的纸，而写它的祖父在写它后不久就去世了。我不会为您造成困扰的原因困扰您很多年，而是根据作家的意愿将其发送给您。

"他所指的情况是70年前发生的。毫无疑问，每个记得事件的人早已离开。我不认为您甚至不知道这个事实（对我至关重要的祖父而言），他的无罪释放是由您的祖先（当时是的所有者）的善意办公室确保的，我不认为您从未听过伟大的善良，同情，对正义的渴望促使了这些旋，也没有进一步的慷慨使我的祖父流亡澳大利亚。他以英国的农业劳动者开始生活。他一生都会保持这种卑微的地位，但由于灾难真是太幸运了-他为谋杀而受审：他来到这里：他死于殖民地最富有的人之一，因为他感动的一切黄金。

"我随信附上的文件证明了感激之情并未在世界上完全消亡。我从议会议员及其出身的公开笔记中得知，你现在是众议院的首脑。鉴于您是牛津大学的杰出人物，并且是数家俱乐部的成员，而且还在家中，我不认为我们可以做任何事情来实现祖父对自己的个人愿望。但是，您的家庭成员可能会来到这个国家，可能并不像您自己那么幸运。在这种情况下，请您告知那些成员我们的世俗财富是巨大的，我们所有财产的起源是您祖先的慷慨，我祖父的愿望是命令，而我们无能为力您的家庭成员，如果有机会，我们将不会乐意地做。

"我留下来，亲爱的先生，
"非常忠实地属于您，
"查尔斯·邓宁。"
"我非常想结识先生先生。查尔斯·唐宁"，康斯坦斯说。
"现在是祖父所说的。"

伦纳德打开了另一篇文章，内容如下：

"在我八十六岁的今天，因此不久就要被取消，我希望以书面形式提出，以便将其在我去世后送给现役家庭的现任首领，首先，我表示感谢和由衷的感谢因为后来的乡绅在谋杀案审判之后以及为我所做的一切。我责成我的子孙们，如果情况允许，他们应尽其所能，以造福那个好人的后代。我想他已经死了，超出了我祈祷的范围。我只能希望他能尽快从失去亲爱的女士中康复，并祝他长寿快乐。

"被指控谋杀是一件可怕的事情。我一生都想起指控和审判。案子结束后，村里的人们都残酷无情。这项指控每天都在我的牙齿上抛出：没有人会与我合作，也没有人会与我同坐。所以我不得不离开。如果有人记得我和我，我将请他阅读并考虑我在审判后发现的两点。"

康斯坦斯低声说道："这确实是死者的声音。"

"首先要说的是，我有证人，但是我很震惊，没有想到他们。谁能证明我整个上午都在工作，直到另一天中午之前。

"第二点可能更重要。穿过树林的小路通向通往高比奇村的小道上的阶梯。阶梯对面的小巷里有一间小屋。在谋杀案发生的早晨，小屋的女人正在门外洗衣服。在审判之后，她告诉我，整个早晨，没有一个灵魂从树林的尽头进入树林。她看不到另一端，但是她看到我在去树林的路上从山上下来，而且我还没来过半分钟，直到她看到我又跑回山上去了农场在顶端。我希望，如果任何人对我的天真性有任何疑问，那么这些新证据将使之清楚。"

该文件签名为"约翰·邓宁"。

康斯坦斯说："毫无疑问，这还剩下。" "此外，该案中的山寨女人有什么证据？你怎么看？声音有贡献吗？"

"我们现在将考虑。同时，他只想清除自己。我认为那是在审判中有效完成的。仍然，他自然会喜欢任何佐证。证明没有人从另一端进入树林。至于其他任何事情，在男孩的证据下，为什么似乎意味着那个早上除了那两位先生以外没人进树林。"

"然后，我们回到古老的理论：潜伏在偷猎者，疯子或私人敌人的林中。"

伦纳德说："我们要求坟墓发出声音，然后声音就来了。" "现在看来它什么也没告诉我们。"

他把纸放在书上，把信留在桌子上。

他们茫然地看着对方。然后伦纳德站起来，在房间里走来走去。终于，他在壁炉前坐了下来，开始慢慢说话，仿佛感觉到了自己的样子。

"我认为我很自然地应该将此罪行与关于惩罚或后果的继承的大问题联系起来。"

康斯坦斯说："这很自然。" "但是－"

"据我现在所了解，我的母亲和祖母认为，他们如此小心地向我隐瞒的不幸是前人的罪过的遗产。并且由于这些不幸是从这种犯罪开始的，所以很自然地应该将原因归咎于在犯罪之前死亡的祖先。现在，我所能了解到的那个祖先是，他是一位乡村绅士和和平大法官，是国会议员，并且他没有留下任何不寻常的记录或记忆。现在，要制造出如此巨大的不幸清单，至少必须是吉尔斯·德·雷茨。

"我不熟悉这个例子。"

"他是各种小人物中的佼佼者。关于这些不幸的事情。如您所知，我的曾祖父是我的祖父，亲手去世：哥哥被溺死在海中：姐姐一生不幸；儿子，父亲去世，年纪轻轻：我的弗雷德里克叔叔去世时害怕丢脸，我们现在可能会忘记他再次回家。不幸的名单足够长。但我们无法了解任何继承下的任何原因，即使是对迷信者也可以解释。

"为什么我们要设法弥补不幸？他们不是你造成的。"

"我尝试是因为它们是整个业务的一部分。我无法摆脱或忘记不幸的命运。"

"如果可以的话，伦纳德！很久以前，您没有遭受任何不幸。哦，我刚才在这个房间说了什么？"

"落在我身上的不幸是所有这些不幸的知识-这些毁了生命。旧的自私的满足感消失了。我为自己而活。从那以后是不可能的。好吧。" 他游泳后摇摇晃晃地像一只狗，"像其他人一样，我现在就是你想要我成为的人。他陷入沉默。他目前说："我不能选择，但要将这些不幸与最重要的事情联系起来。疑问的重点是说后果还是惩罚。"

"一定是另一个吗？"

"孩子必须为父亲的罪受苦。这是最确定的。如果父亲丢掉财产，儿子就变成贫民窟。如果父亲失去了社会地位，孩子们就会和他一起沉沦。如果父亲患病，则子女可以继承。所有这一切都是显而易见的，不可争议。"

"但这并不是对几代无辜儿童的惩罚。"

"这是后果，不是惩罚。我们决不能混淆两者。以犯罪为例。身心和灵魂都被连接在一起，因此面部宣扬思想，而思想则呈现灵魂。罪犯是一个有病的人。身心都被连接在一起。他生活在邪恶的气氛中。思想，行动，冲动都是邪恶的。他被包裹在一个黄褐色的沼泽中，就像秋天的早晨一个低洼的草地。儿童可能会继承犯罪的疾病，就像他们可能会继承食用或痛风一样。也就是说，他们天生就有犯罪倾向，因为他们天生就有食用或痛风的倾向。我再说一遍，这不是惩罚。这是后果。在这样的孩子中，有通向某种邪恶之门的大门。"

"由于所有人都有弱点或缺点，所以必须向所有儿童敞开大门。"

"我想是这样。但是，一个名不经传的人的儿子，其弱点或缺点大概是轻度或轻度的，比惯犯的儿子少了向敞开的大门。罪犯的儿子自然会敞开大门，这是简单的方法。这是结果。至于我们自己的麻烦，也许，如果我们知道的话，也可能是后果，而不是惩罚。但我们不知道-我们找不到犯罪或罪犯。"

第十五章

"巴洛兄弟"

"后果论"（伦纳德在纸上安排了他的思想以使其更加清晰）-"尽管它回答了与遗传性麻烦有关的大多数困难，但崩溃了，在某些情况下必须承认。举例来说，假设有一个男孩接受了认真的教育，在他面前没有坏榜样，没有恶作剧的迹象，并且对家庭的不幸一无所知。如果那个男孩变得节俭，挥霍无度，或者更糟的是，当家庭中从未有过这样的事情时，我们如何将案件与祖父的过失或弊端联系在一起，而祖父的过失或缺点却完全不为他所知？我应该倾向于将案件归因于过去的某些影响，而由于某些母系血统而无法发现。例如，一个男人可能与家庭中的其他成员完全不同，我们必须在他的母亲或祖母的家庭中寻找他早年的事业。"

他当时只是想着他的叔叔-返回的殖民地，在这里，除了他的高超的身材和那张依然英俊的面孔，没有什么可以让世界想起父辈了。每当他想到这个开朗的人，和他在一起生活似乎很愉快时，就会产生一些疑惑，他的思绪就像冷水一样流下来。他有钱回家了，那是什么。他可能像开始时一样贫穷。富人或穷人，他本来都是一样的-浮躁，响亮，无法表现。

实际上，就在这一刻，当这些思考成为伦纳德关于邪恶的后果的精彩文章的一部分时-一篇仅在上个月才引起轰动的文章，以至于整个晚上人们都很少谈论其他内容。有钱的澳大利亚人正在路上承认事实与他所选择的东西不完全一样。

他确实承认了事实，或者承认了他所能表达的尽可能多的事实，但是以一种简单而又不负责任的方式，似乎没有什么大不了的。他是一个哲学家，对他来说没有任何关系。他进来了，他握手并且兴高采烈地笑了起来。他从伦纳德的盒子里选了一支雪茄，敲响了铃铛，喝了威士忌和几瓶苏打水。当威士忌和苏打水到达并可以触及时，他坐在椅子上，再次大笑。

他说："我的男孩，我又在一个狭窄的地方。"

"以什么方式？"

"为什么要缺钱。那是我这个年龄唯一可能的狭窄地方。在你那里有很多。当然，这只是暂时的紧张。" 他打开了苏打水，大口喝了整个不倒翁。"临时。直到补给到达为止。"

"用品？" 伦纳德以令人讨厌，冷淡，可疑的方式提出问题，这会使一个更敏感的人的笑容变成空白。但是弗雷德叔叔绝不是敏感或薄薄的皮肤。他还非常习惯于短暂的紧张，以至于他没有发生过那种与繁荣的假象不相称的情况。

"供应？" 他回答。"当然来自澳大利亚。"

"我认为您是一个大而繁荣的伙伴。"

"非常正确-非常正确。巴洛兄弟既大又繁荣。"

"在这种情况下，您很容易吸引银行家，银行的代理商或城市中的一些朋友。我相信你每天都会去这座城市。您的职位必须众所周知。换句话说，我不相信这种暂时的紧张。"

"不信任？和你呢？真的，伦纳德-"

"我把东西放在一起。我发现您中没有负责任商人的习惯。我知道到处都有性格对于商业上的成功至关重要-"

"字符？没有性格我该怎么办？"

"您作为成功的商人回家：喝酒：谈论自己就像是一个放荡的年轻人一样谈论城镇：您的轶事可笑：您的品位低。这些是向外的迹象。"

"我在度假。在那里-这是非常不同的。至于饮料，当然要在新南威尔士州和这个地方这样的口渴的气候中-必须喝一点。就我自己而言，我为自己的节制感到惊讶。"

"很好。我不会继续讲这个话题，只是（重复一遍）如果您身处一个狭小的地方，那些知道您的偿付能力的人将非常愿意为您解脱。我希望你不要在这里借我，因为-"

男人又笑了。"不是我。伦纳德，没人会借你的。可以肯定的是，即使最愚蠢的人也没有破产。使您的想法变得轻松。至于我在城市中的朋友，我非常知道该怎么办。没有; 我在这里是因为我想把自己扔给家人。"

"家庭由您的兄弟组成，他可能会帮助您-"

"我问过他。他不会-克里斯托弗一直都是自私的野兽。好家伙，一切都准备好了-除了自私，一切准备就绪-该死的自私。"

"还有你的露西姨妈-"

"我不认识她。她是谁？"

她无法协助您。和我自己。"

"你忘了一家之主-我的祖父。我要去他那里。"

"你不会从他身上得到任何东西，甚至连一句话也没有。"

"我知道。我去过那里看着他。我去看过他的律师。"

"如果没有他们客户的授权，您将不会从他们那里得到任何收益。"

"当然，你知道家庭事务。我想您的意思是，授权或建议从这笔巨额款项中转移几千或几百个……"

"我无权授权或提供建议。我对我曾祖父的事一无所知。"

"告诉我，亲爱的男孩，那些堆积物怎么样？前几天我们提到了他们。"

"我对他们一无所知。"

"当然，当然。我不会提出问题。自然而然地，一切都会归您所有。我不反对。我不会干涉你的。只是，您难道不认为您可以去找人，代理人或律师，然后交给他们吗，作为家中的儿子，我想预付一千英镑吗？"

"我很确定他们事先不会为您做任何事情。"

"你是世界上比我想像的更好的人，我的孩子。我对此表示敬意。除了你自己，没有人会指责派。而且你看上去也是如此的庄严。"

"我告诉你我什么都不知道。"

"就是这样。就是这样。好吧，你什么都不知道。我做了一个粗略的计算，但是没关系。让积累吧。那么，我不会干涉。同时，我想要一些钱。从那些律师那里得到我一千。"

"我什么都收不到。至于我自己，我在世界上还没有一千英镑。你忘了，我所拥有的只是我母亲一年几百的小财富。我没有权力借给你任何东西。"

他对这种情况的享受再次笑了起来。"美味的！" 他说。
"我说我不会借任何东西。这是英国的膨胀。好吧，我不在乎。我六个月后会请你。来。在那之前很久，我将再次获得资金。"

"没有。伦纳德回答道，对隐含的内容有些含糊的认识，他回答说："你六个月后甚至都不会吸引我。" "你告诉我你很富有。"

"每个人都是有钱人，是持续经营的伙伴。"

"那么，你又为什么在这个狭窄的地方？"

"你看，我的搭档一直在耍傻瓜。如果我不能筹集几百个，巴洛兄弟，杂货店和殖民地农产品将被粉碎。"

"您所称的持续经营将陷入悲痛。那你会怎么做？"

"您会看到我想要的。'是一家新兴城镇的杂货店。巴洛兄弟有很强的能力。我来到这里是为了将巴洛兄弟变成一家有限责任公司，资本金15万英镑。各地都有分支机构。我们自己的糖业，我们自己的茶和咖啡种植园。那是我的主意！"

"无论如何，这是一个大胆的主意。"

"它是。至于巴洛斯的杂货店，我承认，我们之间，考虑到你不属于这个城市，我不介意向你承认，这比棚户区更好，在棚户区我卖沙丁鱼和茶。叶子和培根。但是能力，亲爱的男孩-能力！"

"您将这个项目带到了伦敦！好吧，抢劫案更多了。"

弗雷德叔叔又喝了一杯苏打水。他不再笑了。他甚至叹了口气。

"我认为伦敦是一个进取的城市。它似乎没有。没有哪个发起人愿意看公司。我愿意花4万英镑让我感兴趣。如果你相信我，伦纳德，他们甚至不会看着它。几百个可以节省下来，几千个可以使它取得巨大的成功。缺少它，我们必须走到墙上。"

"您希望将一家破产企业出售为一家蓬勃发展的企业。"

"就是这样。但它还没有消失。"

"恩，你该怎么办？"

"我将不得不从头开始。就这样。"

"哦！" 伦纳德疑惑地看着他，因为他似乎丝毫没有沮丧。"那么你将回到澳大利亚。" 这个想法有些安慰。

"我回去。我不知道在伦敦的方式。我将回过头来，像从前一样在底部梯级重新开始。我敢说，我必须做零工。我可能必须成为牧羊人，守夜人或三明治人。有什么关系？我只会在那些无法降低的男孩中失望。那里有一种兄弟般的美好感觉，这让你膨胀是无法理解的。"

"你一点钱都没有吗？"

"没有。不超过我随身携带的东西。几磅。"

"那么繁荣的美好表现全是假话吗？"

"都是假的。而且行不通。城市里没有人会看我的公司。"

"尝试某种确定的工作会更好吗？您肯定可以做点什么。您可能会以自己的全部经验为论文写信。"

"写论文？我宁愿流浪，这更有趣。做一点事？我是什么做的？一个人，地球上没有一个比四十五岁的破产商人更无助的人。他知道太多，无法从事自己的行业。他必须下去下面再呆在那里。没关系。我可以把手转向任何东西。如果我待在家里，我应该是个三明治人。你想怎样？如果我的前祖父遇到了他的孙子在两块木板之间的摄政街上行走时，连愤怒都爆发了，即使我的祖父也会回到现在。你自己不想，对吗？明年到悉尼，很可能会看到这样的东西。"

"那你就陷入某种痛苦。"

"苦难？某些痛苦吗？" 殖民者高高兴兴地笑了。"我的侄子，尽管你是学者和议会议员，但你心胸狭窄。您认为脱下工装外套和高顶帽子，穿上工人的外套和圆顶硬礼帽很痛苦。祝福你，我的孩子！那不是苦难。真正的痛苦是饥饿和寒冷。在澳大利亚，没有人会感冒，而且很少有人饿。在最糟糕的时候，我总是有很多东西可以吃，尽管我很多次都没有先令，但我一生中从未经历过痛苦或羞愧。"

"但是有陪伴。"

"同伴们？他们是世界上最好的人。苦难？下面没有其他人，尤其是年轻的家伙。而且，请注意，这是一项激动人心的工作，从零开始的生活。现在，当我下车的时候，生意将被卖光，而我的合伙人，还是个年轻人，将离职。他们总是尽快把那个老人扑灭。我该怎么办？我将去兜售和兜售。我将成为自动唱片。"

"然后呢？"

"没有事了，直到你来医院，这是一个非常宜人的地方，还有黑匣子。我以前做过，我会再做一次。" 他混合了另一杯苏打水和威士忌，并把它喝了。"这是在阳光下的路上干渴的工作-炽热的烈日，不像您的红色煎锅在云层后面缩。无论您在哪里停下来，都可以喝一杯。然后拿出您的商品。我的舌头像刚上油的发动机一样运转。在这里过夜的地方，路上有男孩，那里有歌曲和故事。敬重挂掉！"

他又笑了。他戴上帽子，跳出房间，嘲笑着世界上最好的笑话，以绅士的身份回家，以流浪汉的身份回去。

第十六章

另一个来了

殖民商人-棚户区的沙丁鱼和茶叶批发商-离开后，几乎马上就出现了。他们可能几乎已经在楼梯间经过彼此。

正是从法律中学到的律师，他的家族，成功的大律师先生的骄傲和支持。克里斯托弗·弗朗佩。

"我的妈呀！" 伦纳德喊道："这个人怎么了？" 因为他的叔叔无言以对，瘫软的，摔碎了，坐在椅子上，手垂着，躺在那里，脸上充满了恐惧和尖怀。他说："我亲爱的克里斯托弗叔叔，发生了什么事？"

律师吟道："最糟糕的是。不可能的事情发生了。我提防的一件事。我担心的事情。哦，伦纳德！我该怎么告诉你？"

跟我一起去讲演学教授准备的房间，就像在实验室里一样，他的笑声和眼泪的巨大影响。那是早晨，正午。他从事的也许是最令人愉悦的职业中最令人着迷的分支-介绍演讲。在他面前，凭空想像着杯子。接收者在他旁边；在他面前的是一个充满同情捐助者的宽敞大厅。这样的讲话是对成就的表述和放大。必须用诗句加以说明；他们越了解越熟悉，就会证明自己越有效。演讲者至少应讲一个有趣的故事；他还必须谦虚地做出努力，但不要太过分夸张地建议自己的个人重要性，如果有的话，要高于接受者的个人重要性；他绝不能在伟大之前低头。

所有这些，专业的演讲者制造商都了解并掌握了。他全神贯注于他的工作，以至于他根本没有注意外面的脚步声，甚至一开始都不注意外面办公室的愤怒声音，正如我们所看到的那样，他只受到那个男孩的保护，除非阅读杰克·哈卡威的冒险经历，否则别无他法。

"挡住我的路！" 哭了，显然很生气。"让我对他！"

那个专业人士惊奇地抬起头。显然在楼梯上。但是他自己的门突然打开，一个年轻人，一个相当大的男人，脸颊和眼睛灼热，冲着挥舞着一根棍子。演说者站起来，抓住了办公室的统治者。他手里拿着这把强大的武器，靠在身高6英尺3英尺的桌子上，他平静而冷漠地面对入侵者。

我们不能责怪袭击者；毫无疑问，他具有尝试和证明的勇气，但他只有五英尺五英寸。在那张没有恐惧或悔的平静询问面孔面前，他的眼睛落了下来。火和怒火突然从他身上消失了。也许他没有通过粗鲁的锻炼发展自己的审美框架。他放下棍子，站着不坚定。

"哦，"他的敌人静静地说，"您对棍子的想法更好，对吗？马鞭是要站立的，是吗？"先生，现在，先生。"他用尺子狠狠地敲桌子，使那个小矮人全身发抖。冒险出乎意料地带来了痛苦和屈辱-"你是什么意思？您要来这里做什么，制作地狱球拍？什么 -"

在这里他停了一下，因为令他无法形容的沮丧的是，他看到站在门口的只有他自己的儿子阿尔及农，而且阿尔及农的脸不好看，充满了羞耻、惊讶和迷惑-充满羞耻是因为他理解不久，他父亲的一生就是一个漫长的谎言，这样，就没有其他任何事情可以赚到家庭收入了。路上的朋友没有告诉他，在某些圈子里，男子信用证是众所周知的为那些有能力付钱的人提供良好的饭后演讲的人吗？-如何窃窃私语，难得的偶尔的夜晚这些话语清脆，炽烈而机智，而所有这些都是贷方所提供的全部内容吗？-他为自己的演讲而感到最可耻的是，他如何付了二十几内亚呢？因此他不需多说就能理解，并张开嘴巴，暂时没有发言权或话语权。

父亲先康复了。他仿佛没有儿子在场。

"先生，您是谁，谁带着这种黑哨声来到我安静的办公室？如果您不当场告诉我，我将带您走上那条痛苦的小脖子，把您摔落在栏杆上。"

"我-我-我写信给你演讲。"

什么演讲？什么名字？做什么的？"

他的客户起初双眼被愤怒激怒所蒙蔽，现在对他感到惊讶。就是他朋友的父亲，事实上，他的父亲在彭布里奇新月的家庭大厦见过。

"好主！" 他哭了，"是-是先生。"这是战役！"-他从父亲到儿子再看了一眼，然后又回来了-"先生。运动！"

"先生，为什么不呢？为什么不呢？回答我。"

统治者再次发出令人作呕的共鸣。

"哦，我不知道为什么不。我怎么知道？" 入侵者结结巴巴。"我确定，这与我无关。"

然后说到重点。什么演讲？什么名字？做什么的？"

"汽车制造商的公司。您发送给我的演讲是通过邮寄到达的。"

"演讲也很好。我确实发送了。对您或您所支付的费用来说太好了。我记得。这是怎么回事？你怎么敢抱怨！"

"这件事，先生，这件事，" 他结结巴巴地说，很想坐下来哭泣，"是因为您向提议者发了同样的演讲。我的是答复。

相同的讲话-您听到了吗？-对提议者和对我相同的讲话，谁必须回答。先生，你现在意识到了吗？哦，我说，我不怕你的统治者；" 但是他的容貌掩盖了他的话。"您了解您行为的严峻性吗？"

"不可能！我该怎么做？我在职业生涯中从未犯过错误？" 他用力地望着儿子，并重复了 "专业职业" 一词。"你确定你说什么吗？" 他非常认真地放下标尺。"你确定吗？"

"某些。相同的演讲，一个字接一个字。一切-每件事-都从我的嘴里拿走了；我没话可说。"

我想知道这是怎么发生的？留下来，我有两种讲话的打字稿，即祝酒词和答覆。是的，是的，我总是保留一份副本。恐怕我确实理解我可能犯了错误。" 他打开抽屉，上交了一些文件。"啊，是的，是的。亲爱的我！我把你的演讲稿的第二本发给了另一个人，而不是他本人。这是他自己的副本（两个副本），充分说明了这一点。亲爱的，亲爱的！··！我担心您无法适应这种情况并为自己做些演讲？"

"我不能; 我太惊讶了，我可能会更厌恶地为自己做些正义。"

"毫无疑问-毫无疑问。没有我的帮助，我的客户永远无法为自己的天才伸张正义。先生，现在坐下，让我们再谈一会。"

他自己坐下。同时，他的儿子站在一扇敞开的门，仍然吓呆了。

"现在，先生，我承认你有理由抱怨。这是最不幸的事故。另一个人一定已经注意到开头词有误。但是，最不幸的是。" 他在他旁边打开一个保险箱，拿出一小捆支票。"您的支票昨天早上到了。幸运的是，它还没有还清。先生，我归还了二十几内亚。这就是我能为您做的，只是对这次事故本应发生表示遗憾。年轻的先生，我为您感到。我原谅您的谋杀意图，并向您保证，如果您再次来找我，我将使您成为镇上最好的饭后演说家。现在，先生，我还有其他客户。"

他起身。那个年轻人把支票放在口袋里。

他盛大地说："我有责任在任何地方暴露你。" 他转向他的同伴。"暴露你们俩。"

"还有你自己，亲爱的先生，还有你自己。"

特工拨弄了口袋里的钥匙，并重复了"你自己"的字样。

"我不在乎，只要我揭露你。"

"当您考虑时，您会在意的。您将不得不告诉所有人您来找我来演讲，而您将以自己的意愿发表演讲。可以这么说，存在一两个相同性质的交易。记住，年轻的先生，有两个人要曝光：我自己，这个人物只会做广告，而你自己，他们将被演说家或其他任何东西弄糟。"

但是这个年轻人是个好人。他退了支票。这使他变得更加僵硬和呆板。

"我不在乎。昨晚的崩溃后，我再也不能假装自己成为演说家。我感到震惊。我什么也没说：他们嘲笑我，整个大厅里挤满了人-其中三百人-嘲笑我-甚至遍及您-遍历您。我会被报复的-我会让你为昨晚的生意感到抱歉-生病和抱歉，你会的。至于你-" 他转向阿尔及农。

"闭嘴，出去，" 他的朋友说。"出去，我说，或者-"

阿尔及农为他腾出了空间，这位受屈的客户竭尽全力地向他走去。

在一起，父亲和儿子西西里怒视着彼此。他们都是一样的身高，又高又瘦，彼此相似，运动型的脸很强。他们俩都穿了-。唯一的不同是，两者中的长者在太阳穴上有些瘦。

错误的意识破坏了父亲的天生优势。他以一种微弱的笑声回答。

他肯定地说："情况肯定可以解释。" 他打开了解释的大门。

"我是为了了解您为了赚钱而写，写，为那些假装（实际上是假装）自己的人写演讲吗？"

"无疑。你的朋友没有向你坦白他为什么要来这里吗？"

"恩，他当然做到了。"

"您是否因为他的不诚实而向他示威？"

先生。 避开了这个问题，并回答了另一个问题。 "您是否认为这种赚钱模式-我不能称其为职业-这种模式-光荣的-值得骄傲的事情？"

"为什么不？某些没有演讲礼物的人被要求在晚餐后或其他场合讲话。他们写信给我寻求帮助。我给他们演讲。我指导他们。实际上，我是一名演说教练。他们学会了必须说的话，然后就说了。这是一种非常光荣，值得称赞和可估计的赚钱方式。而且，我的儿子，它能赚钱。"

"那么，为什么不以您自己的名义公开进行此项交易？"

"因为从本质上讲，这是一项秘密业务。我客户的名字是秘密。我们的交易性质也是如此。"

"但是这个地方不是林肯的旅馆。您如何在法律工作中节省时间？"

"我亲爱的男孩，在这种情况下有一点欺骗，可以原谅。实际上，我从来没有去过林肯的客栈。没有实践。我有一个阁楼，我从来没有去过。从来没有任何实践。"

"没有练习？" 年轻人无奈地沉入椅子。 "没有练习吗？但我们一直为您的杰出事业感到骄傲。"

"从来没有任何法律惯例。我采用这条线是希望在这个家庭非常艰难的时候赚一点钱，并且成功超出了我的预期。"

阿尔及农坐下并大声吟。

"我们已经做好了。那只小野兽是世界上最可恶的动物，也是最令人羡慕的动物。他是拼了命地被认为是聪明的。他发表了一些东西-我相信他买了它们。他走了；他摆姿势。伦敦没有一个男人更危险。他会告诉所有人。我们将如何面对风暴？"

"人们，我的儿子，仍然会继续想要饭后演讲。"

"我在想我的姐姐，我自己和我们的职位。我妈妈会怎么说？我们的朋友会怎么说？好主啊！我们都被毁了，感到羞耻。我们再也无法抬起头来。我们到底能说什么？我们如何摆脱困境？谁来拜访我们？"

父母感动了。

"我亲爱的男孩，"他谦卑地说，"我必须考虑这件事。也许会有麻烦。让我留在当下，并且仍然留在当下，握住你的舌头。"

他的儿子服从了。然后先生。恢复了工作，但中断是致命的。他很容易放弃演讲演讲，并考虑曝光的前景。并不是说任何接触都会破坏他的职业，因为现在这已经成为便利社会生活的必要条件-想想如果所有演讲都是自制的，我们将遭受什么痛苦！-但是他的妻子和家庭：他的妻子和家人的责备：他的妻子和家人在社会世界中的沦落。如果他被称为雄辩的口才，对他们来说是致命的。绝不能认为保密是光荣或令人尊敬的：如您所愿将其装扮得整洁，欺诈的丁字裤就无法掩饰。

他出去是因为他太激动了，无法保持静止或做任何工作，他在街上徘徊，感觉很小。曝光会如何？这个年轻的家伙已经被带到家里了。他打电话到房子。他来参加他们的晚会，并以诗人，讲故事的人，演说家，情节学家的身份摆姿势。他认识很多人：他当然可以使事情变得非常令人讨厌。他非常失望和屈辱，因为他彻底和可耻地崩溃了，他肯定打算变得讨厌。

在与兄弟一起风风雨雨的青年之后，这个人安顿下来成为了世界上最家养的动物。他有25年的家庭欢乐时光。他的秘密职业使他们成为可能。他的妻子崇拜并相信他；他的孩子们鄙视他的美学时，却尊重他的法律。一言以蔽之，他占据了一个成功的大律师，一个有良好家庭的绅士和一个拥有良好收入的主人的令人羡慕的位置。这个职位自然比珍贵更多：这就是他的一生。以他自己的信念，他在家里是一位伟大的律师；在他的办公室，他是先生。全民演说者的功劳。他们是分开的众生；现在将它们聚在一起。被誉为，而被称为。他确实是一个愚蠢而悲惨的对象。

当他沿着这条街经过时，突然发现自己正在经过弯道大厦的一个入口。一个念头打动了他。

"我必须征求别人的意见，" 他喃喃道。"我无法独自一人独自承受这一麻烦。我会告诉伦纳德一切。"

伦纳德突然站起来，在这场绝望的绝望展览中大吃一惊。

"我亲爱的叔叔克里斯托弗！" 他叫道："这是什么意思？发生了什么？"

那个不开心的人，急于求助，却因坦白而退缩，吟着。

"家里有什么事吗？我的姑姑？我的表兄弟？"

"更糟糕-更糟糕。它发生在我身上。"

"恩……。但是发生了什么事？男人，不要坐在那里吟。抬起头，告诉我发生了什么事。"

他回答说："废墟"，"社会的毁灭和耻辱。就这些，就这些。"

"那么，您就是我们真正幸运的家庭的第二个成员，这一天已经毁了。伦纳德冷冷地补充道，"也许，如果您能让我知道您的废墟所采取的形式，那也将是一件好事。"

社会毁灭和耻辱。就这些。我将再也无法面对任何人。"

"那么，你做了什么？"

"我只做了我无辜的工作，因为五年二十来没有人怀疑过。现在已经发现了。"

"您从事可耻的事情已有二十五年了，现在您已被发现。好吧，你为什么来找我？是让我同情你的名字吗？"

"你不明白，伦纳德。"

他发脾气了。

"如果您不解释，我将如何理解？你说你很丢脸-"

"让我从一开始就告诉您一切。这是因为我和兄弟弗雷德敲伦敦而来。他是个魔鬼：他不在乎他做了什么。所以我们用光了钱-钱不多了-弗雷德走了。

"我听说了为什么。最可耻的生意。"

"是的，是的。我总是这样告诉他的。自从他回家后，我们同意不提它。"

"继续。你一无所有。"

"我刚被叫过。我订婚了。我想结婚。"

"您迅速进行了广泛的练习-"

"不，不。那是骗局介入的地方。我亲爱的侄子，我一点也没有练习过。如果有任何案件发送给我，我将无法接受，因为，你知道，我一生中从未开过一本法律书籍。"

"您从未打开过法律书籍吗？然后-如何-"

"我讨厌一本法律书籍。但是我订婚了-我想结婚-我也想生活，而又不依赖你的母亲。"

"请继续。"

"我认识一个男人，他想在餐后演讲者中享有声誉。他听我讲了一两次滑稽的演讲，然后他来找我。经过一番交谈，我们谈了生意。我给他写了一篇演讲。成功了。我给他写了另一个。成功了。通过这两个演讲，他一举成名-可以说是我演讲之后的演讲跳跃。然后我的价格上涨了。然后我想到了开辟新职业的想法。二十五年来，我一直假装去林肯旅馆的房间里，我去了一个办公室，在马路的办公室里，用另一个名字，我从事着在各种场合提供演讲的业务。"

"我的妈呀！" 伦纳德哭了。"这就是我们引以为傲的男人！" 他的脸从一开始就开始变黑，现在变得非常黑暗。我想，我想。我已经听说过的故事的开始。您在兄弟般的陪伴中度过了幸运的生活。"

"非常-非常。"

"支票没事吗？"

"弗雷德的事-不是我的。"

"你的兄弟说这是你的婚外情。不要以为我想打听这个可怕的故事。我已经在家人中发现了足够多的耻辱和堕落，而又不想了解更多。"

"如果弗雷德这么说，那简直是可耻的。为什么每个人都知道-但是，正如您所说的，为什么要揭开旧的丑闻？-在事件发生时。但是为什么，正如你所说的-"

"为什么如此？除了要确保不再对我们失去家庭自豪感。我现在以自己的坦白得知，您进入了一个强加于人的欺骗和欺骗的一般过程，从那时起您就一直生活，并因逃避侦查而保持家庭信誉。"

"对不起。我不称其为欺骗。除了愉快，没有人被欺骗。在世界上以令人愉悦且出乎意料的角色呈现同伴生物是错误的吗？你能怪我提高饭后演讲的水准吗？您能怪我打十二个名声吗？"

"我毫不怀疑您说服自己，这是值得称赞和值得尊敬的。不过-"

"您必须考虑它的增长方式。我告诉过你我自己是一个很好的饭后演讲者。我辛苦了。然后这个人-老朋友，现在是殖民地法官-向我求助。我给他写了一个演讲，然后他买了它-也就是说，他借给我十英镑-真的是他买了我的秘密。就是这样开始的。钱是必要的。有一种意想不到的赚钱方式。所以它传播了。"

"我毫不怀疑，强加了这种做法。"

"您必须考虑-真的。良好的餐后演讲声誉无人能及。我提供那种声誉。人们去可能会听到好的演讲的地方。我提供那些演讲。"

"我不否认这一立场。但是，尽管如此，您还是在帮助一个男人以金钱来欺骗世界。"

欺骗世界？一点也不。让世界高兴。为什么，我是公众恩人。我在慈善晚宴上打开钱包，我发脾气使人们回家。您是否认为人们会在乎两个说话的人是否会被逗乐？"

"那么，为什么要保密？"

"为什么不？" 他在房间里走来走去，摆着双臂，不时转向莱昂纳德，表达自己的观点并道歉。 "为什么不？我问。你说话好像在进行某种欺诈。没有人被欺骗；我赚取的费用与任何大律师一样多。伦纳德，请看你：我的立场是独一无二的，而且，是的，如果你正确看待的话，是光荣的。"

"光荣！哦！"

"是; 我是餐后通用扬声器。我为各种场合提供演讲。我以口才保持城市声誉。为什么，我们迅速下沉；我们已经被公认远低于美国水平。然后我来了。我提高了标准。我们的餐后演讲（我的演讲）正在成为我们民族伟大的一部分。为什么？因为我，先生-我，克里斯托弗·卡普特（ ）-将它们交给了他们。

"但是，是保密的。"

"直到现在，我还是自己一个人从事这项业务，却没有得到认可。也许到时候才为晚餐后的假世界提供民族特色。"

"你看起来很远吗？"

"我承认，这项工作轻巧，轻松（至少对我而言）且令人愉快。它也是高薪的。人们愿意为我能为他们赢得的声誉付出很多。没有人想见我。没有人知道我是谁。没有人想知道。那是自然的，想一想。整个业务都是通过通信完成的。我只为有财富和地位的人工作。双方都尊重自信。有时，整个晚餐可以说是经过我的双手。我什至知道有几次我在餐桌旁坐不住，在整个晚上听我的演讲的好坏。如果可以的话，想象一下这样一个夜晚的光辉与荣耀。"

"我能想象到一种红润的羞耻感。然而，经过五十二年的欺骗，剩下的羞耻感并不多。现在发生了什么？我想你已经找到了吗？"

"是; 我被发现了。有一个小错误。我给男人发了错误的讲话-回应而不是提议者的讲话。我向提案人重复发了同样的演讲。我无法想象怎么可能出错，但是它发生了。可以想象一个可怜的年轻人听到了他自己的精彩演讲的感觉，而这个演讲实际上是在他口袋里讲的，只是他要回答的那个人改变了几句话。轮到他来了。他被克服了；他脱口而出三四个词，然后坐了下来。"

"哦！然后？"

"早上，他在我自己的书房里向我胡须。他以前从未见过我，但他知道我的地址。他是个小矮人，带着一根大棍子来。呵呵！然后他朝着他的棍子前进。当我站在办公室标尺上时，你应该已经见过他。" 他再次笑了，但是看到伦纳德的黑脸，他检查了自己的幽默感。 "好吧，不幸的是，我认识这个家伙，他来了我们的家，认识了我，更糟糕的是，我自己的儿子阿尔及农正陪着他看一眼-"

"哦，阿尔及农与他同在。然后，阿尔格农知道吗？"

"是的，他知道。我收拾好那个家伙，和阿尔及农一起出去了。这是一项艰巨的任务。我为阿尔及农感到抱歉。也许，他不会表现出太多的一面。是的，"他若有所思地重复道，"我和那个年轻人在一起。他现在知道真正的职业是什么。"

"恩，接下来呢？"

"我不知道接下来要做什么。"

"你要继续进行欺骗和虚假交易吗？"

"我可以去工作间吗？"

"按我的话，那会更好。"

他叔叔站起来，戴上帽子。

"好吧，伦纳德，如果你除了责备之外别无选择，我也应该去。我确实认为您会考虑我的职位-我的职位很困难。我至少支持了我的家人，而且我已将整个情况告诉了您。如果您无话可说，只不过在欺骗时竖琴（好像很重要），我还是可以去。"

"停！让我们考虑一下。还有其他谋生手段吗？"

"没有。唯一的问题是我今后是否要以自己的名字开展业务。"

"我不知道我可以以任何方式提供建议或帮助。你为什么来找我？"

"我是来寻求建议的，如果您有任何建议的话。我之所以来是因为这种不幸落在了我身上，而你被认为是超越自己岁月的明智者。"

"您的职业事实真是不幸。"

"好？你无话可说了吗 那我必须走了。"

他看上去很悲惨，以至于伦纳德忘记了他的愤慨，对可怜的心倾斜。

他说："由于您的妻子和孩子，您担心被暴露。"

"仅凭他们的帐户。就我而言，我没有做错任何事，我也不惧怕暴露。"

他们是勇敢的话，但他像狮子一样被驴皮蒙住了。他说话勇敢，但膝盖发抖。

伦纳德回答说："我应该考虑，这个年轻人为了自己，会小心谨慎，不要将自己的经验传播到国外，因为他会和你一样暴露自己。他故意提议将由另一人准备并由他自己购买的演说作为自己的演说强加给听众。如果它是已知的并且已经发表，那么它的地位要比您自己的庄严。我认为阿尔及农应该坚决地将案件的这一方面交给他。"

"他可能会把自己排除在外，在国外低声谣言。"

"阿尔及农应该警告他不要这种事情。但是，如果这个人坚持不道德的野心获得虚假的名声，他可能将不得不再次找你，因为没有其他从业者。"

先生。跳上椅子。

"这才是重点。你打了它。这才是真正的重点。我很高兴我来到这里。他不仅雄心勃勃，而且失败了。他必须来找我。没有其他从业者。他必须来。我从来没想过这点。" 他高兴地揉了揉手。

他可能不够聪明，看不到这一点。因此阿尔及尔尼最好把它交给他。如果失败，则必须给妻子和女儿一个干净的乳房，并将其公开发送给您的私人朋友，您愿意秘密地发表讲话。这似乎是唯一的出路。"

"唯一的方法—唯一的方法，伦纳德。根本没有干净的乳房，那只毒蛇将不得不再次来到我身边。我很高兴来到这里。您比我们所有其他人加起来要有意义。"

第十七章

完后还有！

伦纳德走后，他便坐到最近的椅子上，环顾四周。他茫然地瞪着眼睛，而不是盯着书本，书本上的书呆子，讲故事的人的报告，讲文化的人的墙上的雕刻。这些都是偶然的：任何人都可以向他们展示。从水槽里冒出来的艺术家，白手起家的学者，仅是蘑菇，就可能拥有并展示所有这些东西。他看到他到处散布着他迄今认为必不可少的所有东西，即家庭荣誉，所造成的破坏和毁灭。

没有什么比那些最没有表现出家庭自豪感的人高。伦纳德一直以来最大的幸福就是仅仅感到自己的家人的记录可以追溯到人类无法企及的时代。这不是要谈论的事情，而是道具，逗留，盾牌，任何有助于使人与自己安宁的事物。没有人知道战役者何时获得他们的财产；在每个世纪中，他都发现自己的祖先（无与伦比的）确实没有培养出一流的人，但发挥了作用，这并不是一个不值得的人。这是光荣行的记录。里面没有叛徒或外衣：男人没有责备，女人没有斑点或污点。

我想，无论是在学校还是大学里，没有人知道或怀疑这位沉默寡言而自负的学者的内心深处的骄傲。那是一种没有傲慢的骄傲。他是一位绅士；他所有的人民都是绅士。先生们，他指的是出生，繁殖良好，生活无罪的人。我们众所周知，这个词现在被用来包括男性的大部分。对大多数人来说，这意味着什么也没有关系。即使对于有限制的人，也总是向那些选择过上温柔生活的人敞开大门，并有特权去从事属于温柔生活的工作。

他是一位绅士，他和他的全体人民。他没有优越感，至少不是一个男人因自己的身材而具有的优越感。对于那些没有这种优势的人，他也丝毫没有轻蔑的感觉。一个有祖父的人可能会视没有祖父的人，但不会有一个长线像象萨克森国王的祖先那样端接在暗淡的形状中的人，这些形状可能是沃登，索尔和弗雷雅。

家庭自豪感的重要要素是祖先和荣誉。前者不能很好地被带走，但是如果没有后者，它就不值钱了。人们不妨以属于一条漫长的路线而感到自豪，在那条路线上，英勇的公路工人，脚垫，成本高手，流氓和马里波恩男孩几经世代相继继承了树和马车尾草，并脱颖而出。

因此，我说，伦纳德坐在必需品的废墟中，无论有无意外。刚离开他的那个人剥夺了他以前的骄傲所剩下的一切；他对祖先的沉思没有任何进一步的支持或安慰。想一想他在不到一个月的时间里所学到的东西并忍受了。这是一条一条一条的线，一条条一条条。就像一位先祖在向一个邪恶使者讲话时，又向另一个族长说："因此，事情就这样完成了。您的骄傲现在在哪里？"

首先，他得知自己的堂兄弟姐妹生活在伦敦最令人讨厌的地方之一。表兄不可能被认为具有绅士的任何特性；这个女孩占领了一个车站，并接了一个受人尊敬的电话，但属于这种不良尖系所普遍采用的电话。因此，他的尖系很差。康斯坦斯曾说过，他想与其他人保持亲密尖系。然后他们来回答她的话。

他还了解到，他的祖父几乎在有前途的职业生涯开始时就无缘无故自杀。他父亲早年去世，也是在他有前途的职业生涯开始时，这是不幸的，但不是污点。

他父亲那一代还剩下两个人。他以浪子般的欢迎，来到了果壳里，带着那束金黄的谷物回来了。至少有金色谷物的伪装。他一生都将自己的一生视为在最光荣的职业中成功实践的一种方式。他们现在在哪里？一个是破产的杂货店或杂货店老板，是澳大利亚一个小镇的棚户区的所有者，是一家悲惨的小杂货店，出售沙丁鱼，茶，油和黑化食品，他想将这家公司转变为一家大公司；一个不假装诚实或诚实的人；流浪汉的伴侣；没有荣誉，甚至没有尊重或尊重荣誉。他被一家人挥霍无度，挥霍无度，伪造成他的家人。他可以原封不动地回到家中，如果没有惯常的惩罚就可以骗人和作弊。

至于另一个人，假装的大律师，他站起来是一个假装生活的
人。他有同等的权利站在哥哥旁边的嘲笑中。曾经像他那样
挥霍无度，挥霍无度：现在他每天都撒谎，这已经持续了二
十五年。我的妈呀！克里斯托弗·弗朗特（　），林肯旅店的
大律师，成功的律师，他的家人对他如此深远的信心和如此
无限的自豪感-谁不为一位成功的律师感到自豪？冒名顶替
者。他撰写演讲并将其出售给希望成为聪明演讲者的骗子。
光荣的职业！令人愉快的工作！一个骄傲而杰出的职业！

因此，除了他自己以外，没有其他人可以维持家庭荣誉。

您已经听到的某些单词又回来了。在他看来，康斯坦斯好像
又在对他们说了一遍："你的命运是独立的；你是一所好房
子；您的家庭记录中没有丑闻；你没有贫穷或堕落的关系
……你不在人性之中……如果你有一些家庭丑闻，一些贫穷的
关系会让你感到羞耻，让你像其他人一样变得脆弱-" 全部
拥有。

门开了。他的仆人给他带来了一张卡片：塞缪尔·加利·坎帕
尼。"

"另一个！" 伦纳德吟着跳了起来。"另一个！" 这个人
的见识或思想，像他一样，身材高大瘦弱的家人的讽刺画，
但每一个特征都被庸俗化了，琐碎的收获，琐碎的照顾，琐
碎的诡计和自我追求的卑鄙刻在他的脸上，伦纳德激怒了。

他是堂兄！他不由自主地僵住了。他的态度，他的表情，变成了先生所形成的"野兽"的表情。厨房工作。

表哥走进来，微微鞠躬，没有伸出他的手。在他的脸上有一副表情，这意味着恐惧，对"尝试"某些东西的渴望以及对它是否会成功的怀疑使解决方案受阻。在市场上的每个集市上，这种变化都可以用"变化"来表达。

明智的（也许是经常的）评论指出，麻烦带给人的真实性远胜于富裕，这可能会促使他去假设自己不是真正的美德。有尖逆境使用的路线必须转给旁观者，而不是患者，因为前者可以首次考虑并观察真正的男人。先生。例如，在繁荣中自鸣得意的厨房在逆境中公开而毫不掩饰地低俗。例如，此时此刻，他在逆境中挣扎；它使他的脸发红，使他发厚，使他出汗不便，并且使他的态度变得不舒服。

他走上楼梯；他以坚定的决心敲门。可能有人期望他在桌子上敲拳，然后大喊："有！那就是我想要的，那就是我的意思。" 他没有完全做到这一点，但是他打算在打电话时就这样做。毫无疑问，他会做到的，只是因为堂兄接待他的那冷而安静的空气。

"先生。他开始说道，"如果你喜欢的话，还是表弟-"

"先生。运动家，"伦纳德说。

"恩，先生。，那么，我要多说几句解释了-先生！" 他有些猛烈地重复着。

"一定。请坐椅子。"

他坐在椅子上，然后被我们所说的疑惑抓住了。原因可能是表弟的制高点，他身高六英尺三，站立在他的面前，像法官本人一样对他的案子不感兴趣。

"关键是这个：我对您的家人有帐单，我想知道是将它提交给您还是给我的曾祖父？"

"法案？什么性质的？"

"维护费用。我们已经把祖母养了五十年。她的一部分由祖父，部分由家人，部分由我自己照顾，现在该由您的家人来履行职责了。"

"这是一个非常了不起的主张。"

"每年的报酬是50英镑，这对于她被保留下来的奢侈方式来说是很便宜的，赚了2500英镑。以复利计，它的价格高达18,000英镑。我将满足于要求赔偿18,000英镑。"

"您打算寄出帐单-保留自己的祖母的帐单吗？"

"这就是我要做的。"

"您一定要知道，这样的要求暂时不会得到受理。没有法院会那么看。"

"我知道这一事实。但这不是普通的主张；这是一种基于权益的主张，即基于权益而不是法律。"

"索赔的公平方面是什么？"

"好吧，就是这样：我祖父付出了惨重的代价，这表明了他在城市中的地位，嫁给了我祖母，这是一个合理的期望，她会给他带来一笔财富。的确，那时那个老人不超过五十岁，但他对遗嘱的重视不及和解。

"我知道婚姻是在没有与我的曾祖父协商的情况下进行的，或者在这种情况下未与他的律师进行协商。"

"毫无疑问，情况就是如此；但是，当一个人嫁入一个如此富裕的家庭，而当其首长不愿接受咨询时，可以预期的至少是和解，即某种形式的和解。我的祖父说他期望不下两万到两万。他将后来的不幸归咎于这种期望的失败，因为他一无所获。也许先生。，因为那时您还没有出生，所以您几乎无法相信他一无所有。"

"我对整个业务一无所知。"

"非常-非常。因此，我认为我有充分理由要求你们的人民
只向我们支付我已付给祖母的一小笔钱，即自付费用。"

"哦！"

语气并不令人鼓舞，但另一个人并不精通这些外部迹象，并
且毫不掩饰地继续：

"我相信您有一天看到了自己的生活风格，先生。运动
家 您会承认这是一种高贵的茶。"

伦纳德庄严地鞠躬。

"在任何情况下，我都要为维护祖母，母亲和妻子而做的帐
目，我自己应该撕毁并扔进火里。但这与我无关。您可以将
您的主张发送给我的曾祖父-"

"我的曾祖父和你一样。"

"向他的律师，您可能知道其姓名和地址；如果没有，我将
为他们提供。如果那只是你要说的-"

他走向门。

"不，不。我的意思是 我们有权期待一笔财富，但是没有
。"

"你之前说过。再次，先生。厨房，我无法与您讨论此事。
将您的主张权移至正确的位置。"

"我没有义务保留这个老妇人，" 他含糊地说。

"我拒绝讨论您的职责观点。"

"我想唤醒老人以一种正义感。我也会。如果他生气了，我
们会发现的。如果他不在，即使我不得不曝光他，我也会让
他付款。"

伦纳德走到门上，把门打开了。先生。厨房玫瑰。他的脸上
流露出许多情绪。实际上，对话并没有按照他希望的那样进
行。

他说："不要着急。" "给我一点时间。"

伦纳德关上了门，回到了壁炉边。

"花点时间，先生。厨房。"

他说："我不想，表现得很绅士，但我陷入了绝望的麻烦。如果您认为发送索赔不利，我将其撤回。事实是，先生。，我要钱。我拼命要钱。"

伦纳德没有回复。这令人沮丧。

"我一直在猜测-在房屋财产中-支持建筑商；那个人走了。那就是我发生的事情。如果我在一两天内不能养成一千磅，我也必须去。"

"您不会通过寄出账单来抚养祖母而筹集任何款项。先生，请把它放在脑后。厨房。"

他吟。

"那么，你能借我一千英镑吗，先生。运动家？前几天来看我们时，您非常友好。安全是一流的，是三栋未完工房屋的外壳，我将给您百分之八的赔偿。为住宿。良好的安全性和良好的兴趣。你在这。来，先生：你不是商人，我认为你通常不能赚到百分之三以上。在外面。"

"我没有钱借出或垫付。"

"我去过银行，但他们不会考虑这项业务。这是一个卑鄙，令人毛骨悚然的银行。我会改变它。"

"恩，先生。厨房，很遗憾听到您遇到麻烦，但我无能为力。"

"如果我真的破产了，"他野蛮地说道，"老妇人将走进工作间。这是一种安慰。她是你的姑姑。"

"你忘记了你的妹妹，先生。厨房。从我对董事会学校的了解来看，我应该说她有能力维持她的祖母。如果没有，可能还会有其他帮助。"

"那么，还有另一件事。"他坚持道。"当我第一次与您交谈时，我提到了"累积"一词。"

"我想，现在没有人提到任何其他字眼，"莱昂纳德淡淡地回答。

"它们一定很大。我一直在努力。巨大！那个老人不能活多久 他不能。他是九十五岁。"

"先生。厨房，我以律师的身份，或者至少是律师的身份，给您的：您认为您的曾祖父多年来一直没有立遗嘱而生活吗？"

"他不能立遗嘱。他是个疯子。"

"请他的律师就该主题发表意见。老人不会说话，但他会收到通讯并发出指示。"

"如果我没有在遗嘱中注明姓名，我将提出异议。我希望得到全部。我要证明他是个疯子。"

"随你便。同时，立遗嘱人是否听说过你的名字令人怀疑。"

"他知道女儿的名字。她的是我的。"

"我必须再次打开门，先生。厨房，如果你胡说八道。顺便说一句，我听说你已经让那位女士签署了某些文件。作为律师，您必须知道法院会极度怀疑这些文件。"

"如果我必须破产，我将让全世界知道你不会为拯救自己的堂兄而放任自流。"

"随你便。"

"如果有一种意愿证明我愿意，我会把整个事情拖到法庭上让你知道。我会————"

伦纳德再次打开门。

"这次，先生。厨房，你会去的。"

他服从了。他把帽子戴在头上，行军出去，跌倒时在楼梯上
叫：

"我会揭露你-我会揭露你-我会揭露你！"

这些可怕而令人毛骨悚然的话语像控告天使的声音一样在那
尊敬的大厦的楼梯上上下摆动，使每个听到这些话的人都跳
起来变得苍白，喃喃地说：

"哦，天哪！现在怎么了？"

第十八章

破碎的光
那是星期天的早晨。伦纳德坐在火炉前无所事事。他三个星
期没做任何事。他不想做任何事情：他的工作被忽略在桌子
上，书和纸堆在一起。他为自己所拥有的一切宝贵的总沉思
而苦恼：家族历史；家庭不幸和灾难；神秘的事物无可救药
，却无法忘记。

钟声响起：空气中弥漫着旋律，或许多教堂的钟声叮当响。

然后康斯坦斯敲了敲他的门。"我可以进来吗？" 她问，
没有等答案就进来了。她说："我提议去修道院。" "但

是事情让我感到紧张。我觉得我不能为服务静坐。我必须和你谈谈。"

伦纳德说："我想我们现在知道最糟糕的情况了。" "为什么你要担心我的麻烦，康斯坦斯？"

"因为我们是堂兄，因为我们是朋友。还不够吗？"

她可能还说，作为另一个原因，过去三周的事件使他们更加紧密地联系在一起-如此紧密地联系在一起，以至于他们只想说一句话-如果他们的思想摆脱了迷恋的迷恋-就束手无策了。他们再也不会飘忽不定了。

伦纳德冷淡地微笑着回答："康斯坦斯，我不用你再说些什么，我相信我应该生气了。"

"当我想起我对丑闻和不良关系的轻描淡写时，我感到非常内一，感到内。"

"别无所求，我应该考虑"-他环顾房间，好像要确保没有电报或信件在空中漂浮-"除了我，现在不会发生。" 其他人都被压低了。一位堂兄给我带来了一笔维持他祖母五十年的账单-说他将少付一万八千英镑。真的应该为此表弟感到骄傲。"

"我想是商业道路的律师。但是，真的，这有什么关系？"

"没有。仅在此刻有堆积；每一根稻草都有助于折断骆驼的背部。该名男子说他将要破产。我的叔叔弗雷德里克（叔叔），那个殖民地企业的大胆，和,、渴求，富有，富裕的代表，现在被证明是冒名顶替者和骗局-"

"哦，伦纳德！"

他重复道："冒充者和欺诈者。" "他在澳大利亚小镇上有一家小型杂货店，他过来代表这是一家大型企业，并从中建立了一家公司。另一个叔叔-博学多才的律师-"

"别告诉我，伦纳德。"

"那么，另一时间：我们当然应该听到最糟糕的消息。让我们去村子里，在教堂的祭坛前埋葬家族的荣誉，并竖起黄铜纪念我们祖先的创造。"

"没有。伦纳德，你还是要守卫它。它不可能在更好的手中。你一定不能-你不能埋葬自己的灵魂。"

伦纳德恢复沉默。康斯坦斯悲伤而沮丧地站在他身旁。现在她说话了。

"多久？" 她问。

"多久？" 他回答。谁能说？它是自动达成的，这是不受欢迎的。也许它会如期而至。"

"你宁愿一个人呆着吗？" 她问。"让我留下一点话。我的朋友，我们一定已经做完了。毕竟，七十年前如何犯罪对我们有什么关系？"

"它关系到您自己的祖先康斯坦斯。"

"是。他，可怜的人，被杀了。伦纳德，当我说"可怜的人"时，这些词正好可以衡量我对他的悲伤程度。四代人的祖先不过是一个影子。他的命运引起了一点兴趣，但没有悲伤。"

"我想我应该说同样的话。但是我的祖先没有被杀 他被判处死刑。保持不变是没有用的；无论我愿意还是不愿意，这个案子日夜困扰着我。" 他突然站起来，举起手臂，就像要甩掉铁链一样。"我是从那个不幸的商业之路的老太太第一次听说它的，有多久了？3周？好像五十年了 出于我以前的任何目的，或任何雄心壮志-它已经消失-都已经消失并消失了。"

"至于我，我也以同样的方式出没。"

"我就像一个被催眠的人，我不再是自由球员。我被命令这样做，我也这样做。至于这本经指摘的摘录书，"他把手放在那可憎的书上。" "我被迫一遍遍地翻遍它。每当我坐下时，都会得到某种保证的提示，即会发现一些东西。每次我站起来时，我都感到十分厌恶。"

"我们要一辈子在寻找我们永远找不到的东西吗？"

我们深知全部内容。但是每天都有某种感觉会开始变得光明。这是疯狂，坚定。我快疯了-就像我的祖父，他自杀了。就我而言，这将结束家庭困境的故事。"

"将书发还给书主。"

他摇了摇头。"我都知道。那没有用。"

"烧掉可怕的东西。"

"没用。我应该被重新写出来。"

"昨晚我在您的信箱里放了一个信封。你打开了吗？"

"我认为过去三周我没有看过一封信。"

"那一定是其中一堆。真是一大堆信件！哦，伦纳德，您确实忙于这项工作。昨晚我发现兰利·霍尔姆给他妻子的三封信。他们是从战役公园写的；但是我什么时候不知道。我起初以为我可能会发现一些对业务有帮助的东西。但是，当然，当人们考虑时，他怎么能为自己的悲惨结局提供启示呢？
"

他粗心地拿了包。"这些信件告诉我们什么吗？"

"我认为没什么重要的。他们表明他正在公园里。"

"我们已经知道了。奇怪的是，我们不断被我们所学到的东西嘲笑。澳大利亚的来信也一样。"

"那是一封有趣的信，这些信也是如此，即使他们告诉我们的东西我们都不知道。"

他打开信封，取出信包。一共有三个：它们是写在方形信纸上的：折痕已经破损了，而这些信现在又都变成了碎片。墨水逐渐褪色，成为19世纪的墨水。伦纳德把它们放在桌子上看书，因为它们处境很烂。他说："日期很难确定，但是最后一个字母看起来像'6'-等于1826。您说其中没有什么重要的。"

"据我所知，没有。但请阅读它们。您可能会发现一些东西。"

第一个字母并不重要，只包含一些说明和感言。然而，接下来的两封信谈到了作家的姐夫：

"我与阿尔及农的小争议仍未解决。他对此事做了个人决定，这是令人讨厌的。他确实是最顽强和顽强的凡人。我不喜欢在想或对他不友善。的确，他是一个才华横溢的家伙，只有最顽强的人。但是我不会退缩一英寸。昨晚在图书馆里，他完全失去了控制权，变成了疯子，呆了几分钟。我从其他人那里听说过他脾气不可控制的一面，但从未见过。在这样的时候他真的变得很危险。他怒冲冲地瞪着牛。由于很高兴，她当然从未见过。"

在第三封信中，他谈到了同一桩纠纷。

"昨晚我们又吵了一架。行或不行，我不会退缩一英寸。我们将再次讨论此事-他保证。我会再次写信给你，并告诉你解决了什么。我亲爱的孩子，我为看到这个男人的巨人完全失去控制而感到愧。但是，我认为当他认为自己必须这样做时，他会让步。"

伦纳德说："似乎有一点争执。" 他的姐夫发脾气，猛冲了一下。但他们又弥补了。好吧，，仅此而已-毫无疑问，这又是一次小小的争吵。"

他把信封中的字母放回原处，并恢复原状。

"保持他们，" 他说。"作为祖先的来信，它们对您很有价值。就像先生的来信一样。约翰·邓宁（ ）令人震惊地从坟墓里发出声音，他们帮助我们实现业务—如果有人需要帮助的话。但是我们之前就意识到了这一点-足够生动-他就叹了口气，"这就是全部。我们还不先进。没有更多的论文了吗？"

"我一遍又一遍地搜索桌子，但是我什么也找不到。现在，伦纳德。" 她坐在椅子上，放在桌子旁。"放火，坐下椅子，我们将开始并完成。这次一定是最后一次。现在该结束这个时候了。至于我，我今天早上来到这里只是想说无论发生什么事我都决心要结束。事情对您的内心平静变得越来越危险。"

"我们无法结束。"

"是的，是的，我们现在被迷住了。让我们发誓，今天早上之后，我们将把书和文件收起来，不再有任何麻烦。"

"如果可以的话，" 他悲哀地回答。

"伦纳德，这是您生命中的第一次迷信。"

"我们可能会发誓我们喜欢的东西。我们明天再回到案件。"

"我们不会。让我们解决。不，伦纳德，你不能继续。对您来说，这正变得危险。"

伦纳德叹了口气。"这是疲倦的工作。好吧，这是最后一次。"他把一包文件放在桌子上。他打开了可怕的书-命运书。"这总是一回事。每当我打开书时，都会有同样的疾病和厌恶感。页面中毒了吗？"

"他们是，我的朋友。"

他开始了老回合。也就是说，他是在他们起草该案时阅读该案，而将其与证据进行了比较。

"这些是调查，审判，犯罪后果，地点证据和时间证据的事实：

"　"两个人离开了房子，他们一起走过公园；他们过马路，越过阶梯，进入树林。然后乡绅回头-'"

"过一会儿，"康斯坦斯纠正。"根据对那位曾经是打鸟者的古代人的回忆，他走进了树林。"

"　"然后乡绅迅速地回家了。如果管家正确地给了时间，并且他花了相同的时间回家才能到达树林-我已经设定了距离-他可能是十分钟-在树林里呆了一刻钟。

"　"大约两个小时后，男孩看见一个工人，他的视线和名字都很熟，就进入了树林。他穿着工作服，肩上背着某些工具。他只在树林里呆了几分钟，然后跑了出去，白色的工作服上点缀着红色，因为男孩从山坡上可以清楚地看到。他跑到田野外的农家，与其他人和百叶窗一起返回。他们进入树林，然后带着被掩盖的"东西"出来。在调查和审判中都询问了男孩，是否有人进入或离开了树林。他确信没有人这样做，或者在他不知情的情况下可以这样做。

"男人把尸体抬到了房子里。管家在露台上遇到了她们，她们似乎已经尖叫着跑进了屋子，她在那儿告诉女仆们，她们一起在屋子里尖叫。在情妇如此恐惧之后，有人脱口而出可怕的事实。一个小时后，乡绅失去了他的妻子和他的姐夫。

" "在调查中，乡绅给出了主要证据。他说，当他转身回来时，他和他的姐夫一起走到了树林。"

"不是'远在木头上。' 他说，进入树林时，他想起一个约会，然后回头。记住男孩的证据和您的距离时机，我们必须给他一点时间在树林里。"

"很好-时间越长越好，因为这表明没有人潜伏在那里。

" "然后约翰·邓宁（ ）被发现去找尸体。它躺在它的背上；头部的前部可怕地破碎了。不幸的绅士已经死了。尸体旁边躺着一根沉重的树枝。它似乎已经被追上来并用作捏制。血液更浓密。

"'一名医生就死亡事实提供了证据。他大约一点钟就到达了那所房子，和一位不幸的女士去世或丧生之后，他将注意力转移到了受害者的身上，受害者的尸体在某个时候已经死亡，大概是两个小时左右。侍者被废了，进一步，搜查了口袋，没有从口袋里拿走任何东西。

"　"验尸官总结道。死者先生之后唯一进入树林的人是约翰·邓宁。除了约翰·邓宁，谁能犯下这起谋杀案？陪审团的裁决立即得到了实现：　"对约翰·邓宁的野蛮谋杀"　。

"　"我们接下来要审判约翰·邓宁。先生。对于他的纯真，费伯特对自己的想法深信不疑，以至于他自费为他提供了律师。聘请的律师很聪明。他听到了与审讯中提供的证据相同的证据，但他没有让它通过，而是在盘问中将其弄成碎片。

"　"因此，在检查先生时。．他引出了非常重要的事实。霍尔姆身高六英尺，身材高壮，而囚犯身高不超过五英尺六英尺，也不算强壮。不可能以为被谋杀的男人会停下来接受这么少一个男人全脸的打击。这是很重要的一点。

"　"然后，他向医生检查了遭受打击的地方。看起来它在头顶上，在前额后面，却面对面地交出。他让医生承认，为了受到像囚犯这样的矮个子男人的打击，被谋杀的男人一定是坐着或跪着的。现在，木头被最近的雨淋湿了，没有什么可坐的了。医生说，因此需要一个比先生高的男人。福尔摩自己就这样发出了打击。"

伦纳德停下来简短评论：

"它显示了人们如何超越事物。我起初完全忽略了这一点，实际上，直到第二天，也许是因为在此地方移交了剪报。因此，凶手比自己六英尺高的兰利·霍尔姆高。这一点应该已经提供了线索。无论如何，它有效地清除了囚犯。"

"犯罪似乎在邻里引起了最大的兴趣。约翰·邓宁被无罪释放，讨论和争论之后，人们对他的罪恶或纯真表示赞成和反对。没有其他人被捕，也没有人尝试，警察放弃了对案件的照顾。确实，除了这些注释中我所设定的内容外，没有其他内容。

" "先生先生的朋友。然而，战役者迅速发现，由于一日内哥哥和姐姐，子和妻子死亡的双重震惊，他彻底被改变了。他不再对任何事物产生兴趣；他拒绝见他的朋友；他甚至不会注意到他的孩子；他逐渐完全退缩了进去。他把生意留给了经纪人。他解雇了他的仆人。他把孩子送到远房堂兄的照顾下，使他们远离了路。他除了走在露台上外根本没有离开过房子。他既不养马也不养狗。他从未和任何人说话；这些年来，他从未听说过说话，只有一次，然后对我说了两三个字。"

他接着说，"以下内容也是案例的一部分："

" "我们曾经是一个非常不幸的家庭。先生 的三个孩子是最年长的自杀，无缘无故被发现，第二个被淹死在海中，第三个嫁给了一个破产商人，在世界上堕落得很低。在我的下一代中，最大的父亲是我的父亲，他早年去世，而那时他的前途无与伦比。他的第二兄弟刚刚承认自己过着假装和欺骗的生活；他的弟弟因挥霍挥霍而出国了。他昨天告诉我说，他即将破产，而另一个家庭成员正面临毁灭的威胁，而从他的恐惧中判断，毁灭的后果要比毁坏的严重。"

说："您仍然省略了两三个事实。" "我们最好都拥有它们。"

"这些是什么？"

"您没有提到这个男孩清晨走进树林，没有发现任何人；那个小屋里的女人（这是我们要求和获得的坟墓的声音）说，那天直到绅士出现之前，没有人完全穿过树林。"

"我们会考虑一切。但是请记住，康斯坦斯，我们发誓无论吸引我们什么力量，都不要再次参加这个仪式。"

"我们忘记了；我们在桌子上发现了一封未完成的信。再读一遍，伦纳德。"

它被放在报纸之间的一个信封里。伦纳德把它拿出来。

"其中没有我们不知道的东西。兰利正待在这所房子里。"

"没关系; 阅读。"

他读了：

"'和已进入研究领域以开展业务。仍然是工厂的这件事尚未解决。我对阿尔及农有些担心；在过去的两三天内，他一直感到奇怪。也许他为我着急。不必担心；我很好，很坚强。今天早上他起得很早，我听见他在下面的书房里走来走去。这根本不是他的方式。但是，妻子是否应该因为主人担心她而退缩？阿尔及农对那家工厂非常有决心，但我担心兰利不会让步。你知道他在他那令人愉悦的微笑背后可以多么坚定。"

"康斯坦斯，那封信中没什么？"

"我不知道。这是死者的声音。这些兰里给他妻子的信也是。他们谈到了分歧的话题：两者都不会让步。先生。有时会被无法控制的愤怒所克服。伦纳德，很高兴自我们开始这一询问以来学到了多少东西-我的意思是，这是吵架和先生先生的新证据。脾气暴躁，傍晚爆发异常。哦！这是新证据。"她的脸变了：她看起来像一个在黑暗中突然看到一盏灯的人——一盏明亮而出乎意料的光。"这是新证据，"她惊讶地眼花，乱地重复道。"一切都能解释"，她停下来变白。

"哦！"

她缩回身子，仿佛感到内心突然感到痛苦：她举起手，仿佛向后推了一些可怕的生物。她突然站起来。她颤抖着摇了晃：她拍了一下额头，这种表情对恐怖，惊奇和突然的理解是很自然的。

伦纳德把她抱在怀里，但她没有摔倒。她把手放在他的肩膀上，低下头。

"哦，上帝，请帮助我们！" 她喃喃地说。

"它是什么？博登，这是什么？"

"伦纳德，没有人-没有人-没有人在树林里，只有那两个人-他们吵架了，乡绅比他的兄弟高-我们发现了真相。伦纳德，我可怜的朋友-我的表亲-我们找到了真相。"

她把自己从他身上拉开，沉入椅子里，将脸庞藏在手中。

伦纳德丢了文件。

"康斯坦斯！" 他哭了。因为一会儿，真相在他的脑海中闪过，这个真相说明了一切。可怜的人的绝望，拯救一个无辜者的决心，悔恨使他白天或黑夜都无法离开，以至于他无能为力，在接下来的漫长而漫长的岁月里，什么都不要想；

一种悔使他无法与同伴交谈，这使他失去了所有的乐趣和慰藉，甚至失去了他的小孩子的慰藉。"康斯坦斯！" 他再次哭泣，伸出双手，好像在寻求帮助。

她抬起头，但不抬起眼睛；她握住他的双手。

她小声说："我的朋友，有勇气。"

因此，他们保持了短暂的空间，他站在她面前，她坐在那里，但双手都哭泣着。

"我说，" 他喃喃道， "再也不会发生。那里只需要最后一击-致命的打击。"

"我们被迫继续前进，直到真相传给我们。它来到了我们。这些年来，从对那只怕鸟的老人的记忆中：从一个受过审判的无辜的人那里，他从坟墓里讲话：从被谋杀的人本人那里讲话。伦纳德，这件事在我们眼中应该是奇妙的，因为这不是人的手工。"

他伸出了双手。

"没有。这是对流血的报复。" 她没有回音，但她站起来，用泪水冲了擦眼泪，将文件放在书中，将书合上，再用胶带整齐地绑起来，然后将包裹放在桌子的最低抽屉里。

她说："让它躺在那里。" "明天，如果这笔财产已经过时，我认为它将过去，我们将把它，文件和所有东西都烧掉。"

他看了看，什么也没说。他能说什么？

"我们要用我们的知识做什么？" 几分钟后他问。

"没有。它在你我之间。没有。让我们永远不再谈论这件事。它在你我之间。"

不习惯的眼泪遮住了她的眼睛。她的眼睛充满了真正的女人怜悯。书本生走了，大自然的女人站在了她的位置。她像女人一样，为男人的耻辱和恐惧而哭泣。

"离开我，博登，" 他说。"我们之间有血脉。我的手和我全家的手都沾满鲜血，这就是你自己人民的鲜血。"

她服从了。她转身离开；她又回来了。

她说："伦纳德，过去已经过去。勇气！在那个不幸的人去世之前，我们已经了解了真相。这是一个迹象。原谅的日子临近了。"

然后她轻轻地离开了他。

第十九章

变化的迹象

伦纳德一个人呆着。他把自己扔进椅子上，试图思考。他不能。专心的力量离开了他。过去三周的紧张情绪，再加上发现的完全出乎意料的本质，对于像他这样年轻又强壮的大脑来说实在太大了。甚至没有发现这个发现的恐怖：他试图意识到这一点：他知道应该存在它；但是事实并非如此：他感到的是一种压倒性的解脱感。他在大火前睡在椅子上睡着了。那时大约是星期天中午。他的男人时不时地进来，弥补火势，因为春季仍然很冷，但不会唤醒他的主人。他醒来的时间是晚上七点钟。暮色笼罩着房间。他记得康斯坦斯已经把文件放在抽屉里了。他打开抽屉。他拿出文件和书。他握住他们的手。自从他拥有这些文件以来，这是他第一次没有厌恶这本书及其准确的页面：他也没有最不希望打开它或阅读更多关于这起可恶案件的渴望。他把小包还给了抽屉。然后他意识到自己又因为沉重的睡眠而变得轻松。当他睡着了时，他走进自己的卧室，穿着自己的衣服，就像在床上一样。

他既不饿也不渴：他不想要食物：除了睡觉以外他什么都不想要：他昼夜不停地睡觉，等等。星期一早晨十点钟，他漫长而无梦的睡眠以及正常的饥饿状态使他醒来。

不仅如此，尽管这一发现（悲惨的发现）在他脑海中是新鲜的，但他发现自己再一次可以自由考虑自己喜欢的任何事情。

他穿好衣服，期待着这本书和案子的习惯传票。没有人来。他吃早餐，打开纸。三个星期来，他根本无法阅读这篇论文。现在，令他惊讶的是，他怀着所有惯有的兴趣走上了这条路。他对这本书没有任何建议。他走进书房，再次打开抽屉。尽管没有强迫，但他并不害怕拿出这本书：由于他没有像以前一样被迫打开书本，因此又把书放回去。他说，他只在前一天对它的厌恶就消失了。实际上，他不再理会这本书：就像恶魔的尸体一样，它不再造成伤害。

他转向在写字台上的文件。他的文章中有未完成的纸，上面堆满了被忽略的笔记和文件。他带着新生的喜悦和对完成事情的乐趣的期待着他们。他想知道他如何能够这么长时间地暂停工作。在过去的三周里，有大量的信件，未开封，未答复的信件；他急忙把它们拆开：至少其中一些必须立即得到答复。

一直以来，他都不会忘记这一发现。现在完成了：完成了。奇怪！四二十个小时后，它看起来并不那么恐怖。这项发现似乎是对解释一切的谜团的长期期待。

他坐下，再次清醒过来，试图找出恢复真相的步骤。说出他的想法："我们从两个假设开始，两个假设都是错误的；两者都使人们无法找到真相。其中第一个假设是，他们是快速而坚定的朋友，而目前，他们在某些严肃的事情上处于分歧之中——差异很大，以至于至少在最后一次之前，其中一个变得像疯子大发雷霆。第二个假设是乡绅在树林的入口处转身回家了。无论是在审讯中还是被认为是理所当然的审判。现在，男孩只是说他们是一起走进树林的，一个人独自出来的。

"由于这两个假设，我们势必会在树林中找到某个必须完成事迹的人。这个男孩宣布早上五点半没有人在树林里，他没有看到任何人，只有这两个人进去，直到约翰·唐宁中午进来。那位山寨女人说那天没有人使用那条路。那座空地是如此之轻，以至于两个进去的人一定见过任何潜伏在那里的人。如果我们删除这两个假设-如果我们假设它们进入了木头争吵-如果我们记得其中一个的前一天变得像疯子一样疯狂，如果我们一起给他们十分钟或一刻钟的时间，如果我们记得一个人的超高身高，仅此一项就使打击落在了另一个人的头顶上——如果我们再加上幸存者的后续行为，那就再也没有疑问的余地了。凶手是阿尔及嫩·竞选人，和平正义者，战役公园的主人。"

他冷酷而清楚地推理出了这一切。以至于他在任何问题上再一次没有理由，使他大为松懈，以至于发现的打击和耻辱大大减轻了。他还记得事件发生在七十年前。没有进一步的询问；这个秘密属于他自己和属于君士坦丁堡；而且没有必要与他的家人谈论。

到此时，家族荣誉还剩下什么？当他回想起曾经那白皙的白色魔杖的污点时，他痛苦地笑了。自杀，破产，可怕的泥泞和泥潭，伪造，羞辱和伪装，最后是无法忍受的最终罪行，最后一个罪行也是第一次，一个人被他的兄弟杀死的人谋杀！

门上的一声敲响唤醒了他。麻烦多了吗？他本能地坐起来去见。但是他很镇定 他没想到麻烦。当它来的时候，人们通常会事先感觉到它。现在他没有任何期待。实际上，这只是来自的说明：

"我写信告诉你，你房子的不幸过去了。再也没有了。我确定我在说什么。不要问我我是怎么学到的，因为你不会相信。我们已经被（被杀死的）男人的手引导-而您将不会相信-导致了一切的发现。

"康斯坦斯。"
他认为，"这一发现比所有其他发现加起来还要糟糕。没有更多的不幸？那就没有更多的后果了。她是什么意思 结果必须继续下去。"

您还记得，有一天，某个族长遇到一个麻烦的人，而在他讲完这句话之前，又来了另一个麻烦更多，又一个麻烦更多的麻烦。您还记得这个人是如何来到这里的，一个接一个的信使带来了欺诈和耻辱的供认。

今天下午发生了相反的事情。来了三个；但是没有麻烦的使者，有和平甚至喜乐的使者。

首先是他的堂兄玛丽·安妮。

她说："我来了，有我哥哥的来信。萨姆很抱歉他像他说的那样在这里继续。我不知道他的表现如何，但是当他的脾气和烦恼使他变得更好时，山姆有时会很讨厌。"

祈祷不要让他感到困扰。我完全忘记了他说的话。"

"看来他带来了他对奶奶的宝贵帐单，并向您展示了。他说，他把它放火了，他不是故意的，只是希望你能借给他一点钱。

"我懂了。好吧，我堂兄，这就是全部吗？"

"哦，他谦虚地请你原谅。他说，建设者毕竟已经得到了银行的支持：现在，他将满足于等待他所积累的份额。"

"对不起，他仍然朝着这个方向充满希望。"

"哦！他什么都别想。他已经计算出全部金额：他知道会有多少。如果遗留给您或其他任何人，他都会对遗嘱提出异议。他会把它带给诸位，"他说。

"很好。我们可能会等到遗嘱产生。同时，玛丽·安妮（玛丽·安妮），他似乎忘记了一点。有权对遗嘱提出异议的是他的祖母而不是他本人。他会在法律上如此贫穷以至于不知道吗？"

"他制作了奶奶的标志纸。我不知道她已经签名了多少。他一直在想着要遇到的其他危险，然后他草拟一份文件，并让她作为我的见证人签字。奶奶从不问纸是什么意思。"

签署文件很危险。我堂兄，你一定不能允许它。如果从公园到您家中的家人有什么事，您和山姆一样在意。"

她笑了。"你不认识山姆。他意味着拥有全部。他说他已经准备好了。"

"让我们谈谈其他事情。你的祖母满足于像现在这样生活吗？"

"没有。但是她一直很不高兴，以至于山姆几年来的脾气暴躁和自私似乎并不重要。我今天早上来到这里的部分原因是，我终于安排好了。我昨天和山姆在一起了。我告诉他，他可以继续和母亲住在一起，我会带老奶奶-她太烦了，你不能认为-山姆本该走了，为她保管了一张账单，然后递给你-我能够说服她。奶奶将与我同住-我负担得起-而母亲将继续与山姆。我确实希望，先生。运动，那你有时会来看她。她说，你读过这本书吗？"

"是。我有时会去看她。告诉她。至于那本书，我已经读完
了。"

"那您读这本书好吗？对我来说，这总是使那位老先生如此
伟大和善良-为可怜的无辜者和所有人寻找律师。"

"告诉她这本书已经产生了她想要的所有效果，甚至更多。
"

当她仍在讲话时，弗雷德叔叔突然进来。玛丽·安妮退休了
，为来访者让路，她从家庭形象上认为，这是运动家的一个
庞大而宏伟的标本。

他冲进来。他像地震一样进来，使家具破裂，眼镜嘎嘎作响
，相框摇晃。他表现出最愉悦，快乐，仁慈的气氛。没有人
会显得更快乐，更仁慈，更满足于自己。

"祝贺我，亲爱的男孩！" 他哭了，提供了世界上最友好
的帮助。伸出的那只手得到了很好的宽恕。最后一次对话被
遗忘，并从记忆中消失。"巴洛兄弟得救了！"

"哦！您如何保存它？"

"我会告诉你如何。对于澳大利亚企业而言，这是最幸运的
一招。避免了一场全国性灾难。"

"确实！我从您的上一次沟通中得知，生意是-好吧，不值得储蓄。"

"不值得存钱吗？我亲爱的伦纳德！这是巨大的-巨大的！"

伦纳德无论何时想到，仍然会因为前锋的这种突然变化而变得神秘。他是什么意思？

"我立即回到澳大利亚，把事情放在正确的位置。"

"哦！毕竟，您已经在这个城市建立了公司！"

"不，"他回答了决定。"这座城市有了机会，却拒绝了机会。我离开这座城市感叹自己短视的拒绝。我为这座城市感到抱歉。我现在回到澳大利亚。巴洛兄弟的公司可能会变得引人注目和巨大，或者它可能继续是沙丁鱼和熏黑的供应商，或者可能变得粉碎。"

这时他的目光落在了一封信上。这是该案的文件之一；实际上，这是约翰·邓宁的备忘录中来自澳大利亚的来信。偶然地，它并没有被其他人丢弃。他在印章上看到了标语："约翰·邓宁的儿子"。

"约翰·邓宁的儿子？"他问。"约翰·邓宁的儿子？"

"这是一个古老的故事。您的祖父曾帮助约翰·邓宁早年生活。" 伦纳德拿出信。"他的家人写信来表达对已故约翰·邓宁对家人的一般感激-事后感激。您想阅读吗？"

弗雷德叔叔读了它。他活泼开朗的表情变得严肃起来，甚至在体贴的时候都显得严峻。他把信折好放在口袋里。

"请假，" 他说。"亲爱的男孩，唐宁犬是该殖民地最富有的人。我是一个人造人。他们的感激只会温暖我的心。它再次激发了人们对人性的古老青年信念。有了这封信-有了介绍-巴洛兄弟消失了。该死的沙丁鱼盒子！返回澳大利亚，幸运地笑了。我的男孩，告别。有了这封信，我明天就会开始。"

"停止，停止！" 伦纳德哭了。"巨大的业务怎么样？节省撒沙丁鱼的重要棚户区怎么样？"

弗雷德叔叔看着他的手表。

"但是你说你已经保存了-怎么了？"

他又看了看表，"我只有时间" - "保持……啊！最重要的约会 下周我将去澳大利亚。在出路时，我将在几章中给您介绍巴洛兄弟的概念，这是构想，第一盒沙丁鱼，简陋的小棚屋，实现，百万富翁。小说不会再令人兴奋了。"

"但是您放弃这项艰巨的任务吗？"

"我放弃了。为什么？因为更简单的方法是开放的。如果我不采取更简单的方法，我应该比人类更重要。"

"你要去拜访先生。用口袋里的那封信来催款？"

"我要去，先生，将自己投入感激之怀。人性！人性！感激之情，人性是多么可爱！"

伦纳德咕了一声。

他说："我不确定，我给你那封信是正确的。"

"您可以重新找回它。我知道内容。现在，我亲爱的侄子，我只需要履行一项小职责-我就提到了酒店账单。我的兄弟发现了赚钱的机会-克里斯托弗一直是自私的野兽，但他与那笔钱分道扬的语言是不可原谅的。他拒绝了酒店账单。"

"所以你来找我。我为什么要付你的酒店帐单？"

"除了我已经将酒店职员作为议员和绅士转介给您的事实外，我没有其他理由知道。"

"您回到家，吹嘘自己的财富，挨家挨户。"

"你忘了-积累-"

"然后你以坦白的谎言告终。"

"您的意思是将最好的脚向前走-在成功的叔叔令人羡慕的光芒下展示自己-现代的吊床"。

"你向人民征收钱吗？"

"我在积累中借用了我的回归利益"。

"我会付清您的账单，但您会付清账单。多少钱？"

弗雷德叔叔说出了金额。这是一个错综复杂的过程。

"我的妈呀！男人，你一定是在香槟里洗澡的。"

"有香槟了，"弗雷德尊严地回答。"我必须支持我的立场。城里人与我共进午餐并与我共进晚餐。我们讨论了巴洛兄弟喜剧中的第四幕-实现。至于账单，我是借钱的。"

伦纳德坐下来写了一张支票。弗雷德叔叔接过书，看了下来，将它折叠起来，遗憾地叹了口气，说他没有给钱加倍。

"谢谢。"他说。"该行为是不愉快的。但最主要的是要得到支票。我一直感觉到的，即使我从百分之六十的旧款中脱颖而出。好吧，我回到了迄今为止荒凉的土地上。再见，我的侄子。我要晒太阳：我要打板球，无论意味着什么：我要发胖：我将在阳光下发胖-悉尼的阳光非常发胖-感谢和悉尼百万富翁的慷慨。"

他扣上外套的扣子，走来时响亮而响亮的脚步声消失了，家具破裂了，画框嘎嘎作响。到目前为止，伦纳德还没有得到关于巴洛兄弟之谜的应有的解释。也没有退还该支票。这家人还有一份荣誉。是克里斯托弗（），著名的博学顾问。

他也离开了哥哥半小时。

他说："我来了，首先是警告您不要再为欺诈提供或借钱了-我的兄弟弗雷德。"

"那么，你太迟了。我已经付了他的旅馆帐单。您已经支付了他的通行证-"

"不，我付了他的旅馆帐单；你付了他的通行证。"

"那好吧！只要他走-"

"我付了他的旅馆帐单，因为他威胁要进城并揭露我的真名。"

进城？他在这座城市能做什么？他在城市认识谁？你的兄弟
只是谎言和谎言。如果他真的走了有什么关系？"

"他必须走了。除了你和我之外，没有人会借钱给他。他来
时就走了-澳大利亚富人。他已经答应我的人民按照他的意
愿使他们致富：他暗示了一种无法治愈的疾病：他永远告别
了-我的口袋里有我的支票！"

"让他走。您还有其他话要说吗？"

"是。那是我的事 他们都知道，莱纳德。"

"他们都知道吗？谁告诉他们的？"

"我和妻子和女儿度过了一段糟糕的时光。但他们都知
道 那只斗气的小野兽在屋子里叫来，上楼，并告诉他们一
切。然后他咧嘴笑了。有一个可怕的场面。"

"所以我应该猜。"

"是。没关系，最后。我以极大的麻烦说服他们，这个职业
比教会更加圣洁。我提出了事实-荣誉和荣耀-秘密传播和培
养更好的品味-更高的标准-使命-高尚的美学-收入-尤其是收
入。"

"这将是一个严重的因素。"

"是。我指出了教育方面–演讲的进步。所以他们一点一点
地转过来。然后我主动提出要回到酒吧，使事情变得艰难。
在这种情况下，我告诉他们，我们应该住在牧羊人的灌木丛
中，一年半要花40英镑，而阿尔及农则以每周15先令的价
格进入该市，成为一名书记员，这超出了他的真实价值。
"

"好吧，既然表现很好，我向你表示祝贺。当然，职业会继
续吗？"

"当然。但是我承认我对阿尔及农的常识感到惊讶。他将立
即进入酒吧：他将加入我的行列；从此以后，这个家庭将有
两名成功的律师，而不是一名。"

"那受到威胁的情况又如何呢？"

"阿尔格农去看了野兽。他要向他保证，如果不加任何提示
或暗示，每个人都应该知道他（野兽）在哪里购买故事，诗
歌，诗词和晚餐后的演讲。阿尔及尔农全力以赴。先生，为
什么男人是个骗子，这是常见的骗子！他买了一切！"

因此，在向真理和诚实致敬的过程中，其他人的演讲织法逐
渐消失。仅在伦纳德的前一天会因另一次羞辱而厌恶地收到
此通讯。欺骗的方式-假装的生活-保持开放。这本来是更多
家庭自尊心的破坏。现在什么都没有了。他的堂兄阿尔及农

（ ）掉进去的现成方式的伪装，属于别人，而不是他自己。像他一向认为并相信它的家庭荣誉已经消失了，粉碎成碎片。像其他每个家庭一样，战役者的房屋也腐烂了。它的枯枝；它的分支和卑微的分支；其不诚实的分支。

没有一个家庭像男人那样总是男人，女人们总是无可指责。寻找隐藏的事物的重担落在了他身上：魔杖上的污点，过去的丑陋故事：贫穷的关系和不值得的关系。这一发现从一开始就羞辱了他：这迅速成为了他本人和外界的东西。弗雷德叔叔可能是骗子和欺诈者。很好。对他来说没关系。克里斯托弗叔叔是个装腔作势的人，是个骗人的人，这有什么关系？东端的律师是一个不以名誉和诚实装扮的人，这有什么关系？他们因血缘关系属于他；但是他仍然是他自己。

只剩下一件事。现在，即使是那种恐怖也比第一次启示的屈辱更能容忍。这是犯罪的可怕故事，而且有70年的无期徒刑，因为没有人能赎罪或使之成为现实。

人们祈求宽恕-"在我们的罪孽之后都没有奖赏我们。"

应该有另一种较少的自私的祈祷，使所有人都仿佛从未犯过罪孽：应将罪孽的后果保留，奇迹般地保留-因为，但要创造奇迹，他们必须走自己的路根据自然的伟大法则，除了过去的记录所施加的条件外，什么也不会发生。罪人的梦想是，他将被宽恕，直奔白衣之地，永远保持安宁，而下子孙后代则在痛苦中受苦-愚蠢的必然后果和他的罪行。因此，每个灵魂都自己站着或跌倒，但是在它的地位或跌倒中它支撑或拖累了子孙。

当年轻人独自一人坐下来时，这些念头和类似的这些念头涌入了年轻人的脑海–犯罪的档案被锁在抽屉里–他堂兄的卑鄙推到了一边–犯罪所造成的影响不大不只是记忆和持久的可惜。伦纳德所需要的一切都变得对他而言，就是不知道这句话意味着什么的坚守。到目前为止，他几乎没有怀疑过这对他带来的改变有多大。

第二十章

他最后讲话
真的是探视的最后一天吗？惩罚或后果，不会再有其他了吗？

惩罚或后果，无关紧要。在这一多事的一天，发生了另一件事。它来自祖先管家的电报。

请尽快下来。有变化。"

改变！当一个人九十五岁时，他的朋友们会期待什么改变？伦纳德把电报送到了康斯坦斯。

他说："我认为，这一定是终点。"

"这肯定是结束。您将每天一次去。伦纳德，让我和你一起去。"

"您？但这只会让你难过。"

"如果我能在他去世之前接受他，这将不会让我感到困扰。"

"您给我发了一条消息。您怎么知道这是一条消息？"

"我知道这是一条消息，是因为我用肉眼清晰，明亮地看到了它，并且因为我听得清清楚楚。夜里来到了我的身边。我以为是梦。现在我认为这是一个信息。"

"你说所有的不幸都过去了。像您的信息一样，这是一个梦想。现在我们收到了这封电报。"

"为什么-您称这为不幸？除了终点，我们对那个可怜的老人有什么更好的期望？"

他们立刻开始；他们赶上火车，将他们降落在最近的七点之前。那是早春的一个晚上。太阳下沉，万里无云的天空充满了和平与光明，空气柔和而芬芳。没有树枝的沙沙声，连鸟儿都安静了。

康斯坦斯柔和地说，"这是终点，那就是和平。"

自从他们一起出发前往车站以来，他们一直没有说话。当一个人知道他的同伴的思想时，需要什么话语？

目前，他们从马路转到公园。恰好相反，在七十多年前的一个阶梯上，有一个人正走向死亡之路，而另一个不幸的是，正走向毁灭之路。

"让我们在这个地方坐下，"伦纳德说。"在我们继续之前，我有话要说-我想在与最不高兴的男人面对面之前先说一下。"

康斯坦斯顺从并坐在阶梯上。

"当我们来到这里之前，"他严肃的声音和严肃的眼睛开始说，"我对羞愧和发现家庭不幸感到新鲜。我们谈到了先祖的罪过，吃了酸葡萄，以及先知的安慰-"

"我记得每个字。"

"很好。我想，当我说我很高兴我发现了这个致命的家族史及其所带来的一切-一连串的罪恶与耻辱时，我会很高兴，康斯坦斯，是的，尽管这导致了一种迷恋或占有，在此期间我无法想到其他任何事情。"

"你现在怎么想？父亲的罪过是在子孙身上吗？还是先知是
对的吗？"

"与您一起，我看到无法避免父亲的生活和行为所带来的后
果。"第三代或第四代"一词绝不能从字面上理解。他们的
意思是，从父子到子都有一个连续的事件链，这些事件相互
联系在一起并且密不可分，并且总是塑造并导致随后发生的
事件，尽管我们不了解过去，也看不到形成该链的联系。在
更高的阶段，人类将避免某些事情，而完全通过考虑它们对
跟随者的影响而被其他事物吸引。堕落者将对自己施加惩罚
，因为他们必须怜悯和怜悯，没有孩子继承自己的耻辱。"

"你把我自己的想法说出来。但是关于孩子们，我不太确定
。他们的耻辱可能像奥古斯丁一样使自己的罪恶成为阶梯。
"

"除了后果的继承外，没有什么比事实的继承更真实的了。
即使有罪恶感，有时也倾向于采取某些行动。这位医生说：
"没有什么比喝酒更具有遗传性了。" 所以我想其他方向
可能有遗传倾向。有些人（我认识一些人）无法坐下来做稳
定的工作；他们必须躺在阳光下 他们必须面包；他们有一
种玻璃体病，一种顽固的疾病，如懒惰，精神和身体都无法
治愈。有些人似乎无法保持诚实-我们都知道这种人的例子
；有些人可能无法说出真相。伦纳德继续说，我的意思是通
过将游荡的思想置于争论的阵线中来清除自己的思想， "是
诱惑的责任-这种倾向被继承了，但强迫一个人行动的必要

性并没有得到继承；那是由于他自己。先知又怎么说？"我活着，主神说"-主神说。它是宏伟的；认真的程度真是可怕。他宣布了灵感；主通过他的誓言"我活着，主神说"，巩固了他自己的话，也确实增强了他自己的话。您能想象得到任何更强大，更大胆的东西，但随之而来的永恒真相吗？"

演讲者的声音颤抖；他的脸颊被夕阳照着，闪闪发光。西方天空的光芒充满了他的眼睛。像女人一样的君士坦丁堡，站在站在那里的那个男人对她的眼神发抖。

"作为父亲的灵魂，儿子的灵魂也是我的；耶和华神说："如果一个人行了合法而正确的事，他必定活着。"

""主神说！伦纳德重复道。"一个可以如此归功于自己话语的人的信念一定是什么？如何表达他的信仰和洞察力的深处？"

"他确实相信他听到了主的声音。"

"我们为彼此而生活，"伦纳德返回。"我们认为我们自己站着，我们被祖先的工作所振奋；我们说话好像我们一个人住，而我们只是链中的联系；我们形成了，我们形成了；我们是伪造的，我们是伪造的。我就像一个站在人群中，到处走动的人，但始终相信他独自一人在山顶上。"他沉默了一阵子。目前他继续。他说："犯罪之后的一切都是后果。

实施该行为的人从世界上退休；他抛弃了世界；他放弃了职责；他把孩子们辞职给别人。其中一个人出海了；他被淹死了；其他人被他淹死了-那只是结果。他的女儿，被忽视和受过良好的教育，与一个庸俗的冒险家逃跑了，她带她去找一个英勇的绅士，这就是结果。他的儿子发现了可怕的事实并自杀了。他的儿子没有父亲。他们中的两个陷入邪恶的方式-这是结果。我自己的父亲去世了，但还没有年轻到只给我一个婴儿的年龄，那是不幸的，但不是后果。换句话说，就是坚守不屈，那个老人的罪恶已经被孩子们看到了，但儿子的灵魂却一直像父亲的灵魂。那就是整体的总和和实质。后果仍在我们身上。在商业道路上的那个可怜的女人仍然处在她带来的贫穷炼狱中。她的儿子现在是，并将继续他的现状。她的女儿高于周围的环境。"主神说，她一定会活下去的。" 我的两个叔叔将以自己的方式走到最后，所以我想我自己也可以。"

他停下来了；光线从他的眼睛里消失了。他再次在外表上成为了他以前的自我。

"就这样，伦纳德？"

"就这些。我希望您能理解到最后（如果这是最后），我希望对那个老人没有任何想法或责备的感觉，而只是对片刻的致命行为和长达70年的长期惩罚感到同情。你打他的祖先-"

"只有以那个祖先的名义得到宽恕，并且怜悯与您相同并且与您相同的情况。来吧，伦纳德：也许结局已经来了。"

他们从断的门和被毁的小屋进入公园。

康斯坦斯说："我一直在寻找这样的电话。" "今天早上，我向您发送了该消息。我知道这是一个真实的信息，因为突然间，我深深地平静了下来。我所有的焦虑都消失了。我们是如此的痛苦"-她说得好像房子也一样。——"由于麻烦和预感，伴随着这样的祸患和谣言，当他们突然消失时，我意外地知道时间已经过去了。"

"你是一个女巫，康斯坦斯。"

"很多女人都在感兴趣的时候。哦，伦纳德！悲伤，无奈，喜悦永远总会终结的幸福！最后，甚至必须是惩罚或后果的终结。" 她抬头转过身来。"夜晚是如此宁静，看着西方的荣耀，如此宁静，人们无法相信风暴，冰雹和霜冻。对于我们来说，这似乎意味着宽慰，而对他而言，则是宽恕。"

的确，一切依旧。当他们走过公园的草皮时，甚至连自己的脚步声都没有。当他们看到房子时，房子被沐浴在西方的色彩中，每一扇窗户都燃烧着生活的乐趣，而不是死亡的绝望。但里面有一个垂死的人。

康斯坦斯说："死亡快到了，请原谅他的翅膀。"

有消息说大厅里有一个"变化"（这个词意义重大）到达了村庄。人民的骄傲，因为英格兰没有其他村落会成为一个隐居者，他自己一个人住在一栋大房子里，任由一切沦为腐朽之物。在周日的早晨，陌生人不会从最近的城镇和周围的村庄蜂拥而至，而是在墙上摆满高大的稳健的身影，在各种天气下以固定的摆幅在露台上步调。在召唤的村屋里，人们很早地聚集在一起，听，说，耳语他们所听到的。

然后，这个古老的故事复活了-这个故事几乎已经超出了人们的记忆-这个可怜的绅士，那时还不到30岁的年轻绅士，如何拥有自己的高尚脾气？记得-他的妻子和姐夫在一天之内迷路了，再也没有举过头，也没有出门，也没有注意到男人，女人或孩子，也没有拿枪，既不叫狗，也不骑猎犬，也不去教堂。

这些回忆在村屋的肮脏的小房间里被传了千遍。他们像房间一样讨厌啤酒，烟草和湿衣服。他们用同样的话被告诉了七十年。到目前为止，它们是最有趣的富有想象力的作品形式-故事无止境。现在结局已经到来，不再有什么可说的了。

故事结束了。然后门开了，奇特的鸟类吓到了。他进去，小心翼翼地关上了门。他环顾整个房间。他用两根棍棒勇敢地支撑自己，他开始说话。

"我们都是朋友吗？所有朋友？这里没有人会带东西给那个年轻人？没有。"

"喝半品脱，托马斯。"

"请假。目前。我明天或第二天要帮忙挖坟墓。我们都必须去做。因此，为什么不呢？"

他看起来很重要，如果他能找到一种表达方式，显然还有更多话要说。

"我们都在想同一件事，"他开始说道。"是那位老乡绅很快就要死了，只要我记得他如何七十年没有离开过这个地方。为什么？因为有一个男人被谋杀，一个女人死了。该男子被谋杀了谁？乡绅的子。谁杀了他？他们说，约翰·邓宁。约翰·唐宁（　），他受到审判，下了车，就走了。谁杀了那个人？约翰·邓宁没有。为什么？因为约翰·唐宁（　）之后两个小时没去树林了。我说谁杀了那个人？"

这时他接受了那杯啤酒的款待。

"我知道是谁做的。我一直都知道。除了我，没人知道。这些年来我已经知道了；我从来没有告诉过 为什么呢？他也会杀了我 可以肯定他会杀了我。那是谁 我会告诉你。那个人躺在那儿。那是乡绅本人-就是那个人。整个早晨，除了乡绅和另一位绅士，没有人在树林里。我说，乡绅做到了；乡绅和其他人。乡绅做到了。乡绅做到了。"

他们惊讶地看着对方。然后铁匠起身，他庄严地说：

"托马斯，您已经八十岁了。你从小就傻了。您和您的乡绅！我记得父亲说过的话："乡绅，他离开了先生。福尔摩在木头上转过身来。那是在审讯和审判中的证据。您和您的乡绅！托马斯，回家，上床睡觉，让记忆再次恢复。"

托马斯再次环顾整个房间。所有人的面孔都很坚硬，没有同情心。他转身走了出去。以后的日子很少，也没有什么邪恶的，因为他什么也别说，也没人听从他那卑鄙的言论。当然，如果村庄里有一个疯人院，他会被关在那儿。扣留证据恶作剧的致命例子！现在，这个男孩在询问时明确表示两个绅士在一起在树林里呆了十分钟或一刻钟，所以不知道会发生什么。

托马斯没有回家。他朝着大厅的方向转了转脚步，他步履蹒跚地带着目的走了过去。他的嘲笑和嘲笑受到了他的启示。也许在另一个地方会受到更多的尊重。

管家在敞开的门上遇到了伦纳德和康斯坦斯。它整天都敞开着，好像要把翅膀盘旋在附近的客人入场。

这位女士说："他在图书馆里。"她的围裙一角擦掉了女仆们总是会碰到的眼泪。"我希望他上楼去睡觉，但他不理会。他几乎整天都在图书馆里。"

"他今天早上吃完早餐了吗？"

他像往常一样吃早餐，然后像往常一样出门，像柱子一样直立行走，看起来像以前一样坚强和辛苦。过了一会儿，他停了下来，浑身发抖。然后他转过身去室内。他走进图书馆，在火炉前坐下。"

"他说话了吗？"

"一言不发。我给他喝了一杯酒，但他只是摇了摇头。我一点钟给他吃晚饭，但他什么也吃不了。目前他喝了一杯酒。我四点钟把他的茶拿给他，但他不会碰。只有他喝了另一杯酒。自从早上以来，这就是他所拥有的。现在他正坐着翻倍，脸上的表情糟透了。"

他们轻轻地打开了图书馆的门，走进去。他没有"双倍坐着"：他躺在破烂的旧皮椅上，伸出来-他的长腿伸出，双手放在椅子的扶手上，宽阔的肩膀和巨大的头向后躺着，即使在腐烂中也很漂亮，像秋天那样富丽堂皇。他的眼睛睁开，直盯着天花板。正如管家所说的那样，他的脸很"运转"。它谈到了一些内部斗争。他在疲惫的大脑中战斗是什么？

女孩低声说："伦纳德，脸上没有绝望。这不是反抗。看！令人怀疑。他有些无法理解的东西。他听到耳语。哦，我想我也听到了！我知道他们是什么，他们是谁。" 她拉下了面纱掩藏了眼泪。

现在太阳下山了。昏暗的阴影笼罩着大房间的角落，一排排的书看上去很幽灵。西方的光线开始下降，颜色开始褪色。炉子里一年四季都燃烧着火。火焰开始在房间周围闪烁着光影。他们照亮了老人的脸，他的身材似乎清晰而分开，好像房间里只有他自己。不，好像没有房间，没有家具，没有房子，只有法官在场的那个唯一人物-无言以对的存在。

他的脸在变。管家说了实话。蔑视和固执正在消失。是什么取代了他们？到目前为止，除了怀疑，痛苦和麻烦之外，什么都没有。至于窃窃私语，没有证据表明有窃窃私语，除非那个女孩以信心的耳朵听到了。伦纳德上前弯腰弯腰。

"先生，" 他庄严地说，"你认识我。我是您的曾孙-您的长子的孙子，您的长子因发现了秘密而自杀，这是您的秘密。他再也无法忍受和生存。我是他的孙子。"

这些话很简单，甚至很残酷。伦纳德希望他们不要犯任何错误。但是，尽管如此，它们仍然没有效果。老人的眼中甚至没有一丝微光表明他听到了。

"你九十五岁了，"伦纳德继续说道。现在该说话了。我带来了一个让我回想起悲惨回忆的一天，如果你曾经忘记的话，那一天就是你一次失去妻子和姐夫的日子。你从未忘记过那一天，对吗？

老人没有回音。但是他闭上了眼睛，也许表明他拒绝听。

"先生，我有话要告诉你。它是您从绞刑架上救出的那个人——您是在谋杀案中获救的无辜的男人。他从死床上发来了一封信息-感激之词和祈祷之词。您所做的善举已经成长，结出了一百倍的果实-您的善举。让那个人的感激之情为您带来安慰。"

老人再也没有发出任何信号。

这时，意外的中断发生了，因为门被打开了，一个村民的男子吵杂地走进来。七十年前，他是那个曾经打鸟的男孩。

"他们告诉我"-他对伦纳德说，但他看着椅子上的那个人-"你在这里，他们说他终于要去了。所以我来了 我介意你说的话。从来没有一个嫌疑人吗？那就是你说的 我现在不在乎他。" 他英勇地点点头。"他不会伤害任何人，不会再伤害其他人。"

他风湿无力地跨过房间，坐在椅子前，把棍子放下，地板上有一个颠簸。

"没有人怀疑吗？" 他环顾四周，举起手指。

他怀疑。他知道。

"老人" -他直接向沉默寡言的人讲话- "谁做了这项工作？你做到了。没有人做。没有其他人无法做到。是谁做的？你做到了。树林里没有其他人，但是在约翰·邓宁走来之前是你。

伦纳德拉住他的手臂，带领他毫不抵抗地走出图书馆。但是他继续讲故事，好像他不能经常说出足以满足自己良心的故事一样。

"我一直想在我去世前一天告诉他。现在我已经告诉他了。我也告诉了所有人-所有的人。我为什么要继续将其收起并隐藏起来？他应该早就摇摆了，应该。他也会。尽管他已经九十岁了，但他仍将。是谁做的？是谁做的？是谁做的？他做到了。他做到了。我说，他做到了。"

当伦纳德把他带到门口时，他们听到了他的声音。当伦纳德关上他的门时，他们听到了他的声音，用一首高龄的歌曲重复他的克制。

"什么事？" 伦纳德说。 "让他在全村唱起重担。时间已经过去了，他可能会受伤。"

但是老人仍然好像没有听到任何声音。他仍然完全无法通行。甚至狮身人面像也不能更坚定地致力于不背叛情感。现在他激动了-也许是因为他被感动了；他艰难地站起来；他坐在椅子扶手的支撑下，身体在沉重的头和宽阔的肩膀的重量下弯曲，即使对于那个巨大的框架来说，最后也太沉重了。他的头微微弯曲。现在，他的眼睛深陷，注视着红火燃烧的煤，一年四季都燃烧着，使他温暖。他的脸被硬线勾勒，在火光下像绳索一样突出。他那浓密的白发躺在肩膀上，长长的胡须落在他的腰上。

因此，他已经七十岁了，他的早期成年慢慢地进入了人生的尽头，而第一次衰败则用细小的灰色条纹抚摸着他的锁，而早年落在了他身上，他的脸变得皱了皱，而他的眼睛沉没，他的骨脱颖而出，而他的牙齿掉下来，他的长脸缩短了，古老的美貌消失了。所以他一直待在被忽视的孩子长大的时候，而后果却落在他的房子上，对外界一无所知，尽管外部世界围绕着他，新的思想，新的理想，新的标准以及一个新的文明。我们称之为十九世纪的伟大革命围绕着他而进行，他一无所知。他的出生年龄是18世纪，一直延续到乔治四世时代。如果他在漫长的一生中完全没有思想，那么他的思想就如同他出生时的思想一样。

他有没有想过？日复一日，他能想到什么，一个又一个，又没有变化。春天接而来的冬天却无所顾忌；既冷又热的人都感觉不到。没有书，报纸或朋友的声音来带动心灵或打破单调的日子吗？

教堂的锚点可以祈祷；他唯一的职业是祈祷，与魔鬼搏斗。由于这个乡间别墅的锚点无法祈祷，因此白天和黑夜都留下了他的后代资源。无疑，经过七十多年的发展，这项职业一定很累。

伦纳德继续说道："说话。"

老人没有任何迹象。

那就说吧。说话，然后告诉我们我们已经知道的事情。"

仍然没有回复。

"你受了这么长时间。你使赎罪变得如此可怕：现在该是说话了，要说出来并结束它。"

他的脸明显变硬了。

"哦！没用，"伦纳德绝望地喊道。"就像走进一堵砖墙。先生，您听到了我的声音，您明白了！您无法告诉我们我们还不知道的一件事。"

他做出了绝望的手势，后退了一步。

然后康斯坦斯自己上前了。她把自己扔在他的脚下；像希腊的恳求者一样，她紧握膝盖，缓慢而轻柔地说话：

"你必须听我说。我有权听到。看着我。我是兰利·霍尔姆的曾孙女。"

她掀起了面纱。

老人大声尖叫。他抓住椅子的手臂，坐直了。他盯着她的脸。他浑身发抖并发抖，以至于在摇晃大框架时地板也发抖发抖，桌子和挡泥板上的盘子嘎嘎作响。

"兰利！" 他哭了，只见她的脸-"兰利！你回来了。最后-最后！"

他不明白这是一个活着的女人，而不是一个死人。他只看到她的脸，那是兰利本人的脸。

"是的。" 她大胆地说。兰利回来了。他说你受够了苦。他说他早就原谅了你。他的妹妹原谅了你。兰利说，一切都被原谅了。在上帝的面前说话-说-谁知道。是你的手谋杀了兰利。说话！您用额头上的球杆击打了他，使他死了。当他被带回家死后，您的惩罚从您妻子的去世开始，并一直持续到现在。说话！"

老人机械地摇了摇头。他试图说话。好像他的嘴唇拒绝说出这些话。他沉回到椅子上，仍然凝视着脸，颤抖着。最后他说话了。

他说："兰利知道-兰利知道。"

"说话！" 康斯坦斯命令。

"兰利知道-"

"说话！"

"我做的！" 老人说。

康斯坦斯跪在他面前跪下大声祈祷。

"我做的！" 他重复了。

握住他的手，吻了一下。

她说："我是兰利的孩子。" "以他的名字，你被原谅了。哦，漫长的惩罚结束了！哦，我们都原谅了你！哦，你受了这么久很久！最后-最后-原谅自己！"

然后发生了一件奇怪的事情。在年老的时候经常会发生这样的情况，在死亡的那一刻，青春的重现降临在脸上。老人的脸变得年轻。岁月不复存在 但是对于他的白发，你会以为他又年轻了。乌鸦的脚，皱痕和犁沟的坚硬线条消失了。青春的柔和的色彩再次出现在他的脸颊上。哦，好男人-一个男人的灿烂面孔和身材！他站起来没有明显的困难。他用手握住脚趾，但在没有支撑的情况下站起来，耸立在他六英尺六英寸的身体上，挺拔而结实。

"原谅？" 他问。"有什么要原谅的？原谅自己？为什么？我做了什么需要原谅的事情？兰利，让我们走进树林，让我们走进树林。亲爱的，我听不懂。兰利的孩子不过是怀抱中的婴儿。"

他的手掉了。他本可以倒在地上，但那伦纳德抓住了他，轻轻地将他放在椅子上。

康斯坦斯说："这是结局。""他承认了。"

到此为止。隐士死了。

第二十一章

意志

伦敦的一篇晨报专门发表了一篇关于现代隐士的文章。以下是这位优秀领导者的文章：

"隐士或隐居者早已从路边，桥头，河岸消失了。就像在沃克沃思（ ）一样，他的偏僻有时仍然存在，但古老的住所却不见了。上个世纪蓬勃发展的怪人接而来，并采取了许多奇怪的形式。有些人一个人住，每个人都住在一个房间里；一些人变成了流浪者，在夜里悄悄溜走，以捡起内脏作为食物。有些人住在空心的树上；有些人从来没有洗过，不让房子里的东西被洗过。上个世纪的怪人没有荒唐可笑的荒谬做法。

"由于社交礼仪的作者可能会发现的原因，古怪的人大多跟随了这个隐士；一无所有。因此，已故的阿尔及农运动者，巴克斯运动者公园，十八世纪的怪人的生活将为现代私人生活的枯燥而单调的编年史提供令人愉悦的例外。

"这位名副其实的乡村绅士，有着良好的家庭和庞大的财产，在成年后很早就结婚了，在21岁左右继承财产。他的身体很好。他是人类的典范，身高超过6英尺，框架比例很大。他经历了公立学校和大学的常规课程，并非没有区别。他被叫到酒吧去了；他是地方法官；并且他被认为有野心从事国会事业。一言以蔽之，从来没有一个年轻人在他提议的任职方向上拥有更光明的前途或拥有更好的成功机会。

"不幸的是，一次悲惨的事件炸毁了这些前景，并摧毁了他的生活。他的姐夫，自己的地位和地位的绅士，以及他最亲密的朋友，在公园参观期间遭到残酷的谋杀，但从未被谋杀。这一事件的震惊带来了先生的年轻妻子。争取早产，并在同一天杀死了她。

"这种不幸使不快乐的人感到沉重，以至于陷入了绝望的境地，从此他再也没有团结起来。他从世界自愿退休。他独自一人住在他的大房子里，一生中只有70岁，没有一个老太太作为管家。在整个这段时间里，他保持了绝对的沉默。他一句话也没说。他忽略了他的事；当绝对需要他签名时，他的经纪人将文件留在桌子上，第二天发现文件已签名。他不会对房子做任何事。据报告，精美的家具和高贵的画作被潮湿和寒冷破坏了；他的花园和玻璃屋长满了，被摧毁了。在各种天气下，他都花了整个上午在砖砌的露台上走来走去，俯瞰着被毁的草坪。他一点钟在牛排和一瓶港口进餐。他整个下午都睡在火炉前；他九点上床睡觉。他从未打开过书，报纸或信件。他粗心大意他的孩子们，他拒绝见朋友。很难想象会有更多的忧郁，无用的存在。他的这一生经历了七十年，没有任何改变。当他去世的前一天，那是他九十五岁生日。"

更多的跟随，但是这些是呈现给读者的事实，有道德可循。

他们"肯定且有希望地"把老人和他的祖先葬了。如果惩罚可以弥补犯罪，也许这句话可能是过去的，因为他已经受到了惩罚。给他带来了宽恕的讯息，但是他能原谅自己吗？各种罪恶都可以原谅。被谋杀的男人，羞辱的女人，受过虐待的孤儿，汗流背的女工，被毁的股东，无辜的男人因伪证而被判处死刑或监禁的人都可以怜悯地举起他们的手，并原谅他们的眼泪，但他们会有罪的人原谅自己吗？直到他能看见新耶路撒冷的光荣街道漆黑，竖琴的声音和赞美的声音只会是一种混乱的声音，新的生活本身无非就是无法忍受的旧负担的延长。

"尘归尘，灰归灰。"

然后他们走了，当他们都走了之后，那只旧的-鸟匠倒在坟墓里，望着它，喃喃地说，但不是大声，因为担心坟墓里的那个人会出现并杀死他：

"你做到了！你做到了！你做到了！"

葬礼晚会回到了这所房子，这是七十年来第一次在那张桌子上摆着桌子。所有人都在那里。那个古老的女人，那个死者的女儿，身着黑色丝绸和蕾丝，带着公爵夫人的身姿，站在她侄子的胳膊上，庄重。弗雷德和克里斯托弗这两个孙子；后者的妻子和子女；先生。塞缪尔·加利和玛丽安妮的妹妹；和康斯坦斯，死者的曾孙女。与他们一起来的是经纪人，他是邻近城镇的律师。

午餐后，经纪人出示了遗嘱。

他说："这份遗嘱是我的曾祖父在1826年制定的，正好在悲剧发生后一个月，这一事件如此沉重地困扰着他的委托人。"

"他的思想正确吗？" 山姆问，变得非常红。"我不带偏见地问这个问题。"

"先生，他一直在正确的头脑中。他不会说话，但有时他会写。从任何意义上说，他从没有到尽头。我有70年来年复一年地收到他的来信和指示-我的公司已经为这个家庭服务了100年-如果受到质疑，这将建立他的完整理智。"

"好吧，意志，" 山姆说。"让我们随心所欲。"

"我会读遗嘱。"

就一个有钱人的意志而言，这是比较短暂的。但是，其中有一个条款，使伦纳德好奇而好奇地瞥了一眼康斯坦斯。

萨姆说："我不明白。" "还有东西给我-"

"不，先生-对您的祖母。对你来说，什么都没有。"

"这是同一件事。她的是我的。"

"不，"有尖女士僵硬地说。"我的孙子，你会发现你错了
。"

"好吧，"山姆不安地说，"无论如何，你都有一份。我想
知道的是该条款关于某人的继承人的含义。他们和它有什么
关系？"

伦纳德说："也许吧，请您解释一下遗嘱。"

"当然。立遗嘱人在遗嘱中遗赠一定数量的个人财产。财产
部分包括投资资金，主要是他母亲的财产。由于他是独生女
，所有这笔个人财产归他所有。其中一部分包括伯克利广场
上的一栋联排别墅，另一部分则不包括母亲的财产，以及他
的照片，图书馆，家具，马车，马匹等。他的后半部分遗留
给了竞选人的继承人。房地产-对您来说，先生 伦纳德。前
一部分由投资资金组成，他等额地将其遗赠给三个孩子。当
第二个孩子被淹死并且没有继承人时，这笔钱将在大儿子和
女儿之间平分。厨房 当大儿子死了时，他的继承人将获得
他们之间分享的钱。"

"带着所有的积累！" 山姆哭了。"啊！" 长久地松了一
口气。

"不，不是积累；它们是特别提供的。立遗嘱人明确指出，
如我所指出的，只有那一天实际以他的名义存入的数额才应
除。"而且，"他继续说，"看到我可能已经活了几年了，

非常违背我的意愿，并且我不会为自己、自己的房子或任何方式花钱，因为此刻到现在死在世界上并等待着我无声无息地要求我撤走这笔钱，我希望这些钱可以年年由我的律师投入。在我去世时，我希望将当时的金钱与现在的金钱之间的差额，无论它可能是多少，均等地分配给我已故的子兰利·霍尔姆的继承人，后者在我附近被人谋杀房子，因为他一个人知道。"

"这真是太好了，"弗雷德里克说。"所有的积累-复利三十年！是要给陌生人还是远亲的表亲？我们是否将允许这种意愿站得住脚而没有抗议？你是酋长，伦纳德。你说什么？"

伦纳德说："问题是立遗嘱人在立遗嘱时是否理智。"

律师说："我相信他当时很理智，最后他当然很理智。我这里有他三年前写的便条。我们所有的交流都是通过书面形式。我冒昧地问他，他是否想对遗嘱的处置作任何改变。这是他的答复。"

他从衣袋里拿出一张纸条。很短。

"没有什么事情能改变我的意愿。使我将所有为兰利·霍姆继承人节省和积累的钱分开的原因仍然存在。我不知道谁是继承人。

"那是一个头脑不健全的人的信吗？"

萨姆站起来，双手插在口袋里说："我会为意志提出异议。"

"对不起，先生，你没有立场。"

"我不在乎。这是一个邪恶的意志。"

"长官，随你便。"

"你能告诉我们将要给我们多少钱吗？" 弗雷德说。

"这3%的投资总额为90,000英镑。这笔款项的一半，即45,000英镑，将由您分配给三个先生，分别是孙子和先生。的长子。太太，另一半会给你。厨房。"

"哼！" 山姆说。"但是当我得到遗嘱时-"

"就目前而言，这些积累的确是一笔非常大的数目，数额巨大-超过一百万美元。已故的兰利·霍尔姆（ ）留下了一个女儿，其唯一后裔是在场的年轻女士，康斯坦斯·安伯里小姐。

康斯坦斯玫瑰。

她说："我们将在另一时间谈论这项业务。"

莱昂纳德（ ）跟着她走出潮湿而坟墓般的房子，走进了废墟的花园。他们沉默地坐了下来。

"一万五千英镑！" 弗雷德说。"按照目前的利率，每年的收益不超过400英镑。但这是带到澳大利亚的一个令人愉快的小窝蛋，如果有的话，就可以放下邓宁-"

克里斯托弗对儿子说："一万五千英镑。" "这是一个不错的补充。但是，我的孩子，这个局值十倍。"

他们走开了。他们四处逛逛毁灭与衰败的房子。现在他们走到车站：巨大财富的梦想破灭了。但仍然有一个抚慰院。

太太。厨房求助于律师。

她说："先生，那笔钱什么时候会属于我自己？"

"立即。它只需要被转移。如果您希望取得进步-"

"我希望保护我免受孙子的侵害。"

"完全正确。" 是玛丽·安妮（玛丽·安妮），她至今还没说一句话。

"他声称一切都是他自己的。"

律师说："夫人，我们父子俩为您的家人做了四代人的事。让我向您保证，如果您让我们放心，您将得到充分的保护。"

山姆从一个方向看向另一个方向。然后他戴上帽子，阴郁地走开了。

"亲爱的，"太太说。厨房，把手放在孙女的肩膀上，"我又是位绅士。我们将在您和我的乡间别墅中生活，那里有花园，鲜花，仆人和小马车。不，亲爱的，我永远不会回到商业之路。他欢迎那里的一切。让我们在这里和我出生的人中住在一起-您和我在一起。哦，亲爱的，亲爱的！幸福太伟大了。耶和华的手举起：他的怒气止住了。

伦纳德和康斯坦斯一起回到镇上。

女孩在马车上默默地坐在伦纳德旁边，双手合十，双眼垂下。

他说："你是一个伟大的女继承人，博登。""我了解到，现在的累积量是巨大的。您将用这笔钱做什么？"

"我不知道。我会假装自己什么都没有。也许及时有人可能会帮助我使用它。我已经受够了。我不想买任何花大价钱的东西。我不想穿得更贵。我拥有我所希望的良好社会，而且我相信我不能吃得比以往任何时候都多。"

"但是，有人在这种意外之财上会多么高兴！"

"用它做某事的困难将非常可怕。让我们永远不要谈论它。此外，如果能的话，您堂兄将把遗嘱搁置一旁。"

她变得沉默了。她不是在想新获得的财富。

他们从车站开车到"豪宅"。他们把楼梯安装到二楼。

"让我和你一起去，伦纳德，"她说。"我想说些什么。最好现在就说一次，否则它将变得不可能。"

他观察到她以自己的方式感到尴尬，说话时有些约束，脸红了。一件礼物抓住了他。表现肯定是巧合。他也变了颜色。但是他等了。他们仍然面对面站着。

她说："先告诉我，你的头脑完全消失了吗？您从可怕的事情中解脱出来吗？"

"很高兴，是的。我很自由。我的头脑又完全清楚了。有很多需要考虑的地方-人们不太可能会忘记过去的几周-但我可以随心所欲地思考。我的意志再次成为我自己的意志。"

"我也很自由。我要说的第一件事是：我们用我们的知识做什么？"

"您是决定的人。如果您愿意，可以在国外宣布。"

"我不可能希望那样。"

"或者，如果您愿意，应将案件的历史记录写出来并显示给家庭的每个成员，并与我们人民的其他文件放在一起，以便追随者能够阅读和理解历史。"

"没有。我希望这个故事完全关闭，以便永远不会再次打开。再过几年，事件本身的记忆就会从村庄消失。您在商业道路上的表亲肯定不会使故事继续存在；此外，他们一无所知。仅存有摘录。让我们首先刻录摘录书。"

伦纳德产生了体积。一张一张地撕下叶子，将它们卷起，将它们整齐地放在炉中，将覆盖物放在顶部，然后照亮整个表面。一分钟之内，这个可怕的故事就被摧毁了。没有更多的证据了，除了成堆的旧报纸在英国博物馆的穹顶中缓慢地堆积着。

"再也不！" 她说。"我们再也不会谈论它了。没有人会知道我们发现了什么。这是我们的秘密-您和我的。除了你和我的，应该是谁的秘密？"

"如果这对您来说是负担，那我全都是我的。"

"此后没有负担。为什么这应该是原谅的负担？苦难也加在我们身上也是我们的秘密，这样我们才能被引导去发现真理。"

"我们被领导了吗？您会让我相信，即使是我，博登还是会在超自然的指导下相信。但从某种意义上讲，您似乎应该相信我们是领导者。"

"那些只相信自己所见即所得的人，你将不会理解。哦！这对我来说很简单-很简单。您已被迫违反自己的意愿被迫调查此案。谁强迫你？我不知道; 但是由于同样的力量使我跟着你，我认为那是被谋杀的人本人。承认你被逼；你自己也这么说。"

"的确，我已经全神贯注于此案了。"

"谁把你堂兄从东端送来的？谁用一半的麻烦故事激发了您的想象力？谁寄给你的书？您如何解释这么久久被遗忘的案件的吸引力？"

"不自然吗？"

"不，你的意志力强的人应该成为看起来如此绝望的研究的奴隶，这是不自然的。是谁，在我们掌握了所有细节并尝试了每一种理论并检查了所有证据后，在您检查了地面并与幸存的证人交谈之后（我说是在准备好方法之后），由谁来发送？坟墓中传出了两种声音——一种可以肯定地说这两个是树林中唯一的人，另一种表明他们正在吵架，而一个在他的怒气中没有受到控制？伦纳德，你能解释一下吗？"

"您认为，出于领导者的目的，我们是由看不见的手一步一步走向发现的。"

"有两个目的：一个是为了安慰那个老人，另一个是为了自己。"

"我自己呢？"

"回头只有一个月。你是一样的还是改变了？那时我告诉你，你在所有其他人之外，因为你拥有一切-足够的财富，祖先的自豪感，知识上的成功，并且没有与下层世界，庸俗与平民，犯罪分子或声名狼藉的世界接触。你记得？是的-您改变了吗？

"如果拥有所有这些不良的事物可以改变一件事情，我就会改变。"

"如果失去使您与世界分离的事物，并接受使您与世界更接近的事物，那么改变一个人，那么您就会改变。你会越来越多地改变；因为越来越多的人会感到自己属于男人和女人的世界，而不是种姓和书本。当一切消失之后，仍然只有你一个人，一个人在世界面前。"

他没有回复。

"您现在的骄傲在哪里？它不见了。您鄙视常见和不洁的事物在哪里？你已经有了圣 彼得。如果有共同的东西和不洁的东西，它们既属于你，也属于卑鄙的人，因为这也属于你。"

"我已经了解了一些。"

"还有另一个目的。一击接一击地被摧毁了，你却被这个谜团迷住了。死者的声音传给了你，直到整个谜团变得平淡无奇，供认不讳了。随着它我被感动并被迫跟随你，直到最后我被带去见那个垂死的人，并且向他交出他所杀之人的宽恕。哦，伦纳德，相信我；如果灵魂在身体的死亡中幸存下来是真的，如果灵魂仍然有可能看到生命中发生的一切，那么你和我是否得到了指导和领导。"

他再也没有回音。但是他已经超越了言论的力量。

宽恕源远流长。哦！我确信-很久以来。随后发生的是后果还是惩罚？持续了七十年。哦，真是命！哦，多么长的痛苦！总是停留在片刻；日复一日，夜复一夜，永远不变，没有尽头；旋转哥哥头上沉重的树枝，看看他掉下来死了，知道他是杀人犯。伦纳德！伦纳德！想一想！"

"我确实想到了，康斯坦斯。但您一定不要继续考虑它。"

"不，不-这是最后一次。是的，是的，他会原谅的。上帝的甜心不得不原谅。但是正义必须以自我谴责为准，直到宽恕得到克服为止，直到罪人能够以某种神秘的方式原谅自己。"

她坐下，将脸埋在手中。

"也许您说我们已经被领导了。我既不否认也不接受。但是，对于今天早上我们埋葬的那个老人所做的一切，所做的一切都是为了表亲和表亲们的赋，当然，更常见的是，它完成了更多的事情。在我与我之间，博登恒流。"

她抬起头；她从椅子上站起来；她走近他；她面对面地站在他面前，双手紧握着，脸色苍白，泪水仍落在她的脸颊上，她的眼睛柔软而充满了奇怪的柔和的光芒。

她说："三，四个星期前，你问我要嫁给你。我拒绝了。我告诉过你，我不知道爱的含义或爱的必要性。我现在明白，最重要的是，这意味着完美的同情和同情的必要性。我现在还了解，除了我自己，您那时还不知道同情的必要性。你是一个孤独的人，满足于孤独，足以满足自己。您是一个骄傲的人，一路走来都是骄傲，属于一个阶级，与世隔绝，有着悠久的血统和光荣的历史。您没有机会赚取日常面包；你已经很杰出了；在这个国家，没有哪个年龄段的男人比您更幸运，或更自以为是。我能够尊敬您-但您无法动弹我的心。你在跟我走吗，伦纳德？"

"我想跟着你。"

从那以后，您发生了很多事情。你们已经加入了那些遭受着自己民族之罪之苦的人的大队；你知道羞耻和屈辱-"

"并且在我们之间流动。"

即使对于一个坚强而果断的女人，她也不怕误会并且不遵守惯例，有些事情很难说。

"只有一件事，伦纳德，可以烘干那条小溪。"

他的脸变了。他明白她的意思。

"有没有什么？想，不变。兰利·霍尔姆（ ）是你的祖先。他被我杀死了。"

"是。有一种方法。哦，伦纳德，在这个充满烦恼和焦虑的时刻，我每天都在注视着你。我在学者下面找到了那个人。如果我三周前接受了你的报价，那将是出于对学者的尊重。

但是一个女人只能爱一个男人，不能爱一个学者，不要相信
我，不能去一个学生，不能去一个诗人，不能去艺术家，也
不能去爱一个男人。

"康斯坦斯！是不可能的！你是他的女儿。"

"很幸运，正如你所说，我是那个被杀的人的女儿。他遭受
的痛苦比其他人少。痛苦不过是一个痛苦，而另一个却是-
哦，这是一辈子的痛苦！如果我嫁给做错事的那个人的儿子
，那是因为我传达给垂死的人的信息是一个迹象，表明一切
都被宽恕了，甚至是"第三代和第四代"。"

"告诉我，康斯坦斯，是可惜，还是-"

"哦，伦纳德，我不知道那是出于怜悯和同情而开的花，而
是-"

她没有再说了，因为没有必要。

结束。

www.ingramcontent.com/pod-product-compliance
Lightning Source LLC
Chambersburg PA
CBHW051545030726
47592CB00001B/138